古典詩歌研究彙刊

第九輯

龔鵬程 主編

第 12 冊

柳宗元及其詩研究

何 淑 貞 著

國家圖書館出版品預行編目資料

柳宗元及其詩研究／何淑貞 著 ─ 初版 ─ 新北市：花木蘭文
化出版社，2011〔民 100〕
序 2+ 目 2+166 面；17×24 公分
（古典詩歌研究彙刊 第九輯；第 12 冊）
ISBN 978-986-254-530-0（精裝）
1.（唐）柳宗元 2. 學術思想 3. 傳記 4. 詩評
820.91 100001468

ISBN-978-986-254-530-0

9 789862 545300

古典詩歌研究彙刊
第九輯 第十二冊 ISBN：978-986-254-530-0

柳宗元及其詩研究

作 者 何淑貞
主 編 龔鵬程
總 編 輯 杜潔祥
出 版 花木蘭文化出版社
發 行 所 花木蘭文化出版社
發 行 人 高小娟
聯絡地址 新北市永和區中正路五九五號七樓之三
電話：02-2923-1455／傳真：02-2923-1452
網 址 http://www.huamulan.tw 信箱 sut81518@ms59.hinet.net
印 刷 普羅文化出版廣告事業
初 版 2011 年 3 月
定 價 第九輯 20 冊（精裝）新台幣 28,000 元

柳宗元及其詩研究

何淑貞 著

作者簡介

何淑貞

學歷：

　　國立臺灣大學中文研究所國家文學博士

　　國立臺灣大學中文研究所碩士

　　國立臺灣師範大學國文系學士

經歷：

　　國立高雄師範大學國文系教授、系主任

　　國立編譯館高中國文課本執筆委員

　　臺北市市立大安初中教師

現職：

　　私立中原大學應用華語文系兼任教授

　　國立暨南國際大學應用華語文教學研究所兼任教授

　　臺北市立教育大學中文系兼任教授

著作：

專著：

　　新編抱朴子內篇校注（國立編譯館）

　　新編抱朴子外篇校注（國立編譯館）

　　中國的風俗習慣（國立編譯館）

　　嘯傲東軒（國立歷史博物館）

　　古漢語特殊語法與修辭研究（華正書局）

　　展現生命芬芳的神話傳說──列子的智慧（圓神出版社）

　　柳宗元詩研究（福記文化圖書有限公司）

　　華語文教學導論（三民書局）

　　華人社會與文化（文鶴出版社）

　　華語教學語法（文鶴出版社）

　　期刊論文若干篇、研討會論文若干篇

提　　要

　　本論文探討柳宗元生平事蹟、思想及其詩歌創作的成就。柳宗元是唐代著名的文學家，思想家，古文傑出，以其雋傑的筆致反駢重散，有力支持韓愈的古文運動，是領導唐代文風的另一主將。其詩數量不多，但各體兼備，無論古體今體、五言七言，甚至四言六言、樂府歌行，都有創作；敘事、抒情、詠史、寓言、山水之作，均各具特色。

　　柳宗元一生際遇，明顯分為在長安為朝官、貶謫永州後兩個不同的時期。在

長安時期已在文壇嶄露頭角，不過寫的多是應考和奏章等當時流行的駢文；淪落永州後，不能從事實際政務以輔時及物，只有專心以論著、創作表明自己的政治主張，以明道之文輔時及物。孤寂的生活，讀書作文成了他精神的寄託，青雲蹭蹬，半生偃蹇，一寄於詩。宗元特殊的際遇造成其特殊的風格，在沖淡蒼秀下，潛藏哀怨孤峭之情。柳詩的主要風格是「峭」，是其內在堅毅、執著的個性，峻峭、挺拔的精神，表現出來的風姿，在中唐詩壇別開生面獨樹一幟，卓然自立於差可比肩盛唐的元和詩壇。

本文共分六章，先述其時代社會及生平事蹟，以明其創作背景、高尚人品及志節，從天人、大中、政治三方面述其思想本真及其認識方法，論述其文學主張、審美觀點、詩風的建立，以及對古文運動的貢獻。然後探討其詩的內在結構，以見其體製完備，內容豐富、藝術特色和風格多樣。

詩品如人品，一個關心社會的詩人，無論他表現的是何種題材，都能有血有肉的反映現實人生。柳宗元擴大了山水田園詩的領域，他所表現的並不是投荒逐臣的悲觀頹廢，而多是奮發努力，希望有助於興功利民的理想實現，使千載之下的我們讀來，仍深為感動不已。

目次

自　序

　　唐代詩壇，至元和年間人才輩出，詩作絢麗多采，堪與盛唐後先輝映。柳宗元挺生其間，本以「文章卓偉精緻，雅擅西漢騷體」名於當世，與韓愈並稱古文運動雙璧。永貞革新失敗，竄謫永、柳，乘隙施施於山水之間，危疑抑鬱，觸物傷懷，漫漫拘囚生涯，除窮精力於古文創作與理論著述外，復以詩歌敘寫志節，抒發幽憤。

　　劉禹錫編錄宗元遺作，有雅詩歌曲一卷、古今詩兩卷，共一百四十多題，一百六十多首。其詩簡古峻峭，世以爲得陶、謝之餘蘊，列於自然詩派。東坡以「外枯而中膏，似淡而實美」、「發纖穠於簡古，寄至味於澹泊」譽之，評爲「在陶淵明下，韋蘇州上」，蔡絛亦以爲其詩「雄深簡澹，迴拔流俗，至味自高，直揖陶、謝」。柳詩數量雖不多，然眾體兼備。與之同時有硬語盤空、奇崛豪放之韓、孟；明白簡易、婦孺皆曉之元、白；稍後，清新俊爽之杜牧、典麗精深之李商隱又輝耀詩壇，宗元之詩作，可謂別開生面而獨樹一幟，卓爾自立於差可比肩盛唐之元和詩壇。

　　昔者或從爲人「大節」，或以「道統」立場，貶抑甚至否定宗元之文學成就；近年來又多僅致力於其生平、思想、古文創作、文學理論等研究。至於柳詩，或爲其古文創作盛名所掩，未見整體深入之著述與公允論斷。

　　宗元以碩學高才，懷抱一腔濟世熱誠，而橫遭貶逐，屈身流放於鄙遠荒州，悲憤憂思，悉寄諸詩。其詩之特殊風格，與其一生際遇相關，且孟子曰：「讀其書，不知其人可乎？是以論其世也。」故首述其時代社會及生平事蹟，以明其創作背景、高尚人品及志節。於其一生行事外，其文學主張，詩風之建立，決定於思想形態，於是次章述其思想，分天人、大中、政治三方面論之，以明其思想本眞，兼及其認識方法。復次述其文學理論，以見其審美觀點，創作主張，及對古文運動之貢獻。

　　宗元詩歌創作未爲任何宗派所囿，而自成一家，且頗與其文論相合。除探討上述外緣因素外，自應就其詩內在結構加以探究，以見其體製之完備，內容之豐富、藝術特色及風格多樣。其詩作內容除苦悶悲慨、感諷時事兩大主脈外，間有澹遠開適，述說禪理之作。至於藝術特色，則以運用彩色詞，善於比譬，化描寫爲陳述等手法經營意象；本其學養而善用典故，屬對精工；才情富贍而尤工於造境。配合不同之客觀對象及主觀情緒變化，其作品呈現幽冷孤峭、澹遠簡古、清新婉麗、典雅雄奇等不同風格。綜合以上研究，庶幾知宗元之所以爲宗元，與他家有別，進而瞭解其創作之成就與價值。

　　本書撰述，雖本先賢實事求是之精神，期能無過譽，不妄毀，然限於才識，取捨論斷之間，難免乖舛疏漏，幸博雅君子，匡我不逮。

　　　何淑貞　中華民國七十八年四月識於國立高雄師範學院

第一章　柳宗元的時代背景與生平

第一節　中唐的國勢與社會

　　柳宗元生於唐代宗大曆八年（公元 773 年），卒於憲宗元和十四年（西元 819 年），短短四十七年，正處於唐代國勢由盛轉衰的轉型期。自安史亂後，盛唐國勢日非，敗象環生，唐室政治挣扎於黑暗混亂之中，腐敗衰微，加以社會動盪不安，整個大唐帝國已是搖搖欲墜，苟延殘喘地維持局面而已。

　　安史亂後，唐室對功起行陣，列爲侯王的武夫戰卒，以及安史降將，大多除爲節度使，已注定藩鎮割據，尾大不掉的命運。安史餘孽固然是胡人，勘平安史之亂的武人，也多半是歸化的胡人，國家無暇調教便遽付以重大權任，於是跋扈囂張，擁兵自重；甚至各藩結爲婚姻，互爲表裏。他們不但牽制了唐室大量兵力，而且切斷關中糧餉供應，控制運河漕運挾制中央。德宗朝朱泚、朱滔、李納、王武俊先後稱王作亂，德宗出奔奉天，下詔罪己，從此朝廷對藩鎮採取姑息政策，致使藩鎮的氣燄更盛。憲宗時期朝廷與藩鎮的衝突又起，先後平定劍南劉闢，夏綏楊惠琳，鎮海李錡等。而討伐淮西之役，唐室動用十六鎮兵力，耗時三年，是征伐藩鎮耗力最大的一次。柳宗元的〈平淮夷雅〉詩，就是歌頌這件事。元和號稱唐室中

興，但憲宗在位十五年，到了元和十四年，名義上是全國藩鎮聽命中央，其實各藩鎮仍擁有自己的勢力，翌年憲宗爲宦官陳弘志所弒。憲宗卒未三年，諸鎮又亂，唐室無力復取，直至唐亡。唐代藩鎮擅權，前後竟達一百四十年之久，最後是國門之外那些所謂王臣，都是強敵，唐朝就是亡在藩鎮的手裡。〔註1〕

　　唐代武臣豪奢，早已競成風氣，如馬璘建築一中堂，就耗資二千萬貫；郭子儀入朝，由宰相、僕射、戶部侍郎、京兆尹等各出錢三十萬來設宴歡迎。至於後來割地自雄，不聽朝命的藩鎮，更變本加厲。唐代中葉節度使例帶度支、營田等兼職，掌握地方財賦及國有土地，而跋扈的強藩本身就是地方上的強豪，自然奢靡成性，他們竭盡所能擺脫朝廷法令的拘羈，在自己勢力範圍內的經濟利益，不讓朝廷染指，在藩鎮政權之下，社會經濟破產，連年動亂，龐大軍費的開支，迫使德宗放棄唐初以來實行的均田制和租庸調稅制，採用楊炎建議，實行兩稅法：「戶無主客，以見居爲簿；人無丁中，以貧富爲差。行商者在所郡縣稅三十之一，居人之稅，秋夏兩徵之，各有不便者，三之。餘征賦悉罷，而丁額不廢。……徵夏稅無過六月，秋稅無過十一月。」（《舊唐書》卷四十八〈食貨志〉上）均田制和租庸調制的精神，不僅在於輕徭薄稅，更重視爲民制產。但是推行這種制度，必先整頓籍帳。唐自武后亂國以來，民避徭役，逃亡日多，版籍疏於整理，創立租庸調制的意識精神漸失，經安史亂後，戶籍頓減，更無從整理，只好以兩稅制取代。

　　兩稅制簡捷明白，卻流弊甚多，變授田徵租之制爲僅徵租不授田，爲民制產的精神全失，於是「富者兼地數萬畝，貧者無容足之居」（《陸宣公集》卷二十二「均節賦稅恤百姓第六條」），社會貧富懸殊，愈演愈烈。此制雖然遏止了吏姦，卻給藩鎮州縣多一個違法聚歛的機會。規定以貨幣納稅，農民生產品只是穀米實物，物賤錢貴，結果是

〔註1〕參考《舊唐書》卷十三、十四、《新唐書》卷二一三及錢穆《國史大綱》第五編第二十八章〈大時代之沒落〉。

妨農利商，農民負擔倍增，這個新制根本解決不了朝野所面臨的經濟問題，加上戰爭需要龐大的軍費，每月還要供給征調討伐的諸鎮兵「出界糧」，這些支出朝廷在窮於應付之餘，只有轉向民間誅求。所以雖名為兩稅，仍有鹽稅、茶稅等雜稅，外加「間架稅」（房屋稅）、「除陌錢」（貿易稅）等不一而足，以至「通津達道者稅之，蒔蔬藝果者稅之，死亡者稅之。」（《舊唐書》卷四十八〈食貨志〉），弄得怨聲載道，民不聊生。柳宗元的〈捕蛇者說〉那則寓言所述，以及〈田家〉三首所說的：「竭茲筋力事，持用窮歲年。盡輸助徭役，聊就空自眠。子孫日以長，世世還復然。」（其一）、「蠶絲盡輸稅，機杼空倚壁。里胥夜經過，雞黍事筵席；各言官長峻，文字多督責。東鄉後租期，車轂陷泥澤。公門少推恕，鞭朴恣狼籍。」（其二），絕非言過其辭，他所面對的是腐敗無能的朝廷政府、以及動盪不安、危機四伏的社會。

　　王室腐敗，宦官必然擅權跋扈。唐代宦官之盛，兆自武后。玄宗以後，宦官勢力惡性膨脹，宦官原本只是狐假虎威，搜刮財貨，肅、代以後，更是擅作威福。德宗在涇原兵變之後，內疑朝臣，外忌宿將，便將典掌禁軍之權，託付宦官。其後又作樞密使，宣徽使，承受詔旨，出納王命。巨璫大閹，既操縱了王朝的軍政大權，又外結藩鎮，連帝王的生死廢立，完全操縱在宦官手中，果真是「萬機之與奪任情，九重之廢立由己」（《舊唐書》卷一八四〈宦官傳序〉）唐自肅宗後，未嘗有正式冊封的皇后，史所載的都是由於親生子即帝位，才奉上的尊號。就這樣皇子素無威寵，宰輔又隔在外廷，宦官因此能肆無忌憚而為所欲為。憲宗被弒以至唐亡，八世中有七個國君為宦官所立，有為之士想要立足朝廷，達成理想，更是談何容易。順宗朝王伾、王叔文計畫奪回宦官軍權，卻遭反擊引發永貞內禪之變，不但二王被貶，與事者均被貶為荒遠的州司馬，柳宗元是其中之一，因而坎坷以終。此後宦官權勢更為擴張，外廷朝臣政爭，常援引宦官勢力；宦官內部派系分裂傾軋的結果，演變為朋黨之爭。中唐的朝政日非，危機四伏便不難想見。

　　談到唐代朋黨之爭，要先了解唐代的士風。王船山說：「唐以功

立國，而道德之旨，自天子以至於學士大夫，置不講焉。」（《讀通鑑
論》二十二），初唐士子無出處去就觀念，給人「文士齷齪」的印象，
〔註2〕是有原因的。唐太宗李世民隨父轉戰軍中，立下不可一世之功，
同時「銳意經籍，開文學館以待四方之士」（《舊唐書》卷二〈太宗本
紀〉），可惜他所立杜如晦、房玄齡等十八學士，不是出身於南北朝的
世家大族，便是世代顯貴之後，社會地位崇高，足以號召一時，然挾
陳、隋文人現實享樂的風習，無法替唐代新政權樹立新風氣。南北朝
的門第勢力，至唐初仍未衰竭，當時門第仕進，亦較科第為易，建官
要職，仍多用世家，累世仕宦之家，又逢盛世，自然生活豪華，權勢
顯赫；一般無行文人，易依附權勢以求生存，不知風骨為何物。

　　至於唐代的貢舉制度，讓參試者懷牒自舉，國家按年集試中央，
使優秀的國民均有參政的機會，公平而統一，可消融社會階級，促進
學術文藝的普遍發展。然而初唐政出多門，入仕之途極廣，科舉只不
過是其中一項，貴胄門蔭，諸色入流不計其數。〔註3〕官員有數，入
流無限，祿利之資太厚，政府督責推動之力太薄，統治秩序紊亂，綱
紀蕩然，在宦海鹿逐中，勢成朋黨。

　　南北朝以來的高門貴胄，每多賢父兄，調教出佳子弟，因為重視
教育，才能維持世家大族於數百年而不墜。貴門後進，自幼接受家庭
薰染，朝廷之事，台閣之儀，不教而自然閑習。至於寒門子弟，經考
試入仕，必須經教育訓練，方易稱職。貞觀初年，太宗屢幸國學，國
學太學四門學，均增設員額，可見國家重視教育的一斑。但到了高宗

〔註2〕《舊唐書》卷八十九〈狄仁傑傳〉載武則天為求人才向狄仁傑說：「朕
　　　要一好漢任使有乎？」仁傑曰：「陛下作何任使？」則天曰：「朕欲
　　　待以將相。」對曰：「臣料陛下若求文章資歷，則今之宰相李嶠、蘇
　　　味道亦足為文吏矣，豈非文士齷齪，思得奇才用之，以成天下之務
　　　者乎？」則天悅曰：「此朕心也。」
〔註3〕高宗時劉祥道疏，歲入流千五百，經學時務比雜色人三分不及一。
　　　玄宗時楊瑒言，唐興，二監舉者千百數，當選者十之二，考功覆校
　　　以第。謂經明行修，故無多少之限。今考功限天下明經進士歲百人，
　　　二監之得無幾。且以流外及諸色仕者歲二千，過明經進士十倍。

武后朝，此風凌替：「高宗嗣位，政教漸衰。薄於儒術，尤重文史。於是醇醴日去，華競日彰，猶火銷膏而莫之覺也。及則天稱制，以權道臨下，不吝官爵，取悅當時，……因是生徒不復以經學爲意，唯苟希僥倖，二十年間，學校頓時隳廢矣。」（《舊唐書‧儒林傳‧序》）。武氏之後，進士只考詩賦；繼承之君，甄選人才，又均以進士科爲主，從此社會不再重視明經，讀書人轉溺於文采風流，不復見淳厚之風。進士又是當時的特殊階級，是寒門仕進理想的出路，有白衣公卿之稱，「縉紳雖位極人臣，不由進士者，終不爲美。」（王定保《唐摭言》卷一〈散序進士〉）進士自然成爲社會價值取向的目標：「開元以後，四海晏清，士無賢不肖，恥不以文章達，其應詔而舉者，多則二千人，少猶不減千人，所收百纔有一」（杜佑《通典》十五〈選舉三〉），由於競爭激烈，中唐時就有一些所謂「先達」操縱科舉，白居易的〈見尹公亮新詩偶贈絕句〉說：「袖裡新詩十首餘，吟看句句是瓊琚。如何持此將干謁，不及公卿一字書？」（《白氏長慶集》卷十三），就可見當時科場的情形。這是科舉規程不嚴，夤緣奔競成習。當時有所謂公卷、溫卷與通榜之風，應進士科的人，先要投獻所作詩文給京師的「達者」以自薦，這叫做「公卷」。往好處想是以自己的作品求知音，其實是打知名度，隔幾天再把作品呈上去，叫做「溫卷」；這樣，等到考試時，可以不問試藝的高下，專取知名之士，叫做通榜。〔註4〕

在唐人的文集中，通常見到投獻詩文的書簡，大多是辭意卑微，時見卑躬屈節之態。早有文名的柳宗元，雖然表明過自己考上並不決定於私人的揄揚，〔註5〕但也爲了投獻詩文寫過〈上權德興補溫卷啓〉；縱然是以周孔道統自任的韓愈，也有三上宰相書。爲結交權貴，連李實這樣的齷齪小人，〔註6〕韓文公也能歌頌爲「赤心事上，憂國

〔註4〕參考錢穆《國史大綱》第二十六及二十九章。
〔註5〕柳宗元在〈先侍御史府君神道表〉中，寫到德宗李適知道中舉的柳宗元是柳鎮之子時說：「是故抗奸臣竇參者耶？吾知其不爲子求舉矣。」他表明了自己是以真才實學取勝於科場的。
〔註6〕《順宗實錄》說：「實諂事李齊運，驟遷至京兆尹，恃寵強愎，不顧文

如家」的忠臣（《韓昌黎文集》卷二〈上李尚書書〉），使後來崇拜他的學者困惑不已。〔註7〕這是由於舉子投卷的風習，影響所及，已成名的文士，也將作品投獻顯貴，以為結託要譽。這種風氣流行起來，連賢者也不以為恥，更何況是一般文士。

唐初文士承陳、隋遺風，只知以文學依附權勢，本無所謂出處之義，至武則天以詩賦取士，使文學之風向日盛，重文輕儒的結果，社會趨於浮華而不務實際。中唐以後，一些在朝廷找不到出路的知識分子，還依附到地方軍府，舞文弄墨，形成社會問題。柳宗元的朋友獨孤宓應當時邠寧節度使楊朝晟的網羅，當他的書記，宗元寫〈送邠寧獨孤書記赴辟命序〉說：「則曳踞戎幕之下，專弄文墨，為壯夫捧腹，甚未可也。」提醒他到軍府不要專門寫些玩弄文墨，受人譏笑的文章，而要為抵制吐番內侵，安定西北邊疆做些實際之事。對當時士子尚華去實，於此亦可窺知一二。進士畢竟是因公開考試而得官，當時被視為正途，中唐時期，進士一科最為榮重，讀書人傾向以追求利祿為目的，便無操守可言。

唐代考官身負為國掄才之重任，非常重視推引後進，如陸贄以兵部侍郎的身分知貢舉，頗選拔了一批才智之士，時稱龍虎榜；戶部侍郎顧少連權知貢舉，不顧當時權貴「眾口飛語」，大力選拔孤門寒士，柳宗元、劉禹錫都是在他主持考試那一年進士及第的。其後貢舉之士對考官懷賞拔之恩，尊為座主，自稱門生；有司漸忘教化之責而樹黨營私，等到進士科舉與門第任子在政治上發生衝突，自然形成朋黨之爭。有唐一代文士，往往捲入黨爭之中，並非偶然。黨爭最烈，被捲入的文人最多的兩次是：貞元末年王叔文案，及元和初年的牛僧孺與李德裕之爭。叔文黨的活動為時雖短，但中國文學史上的兩大作家：

法：是時春夏旱，京畿乏食，實一不介意，方務聚斂徵求，以給進奉。」
〔註 7〕羅大經在《鶴林玉露》卷八說：「退之古君子，單辭片語，必欲傳信，寧肯妄發！而譽之過情，乃至於此，是不可曉也。」洪興祖在《韓愈年譜》說：「《實錄》於實誣之不餘力，而此書乃盛稱其所長，此又不可曉也。」

柳宗元和劉禹錫，就犧牲在這次朋黨之爭上。

唐太宗是中國歷史上傑出的君主，自稱十八歲開始經綸王業，二十四歲定天下，廿九歲居大位，四夷降伏，天下晏平。貞觀武功鼎盛，國力豐盈，激起初唐幾位君王好大喜功，窮兵黷武。至玄宗時，國內安富，朝廷對外經營更趨積極。由於開邊太過，不但影響國內經濟，形成外強中乾之勢，甚至激起內亂，如安祿山、史思明造反，等到中國內部發生動搖，其對外形勢，隨之大變。

唐代最早的邊患只有北方崛起的回紇，安史亂起，肅宗向其乞兵，回紇曾四次遣兵入援，助唐收復兩京，這無異引狼入室，其後納賄、不平等的絹馬交易已造成唐室經濟上嚴重的負擔。直至德宗時，仍不得不以和親籠絡，把咸安公主嫁給回紇的可汗。因為安史亂時，吐番趁河隴朔方的鎮兵入國靖難之際，乘機入侵，把唐河西、隴右兩節度使所轄數州之地，盡行佔去，勢力很快擴展到陝西中部，二次直逼京師長安。唐以藩鎮未靖，一再與吐番言和，但是吐番一再破壞和約，依然入寇，德宗只好恢復聯回抗吐政策，牽制了吐番，也讓回紇坐收漁利。

唐室南陲邊患南詔，也是趁安史之亂起擴展地盤，至代宗大曆年間，南詔、吐番合兵入寇，貞元年間，命劍南四川節度使誘其脫離吐番，歸附唐室，共討吐番，吐番稍衰，自此南詔向唐室朝貢稱臣凡二十年。其後由於劍南西川節度使杜元穎減削部下衣糧，戍卒抄掠南詔，引起其大舉入寇，南詔與唐室關係，雖不如回紇、吐番惡劣，但仍時有叛亂，對安史亂後元氣耗損的唐室而言，更加深了民生困苦，社會的擾攘不安。〔註8〕

安史亂後的中唐，對外要對抗外族的寇擾，而內有藩鎮割據，宦官擅權，政治上朋黨之爭，影響所及是經濟蕭條，社會動盪，民生困弊。長期戰亂破壞了經濟文化事業，再加上國學廢弛，傳授義絕。柳宗元在這樣一個動亂的時代成長，後來在思想上重視「生人之意」，

〔註8〕參考錢穆《國史大綱》第二十七章〈新的統一盛運下之對外姿態〉及傅樂成《隋唐五代史》第十一章〈安史亂後的對外關係〉。

關心「生民之患」，立下「利安元元」的意願，以「遂人之欲」為政治理想，以及主張文學要有深刻的內容，要起「褒貶諷諭」的社會作用，都是他對所接觸的時代的反省。

第二節　佛道盛行、儒學衰微

唐朝高祖李淵因與老子同姓，奉之為先祖，至高宗乾封二年，又追號老子為太上玄元皇帝，道教地位日隆，且道教進獻丹藥結歡帝王，始終為皇室所尊奉，唐代鍊丹食藥之風甚盛，中唐以後更甚，歷代君主均熱衷於祈禳服丹，太宗、憲宗、武宗、宣宗的死，都與服食「長年藥」有關。

太宗雖然比較尊崇道教，但對佛教經典的翻譯，曾熱心贊助，至武后臨朝，由於她本人出身佛教家庭，於是加意提倡佛教，利用佛經，作為稱帝的理論根據，稱帝後更把佛教的地位提升到道教之上。

玄宗崇道遠過前期君主，安史亂起，利用道士馮道力、處士劉承祖製造瑞應愚民，他一面淘汰沙門，一面尊崇道士，王璵因習於祠禱而進位，陳希烈更以擅於神仙符瑞而拜相，又設崇玄館，一度命道士女冠隸屬宗正寺，把他們看作宗室，公主妃嬪，多入道院為女冠，一時臣民群趨習祈禳鍊丹等方術，肅宗於戎馬倥傯之際，唯知祈禳祠祀，分遣女巫遍祭天下名山大川。道教憑依其與皇室的關係，終唐之世，從未遇嚴重劫難。只是除《道德經》外，道教缺少益人智慧的經典，根本不能與淵博精微的佛藏相比，所以流傳不如佛教廣遠。

佛教在武后刻意提倡之後，一度受挫於玄宗時期，但民間信仰已堅，其後佛教愈演愈烈，不可遏止。代宗時崇道奉佛至耗財亂政，以為平亂不在人事，而在業力果報，刑政日益敗壞。德宗因朱泚之亂，避難奉天，相信鬼道惑於迷信，這些帝主甚至把佛教引入宮廷，設內道場，國有大事就召集僧徒誦經消災，一些有名的和尚出入禁中，參與政事，倍受優禮。貞元四年，迎歧州無憂寺佛指骨入禁中供養，六

年詔葬佛骨於歧陽，引得傾都瞻禮，施財巨萬，造成佞佛狂潮。貞元十二年，德宗在麟德殿主持三教講論。十五年授證觀鎮國大師號，進天下大僧錄，命有司備儀輦迎入內殿，闡揚大經，備加禮敬，中外臺輔重臣，都以八戒禮師之。這些都是柳宗元在長安時期所親見。

唐代中葉，佛教天台宗與禪宗取代法相華嚴而興，天台宗所宣揚的是「一念三千」和「三諦圓融」的思想，而禪宗則主張不立文字，見性成佛，這兩個宗派由於理論簡易，成佛方便，信徒容易領會，講明心見性又與儒家正心誠意相通，所以中唐時期知識分子頗能接受佛教，當時一些有名的禪師如皎然、文暢、靈澈等，與文學界、政界的人多有來往，士大夫間也出現了一些亦儒亦佛的人物，如參加貞元十二年「三教論衡」的韋渠牟，就周流三教，當過和尚、道士，又入朝做官。

唐初幾位帝王，雖崇佛信道，對儒學頗還刻意提倡，常舉辦三教講論。肅、代二宗因安史之亂及藩鎮之禍，無暇舉辦，德宗貞元十二年佛祖誕辰，才又慎重恢復，這次參加辯論的是給事中徐岱、兵部郎中趙需、禮部郎中許孟容、韋渠牟及沙門道士等共十二人，辯論結果是韋渠牟舌勝群雄，旬日之間數遷其官。當時三教合一的思想相當普遍。

唐初振興儒學，除了舉辦三教講論外，還做了統一儒學的實際工作：

> 太宗又以經籍去聖久遠，文字多訛謬，詔前中書侍郎顏師古考定五經，頒於天下，命學者習焉。又以儒學多門，章句繁雜，詔國子祭酒孔穎達與諸儒撰定五經義疏，凡一百七十卷，名曰《五經正義》。(《舊唐書》卷一八九〈儒學〉上)

又藉貢舉鼓勵士子讀經，但當時策試經書，主要是帖經帖注，於是士子讀經以記誦爲主，《五經正義》頒布後，經說統一，記誦更爲方便，無需用心思考，也不必通達義理，經學研究反呈停頓。當時考試，規定各科必須兼通《論語》、《孝經》，明經則專以經義取士，須通二經以上，進士科以考雜文爲主，加帖一小經並注，士子爲爭取科名，便

針對考試規定，選讀經書，《周禮》、《儀禮》、《公羊》、《穀梁》較為難讀，幾乎無人選讀，《左傳》也因繁重而荒廢。明經以帖經為主，枯燥無味，加上武后獎掖詞章，以詩賦取進士，於是才智之士均醉心詩文，不重經術，士風轉趨浮薄。當時劉知幾等史學家寫成《史通》，其中〈疑古〉、〈惑經〉等篇，對舊的章句之學的傳統觀念和方法表示懷疑。四門博士王元感表上《尚書糾謬》十卷、《春秋振滯》二十卷、《禮記繩愆》三十卷，及所注《孝經》、《史記》、《漢書》稿，宏文館學士祝欽明指責他離叛先儒舊說，劉知幾、徐堅等支持他，替他答辯。後來元行沖在開元十四年獻上與范行恭、施敬本合注的《禮記義疏》五十卷，多有新解，被張說批評，元行沖又寫〈釋疑〉一文，說反對他們的是「章句之士，堅持昔言，特嫌知新恧，欲仍舊貫。」（《舊唐書》卷一〇二〈元行沖傳〉）唐人的語言中，「不重章句」已成褒語，仍舊貫讀經已受到批評。至大曆年間，有啖助、趙匡、陸淳（後避憲宗諱改名質）師弟子的《春秋》學，就是發展這種學風，《新唐書》談到啖助《春秋》學的特點時說：

> 摭訕三家，不本所承，自用名學，憑私臆決，尊之曰「孔子意也」。趙（匡）、陸（淳）從而唱之，遂顯於時。嗚呼！孔子歿乃數千年，助所推著，果其意乎？其未可必也！（卷二〇〇）

啖助博通深識，以文學入仕，精研《春秋》，生逢安史之亂，治學頗具通經致用的時代精神，研究《春秋》三傳十年，著《春秋統例》六卷。趙匡也是研究《春秋》的學者，曾與啖助，「深話經義，事多向合」（陸質《春秋纂例》卷一）。而陸質從啖助求學十一年，助死後，與啖助之子啖異纂集助之遺著，然後請趙匡加以損益，大曆十二年先成《春秋集傳纂例》十卷，其中內容包括：發明《春秋》一書要旨、考證經文脫誤和人名地名、說明筆削義例。又歸納啖助、趙匡對辨析傳文意見不入《纂例》的，寫成《春秋集傳辨疑》一卷，這兩部書都是轉錄啖、趙對《春秋》的觀點，陸質稍加按語。還有《春秋微旨》

三卷，是臚列啖、趙和他自己對《春秋》一書的微言大義的理解來批評三傳。他們各為綜合三傳之長，對三傳取兼收並蓄的態度，事實是以經駁傳，藉經學來表達自己的思想主張。

　　關於啖、趙、陸的關係，《舊唐書》卷一八九〈陸質傳〉說質師事趙匡，趙師啖助；《新唐書》卷一六八說趙、陸都是啖助的學生；陳振孫《直齋書錄解題》卷三說助傳匡，質師匡、助；陸質自己說曾隨侍啖助，又曾與趙匡損益遺文。總而言之，陸質應是這個學派的集大成者。宗元的好友呂溫是陸質的學生，而宗元自己，也師事陸質：

> 京中於韓安平處，始得微旨，和叔（呂溫）處始見集注，恒願掃於陸先生之門。及先生為給事中，與宗元入尚書同日，居又與先生同巷，始得執弟子禮。未及講討，會先生病，時聞要論，嘗以易教誨見寵。不幸先生疾彌甚，宗元又出邵州，乃大乖謬，不克卒業，復於亡友凌生處，盡得《宗指》、《辯疑》、《集注》等一通，伏而讀之。（《柳集》卷三十一〈答元饒州論春秋書〉）

宗元先私淑陸質，其後拜而為師，雖然師生共處僅短短九個月，但師生相通之處頗多，讓陸質深感孺子可教，其後自己被貶，陸質去世，宗元還繼續專心精研陸的遺著，所以可肯定宗元的思想和治學方法，多受陸質的影響。如他的論文〈辨侵伐論〉、〈四維論〉等等，以疏解經傳來表達自己思想的論著方式，就是陸質《春秋》學派的真傳。

　　啖、陸等捨傳求經的懷疑傳統精神，不但引起了儒學改革運動，成為宋學的先聲，而且影響到文學方面，也陸續提出改革意見，認為文必宗經明道，方能挽救浮華文風。從經學上「反經合道」、「變得其中」（《春秋微旨》卷中）的主張，肯定政治上也應不斷革故更新：「法者，以保邦也。中才守之，久而有弊，況淫君邪臣從而壞之哉！革而上者比於治，革而下者比於亂，察其所革，而興亡兆矣。」（《春秋集傳纂例》卷六〈改革例〉第二十三），宗元入仕之後，積極參與王叔文派的革新事業，正是這派主張的發揮。

第三節　柳宗元的生平事蹟

一、里籍、先世及幼年生活

　　柳宗元，字子厚，祖籍是唐代的蒲州解縣（今山西運城縣西南），於唐代宗大曆八年（公元七七三年）出生在當時的京城長安。

　　柳氏得姓於魯士師柳下惠。唐代蒲州之地，古屬河東郡，柳宗元常自稱「河東解人」，在〈送獨孤申叔侍親往河東序〉下筆便說：「河東，古吾土也」（河洛圖書出版社廖氏世綵堂本排印本《柳河東集》卷二十二），說的是他的祖籍。他的祖先世代遊宦，早離故籍，連祖墳也遷至長安萬年縣（見〈先侍御史府君神道表〉，及〈故殿中侍御史柳公墓表〉），但是，他的父親柳鎮，在安史之亂時曾帶領家人回到王屋山避難，王屋山就在蒲州之東；他的叔父殿中侍御史柳公，也曾「邑居於虞鄉」（《柳河東集》卷十二〈故殿中侍御史柳公墓表〉），虞鄉就是解縣的別名，可見柳家在祖籍還有親族。不過柳宗元在長安土生土長，一直沒回過家鄉。但是唐代比較看重「郡望」，不重視里居，〔註9〕宗元自稱河東解人，應是唐代通例。

　　柳、薛、裴是北朝河東三大姓（《元氏長慶集》卷五十三〈贈左散騎常侍薛公神道碑〉），柳氏是著名的門閥士族，官宦世家，〔註10〕所以柳宗元說：「柳族之分，在北爲高。充於史氏，世相重侯」（〈故大理評事柳君墓誌〉）。

〔註 9〕《國粹學報》第四十三期史篇：「文人屬詞喜稱先代之地望，非必土著爲然。李白生西蜀寄長安而自稱隴西成紀人」。

〔註10〕根據《魏書》卷七十一、《新唐書》卷七十三、及《元和姓纂》卷七：宗元八世祖柳僧習歷任北地、穎川二郡守、揚州大中正，尚書右丞，封方輿公；據《周書》卷二十二及柳宗元〈先侍御史府君神道表〉：七世祖柳慶在西魏官至驃騎大將軍，開府儀同三司，尚書右僕射轉左僕射，至北周封平齊公；據《隋書》卷四十七：六世祖柳旦仕周以功授儀同三司、中書侍郎、封濟陰公，入隋封新城縣男、任龍川太守、太常寺卿攝判黃門侍郎；據柳宗元〈先侍御史府君神道碑〉及〈柳評事墓誌〉：五世祖柳楷在隋、唐之交作過濟、房、蘭、廓四州刺史。

入唐以後，柳家地位仍然顯赫，〔註11〕直至高宗朝，柳家外孫女王皇后遭武則天誣告被廢被害，以致株連柳族，「子孫亡沒並盡」(《舊唐書》卷七十七)，柳家才從貴盛的地位，降爲士庶，柳宗元說：

> 人咸言吾族宜碩大，有積德焉。在高宗時，並居尚書省二十二人，遭諸武以故衰耗。武氏敗，猶不能興。爲尚書吏者，間數十歲乃一人。(《柳集》卷二十四〈送澥序〉)

從此以後，宗元的曾祖父柳從裕只做過滄州清池令，祖父柳察躬是湖州德清令，父柳鎮舉明經，已是由科舉入仕，只做到侍御史。身爲這個世家大族之後的柳宗元，除了常常追懷祖上德風，嚮往祖先功業的榮顯，提醒自己努力仕進，重振家聲之餘，對於中落的家道，不免感慨系之：「柳氏號爲大族，五六從以來，無爲朝士者，豈愚蒙獨出數百人右哉！」(《柳集》卷三十〈與楊京兆憑書〉)。家族的特殊遭遇，使他很早就意識到朝政需要革新。

就在柳鎮明經及第不久，使唐朝由盛轉衰的安史之亂爆發了。叛軍佔領長安，鎮奉母到王屋山避難，後又舉族匯入流亡人潮，到南方避亂。逃離生活流離困頓，戰亂中的社會動盪不安、腐敗衰微，直接影響到他的家庭，〔註12〕這段沉痛的遭遇，不時在宗元的作品湧現。

從〈先侍御史府君神道表〉，及〈先君石表陰先友記〉所述看來，柳鎮是個有才華、有聲望、有理想、有濟世抱負的人才，宗元說：「先君之所與友，凡天下善士舉集焉。」(〈先君石表陰先友記〉)，記中列舉六十多人，史傳可考，卓然知名者就有二十人，〔註13〕有的是當時

〔註11〕據《舊唐書》卷七十七、《新唐書》卷七十三：宗元高祖柳子夏在唐初任徐州長史；柳楷的從兄弟柳亨不但官高爵高，還娶了李淵的外孫女爲妻，一直到高宗朝，柳氏家同時居官尚書省的就有二十二人之多。在高宗朝做過中書舍人、宰相的柳奭，他的外甥女王氏，就是李治(高宗)的皇后。

〔註12〕據〈先侍御史府君神道表〉及〈亡姊崔氏夫人墓誌蓋石文〉、〈亡姊前京兆府參軍裴君夫人墓誌〉等，知柳家避安史之亂舉族邊吳，柳鎮要供養親族，至被迫外出告貸，夫人常常自己節衣挨餓。

〔註13〕蘇東坡說：「柳子厚記其先友六十七人於墓碑之陰，考之於傳，知名

政界正直不阿，敢於直諫的官宦，有的是會上有影響力的作家學者，也可見他當時的社會地位。但一生仕途多蹇，屢遭打擊，遊宦四方，一直未得大用，由於個性耿介，不爲權貴所容，〔註14〕最後以軍功受任殿中侍御史的京銜，卻因平反穆贊冤獄，〔註15〕被竇參藉故外貶夔州司馬三年，陸贄爲相，竇參獲罪被貶死，柳鎭才以「守正爲心，疾惡不懼」官復原職，回到長安第二年就病故了。

　　宗元的母親盧氏，是名士族范陽盧姓之後，七歲通毛《詩》及劉向《列女傳》，並能身體力行。嫁到柳家後克盡婦職，使「柳氏之孝仁益聞」。在安史之亂那段流離歲月裡，自己節衣縮食來供養親屬，撫育子女；逃難在外，仍不忘以詩禮圖史及女紅教導女兒；宗元才四歲，在流寓南方沒有書籍的情況下，口授古賦十四首，啓發了他對文學的興趣。盧氏三十四歲生宗元，五十五歲孀居，宗元被貶，她豁達地教子「將大儆于後以蓋前惡」，體諒地說：「明者不悼往事，吾未嘗有戚戚也。」以垂暮之年，隨著仕途坎坷的獨子遠到荒僻的貶地，經過長途跋涉的顛沛，到永州後又居無定所，水土不服，醫護不周，僅半年便亡故了。宗元總認爲自己獲罪連累母親客死他鄉，次年歸葬祖塋，自己銜哀待刑，不能親奉其事，要麻煩表弟盧遵代爲料理，所以在〈先太夫人河東縣太君歸祔誌〉裡，一再愴惶呼號：「天地有窮，此冤無窮！」「靈車遠去，而身獨止，玄堂暫開，而目不見，孤囚窮

者蓋二十人。」

〔註14〕任郭子儀朔方節度使節度推官，議事強項；任晉州錄事參軍時，對刺史的暴虐行爲常據理力爭，甚至挺身抵擋捶楚無辜的棍棒。（〈先侍御史府君神道表〉）

〔註15〕貞元四年，陝虢觀察使盧岳卒，其妻分産不給妾之子，其妾裴氏告上朝廷，柳鎭的朋友穆贊以殿中侍御史分司東部的身分，負責辦理，其上司御史中丞盧佋偏袒盧妻，逼迫穆贊定原告罪，贊持正不允，盧佋誣陷他受賄，將他逮捕下獄，穆氏兄弟以品行剛正稱著，穆贊弟穆賞替兄上訴，朝廷依例命三司推案，負責斷案的代表刑部是員外郎李觀、大理寺是大理寺卿楊瑒，代表御史臺的就是柳鎭，而盧佋是當時宰相竇參的黨羽，他們不顧權奸迫脅，平反了這冤獄，得罪了竇參（參考〈神道表〉及其註）。

縶，魄逝心壞。蒼天蒼天，有如是耶！」「窮天下之聲，無以舒其哀矣；盡天下之辭，無以傳其酷矣！」(《柳河東集》卷十三) 這是痛苦的自責，也是宣洩自己遭受打擊的不甘和憤懣。

柳宗元出生在安史之亂平定後二十年，到他十歲左右，中唐第一次大規模的割據戰火燃起，是歷史上有名的「建中之亂」，涇原兵變迫使德宗出奔奉天，下詔罪己；諸藩陰謀襲取奉天，德宗又倉皇逃往梁州。這次戰亂歷時五年多，戰火遍及關中、河南、河北和江淮流域廣大地區，最後是朝廷向強藩妥協才結束。從此唐室對藩鎮採用姑息政策，換取表面上的和平。

宗元自序生平一再說貶官永州之前一直住在長安，他的幼年時代，其父官職屢遷，遊宦在外，家屬是留在長安的，他在〈亡姐崔氏夫人墓誌蓋石文〉裡說：

先公自鄂如京師，其時事會世難，告敎罕至，夫人憂勞逾月，默泣不食。又懼貽太夫人之憂慮，紿以疾告，書至而愈，人乃知之。(《柳河東集》卷十三)

當時柳鎮爲鄂州都團練判官，自鄂州出差到長安，要經過叛軍 (李希烈) 盤踞地區，由於返任所後未能及時抽空寄回平安家書，連年僅十來歲的女兒都擔心得不思飲食，在離亂中成長的宗元姐弟，自然早熟。雖然宗元童年生活，並無直接記載，但從其他資料，可知大亂之後的長安，又逢天災，不免殘破蕭條。〈改元貞元並招討河中李懷光、淮西李希烈敕〉說：

去年旱蝗，兩河爲甚，人流不息，師出靡居。加之以征求，因之以荒饉，困窮餒殍，轉死丘墟。而又關輔之間，冬無積雪，土膏未發，宿麥不滋。(《唐大詔令集》卷五)

同年〈冬至大禮大赦制〉仍指出：

今穀價騰踴，人情震驚，鄉閭不居，骨肉相棄，流離殞斃，所不忍聞，公私之間，廩食俱闕，既無賑恤，又復征求，財殫力竭，繼以鞭捶。(《全唐文》卷四六一)

居住在長安的柳家，當然直接受影響。柳宗元的童年，親身經歷藩鎮

割據的災難，所以終其一生，堅決反對割據分封，他在〈封建論〉說：

> 魏之承漢也，封爵猶建；晉之承魏也，因循不革，而二姓
> 陵替，不聞延祚。今矯而變之，垂二百祀，大業彌固，何
> 繫於諸侯哉！（《柳河東集》卷三）

可見唐本無封建。宗元所以反封建，是因為他是個由於強藩割據，破壞國家統一、社會安定的受害者，深識封疆建土的毒害。

二、意氣風發的青年時代

柳宗元雖然說三十三歲被貶之前都居住在長安，但在他的幼年時代，其父遊宦在外，多歷年所，〔註16〕宗元很可能曾到父親的任所省親，在〈虞鳴鶴誄〉裡，他說：

> 惟昔夏首，羈貫相親，通家修好，講道為鄰。（《柳河東集》
> 卷十一）

夏首就是夏口，即鄂州，他是從小就在鄂州認識虞鳴鶴（九皋）這個世交，終生交歡，講道論學，互相砥礪。在〈送蕭鍊登第後南歸序〉，他說：

> 始余幼時拜兄於九江郡，觀其樂嗜經書，慕山藪，凝和抱
> 質，氣象甚茂，雖在綺紈，而私心慕焉。厥後竊理文字，
> 先禮而冠，遇兄於澤宮之中，觀其德如九江之拜，蓋世俗
> 所不能移也。（《柳河東集》卷二十二）

可見他小時候也去過九江，應該是在他父親做李兼幕僚的時候。當時李兼幕府人才濟濟，權德輿、李兼的女婿楊憑、及楊氏兄弟（凝、凌）等，都是一代文學之士。由於環境影響及益友薰陶，宗元才華早發，頗受注意，楊憑就是在這時候把女兒許配給他的。

在〈答問〉一文中，他說自己：「少嘗學問，不根師說，心信古書」（《柳河東集》卷十五），他傑出的才學，是淵源自家學〔註17〕以

〔註16〕柳鎮在建中之亂期間曾在鄂、岳、沔三州防禦史、鄂州刺史李兼處做幕僚，後來李兼遷江西都團練觀察使、洪州刺使，柳鎮亦隨同到江西去（見〈先侍御史府君神道表〉及〈趙憬鄂州新廳記〉）。

〔註17〕宗元在〈先侍御史府君神道表〉說他父親：「得《詩》之群，《書》

及大時代的陶鑄，少年時期就有遊歷江南的機會，可以擴展視野，開闊心胸，也為日後的學養奠下良好的根基。

宗元雖然才華洋溢，但從貞元五年起應進士試，至九年才登進士第。以考試公開甄選人才，制良意美；但中唐以後科場腐敗已見前述，早失門蔭的柳宗元是比較吃虧的。再加上當時柳鎮捲進盧岳遺屬分財案件，得罪宰相竇參被貶，也影響宗元應考。貞元九年是中興名臣陸贄為相，執法嚴格的禮部侍郎顧少連權知貢舉。他主持考試，是不顧權勢「眾口飛語，譁然譸張」，大力選拔寒門庶士有真才實學的人，故知貢舉兩年「大凡以文出門下，由庶士而登司徒者，七十有九人」（《柳河東集》卷三十〈與顧十郎書〉），柳宗元是在他門下登科的。

在他進士及第的同年五月，其父病逝，丁憂在家，宗元趁這空檔去探望在邠寧節度使府任職的叔父，〔註18〕邠州在長安西北，安史亂後已成唐室邊防要塞，一向是驕兵悍將糾集之處，〔註19〕宗元這次邠州之行，實地考察廣德元年「犬戎陷河右、逼西鄙，積兵備虜，縣道告勞。內置中府太倉之蓄，僅而獲饜。」（〈送邠寧獨孤書記赴辟命序〉）

之政，《易》之直、方、大，《春秋》之懲勸，以植於內而文於外，垂聲當時。」在郭子儀幕時曾作〈晉文公三罪議〉、〈守邊論〉，在李兼幕時曾寫〈夏口破虜頌〉；詩文雖未存世，但當時詩人李益把他比作六朝詩人柳惲（《全唐詩》卷二八三李益〈九月十日雨中過張伯佳期柳鎮未至以詩招之〉說：「柳吳興近無消息」）。母親盧氏深通文墨，讀過歷史諸子，忠厚傳家，宗元人品學養，得自雙親訓育無疑。叔父殿中君「頗工為文」、「諷詠比興，皆合於古」，宗元自謂：「學常以無兄弟，移其睦於朋友；少孤，移其孝於叔父」（《柳集》卷十二〈故殿中侍御史柳公墓表〉），叔姪情感彌篤，在學問思想上對宗元也有影響。

〔註18〕據〈故殿中侍御史柳公墓表〉、〈邠寧進奏院記〉（《柳集》卷二十六）及《新唐書》卷六十四〈方鎮〉表一知：從貞元四年起，張獻甫為邠寧節度使時，宗之叔父從作參謀，授大理評事，改度支判官，轉大理司直，遷殿中侍御史、度支營田副使。

〔註19〕《全唐文》卷七六一鄭從誨〈邠州節度使廟記〉：「洎逆胡勃起幽、朔，西戎塵坌蕩湧，乘覽難際，盜據河右。番兵去王城不及五百里，邠由是為邊郡，斥候近郊，鎮要害。」到建中亂時，李懷光的黨羽張昕曾盜據邠州。

的情形，才能推想張獻甫斷山爲塹，築烽堡，修武備，西築塩夏二城等「設險西陲而戎虜伏息」（〈邠寧進奏院記〉）的經營成績。

　　邠疆之旅的收穫並未止於上述，他還沿途訪問長期戎邊的故老卒吏，聽到許多有關段秀實的傳聞逸事。〔註20〕元和九年，宗元在永州寄了一篇〈段太尉逸事狀〉給史官韓愈，敍述段太尉爲涇州刺史時（涇州在邠州之鄰）以法約制驕兵悍將，阻止強豪兼併，拒絕藩鎮賄賂等幾件逸事，表揚他抗暴的行爲，證明他是位大義凜然，愛民爲民的好官，襯托出他後來被困長安、義不降賊，以笏奮勇攻擊朱泚，因而被殺的英勇行爲，是從容就義，絕不是一般人所認爲的慷慨犧牲，希望史志其事而「宜使勿墜」。後來宋祁修《新唐書》，在段秀實傳中就採用了宗元提供的資料。〔南宋〕文天祥的〈正氣歌〉：「或爲擊賊笏，逆豎頭破裂。是氣所磅薄，凜烈萬古存」，說的就是段秀實。宗元表彰段太尉的逸事，可見他心中好官吏的形象，慢慢形成對自己的期許。

　　宗元努力循科第力爭上游，目的不在高官厚祿，而是「始僕之志學也，甚自尊大，頗慕古之大有爲者。」（《柳集》卷三十四〈答貢士元公瑾論仕進書〉），應制舉落第寫給大理崔大卿的信還說：

> 有愛錐刀者，以舉是科爲悅者也；有爭尋常者，以登乎朝
> 廷爲悅者也；有慕權貴之位者，以將相爲悅者也；有樂行
> 乎其政者，以理天下爲悅者也。然則舉甲乙歷科第，固爲
> 末而已矣，得之不加榮，喪之不加憂，苟成其名，於遠大
> 者何補焉。（《柳集》卷三十六）

他的遠大理想是「行乎其政」及「理天下」，要達到這目標，最便捷的途徑還是考試。

　　宗元在貞元十二年守制期滿，與兒時定親的楊憑之女成親，應制舉不第，至十四年三試而後登博學鴻詞科，任集賢殿書院正字，職務

〔註20〕〈與史官韓愈致段秀實太尉逸事書〉：「竊自冠好遊邊上，問故老卒吏，得段太尉事最詳。」（《柳集》卷三十一）〈段太尉逸事後序〉：「宗元嘗出入歧周邠斄間，過真定，北上馬嶺，歷亭鄣堡戍，竊好問老校退卒，能言其事。」（《柳集》卷八）

是校理經籍圖書。集賢殿書院裡豐富的藏書，剛可滿足宗元的求知慾。十五年結婚才三年的妻子楊氏去世，膝下猶虛，宗元終其一生沒有正式續娶。

任滿三年，循例調補京兆府藍田縣尉，卻留在京兆府庭做文書工作。這個職位只做些等因奉此案牘勞形的無聊工作，他非常不滿：

> 及為藍田尉，留府庭，旦暮走謁於大官堂下，與卒伍無別。
> 居曹則俗吏滿前，更說買賣，商算贏縮，又二年為此，度
> 不能去，益學老子和其光、同其塵，雖自以為得，然已得
> 號為輕薄人矣。(《柳集》卷三十三〈與楊誨之第二書〉)

原來除了寫些官樣文章外，還要參與俗吏去剝奪百姓，[註21] 在這段時期，他看清了黑暗吏治必須整頓。到貞元十九年，被提升為監察御史裡行，總算離開了讓他不堪的職務。

監察御史是皇帝親自任命的供奉官，裡行是見習，宗元這個新職算是進入了朝廷。以他踔屬風發的宏偉才識，很快被超資提升為禮部員外郎，他自己也知道，這是「暴起領事」(《柳集》卷三十〈寄許京兆孟容書〉)，「自御史裡行得禮部員外郎，超取顯美」(《柳集》卷三十〈與蕭翰林俛書〉)，正是少年得意，前途似錦，正要意氣風發地施展輔時及物的抱負，不料投身王叔文領導的革新運動中，以致南荒待罪終其餘年。

三、參與王叔文派的政治革新

中唐自安史亂後藩鎮割據、宦官專權等種種弊政造成社會阢隉不安，經濟凋蔽、民生困苦已見前述。加上德宗昏庸、自私、貪財好貨、剛愎猜忌的個性，晚年又「躬親庶政」(《舊唐書》卷一三五〈韋渠牟傳〉)，造成重要行政機構癱瘓失靈，朝政混亂的局面，唐帝國已岌岌

[註21] 陸贄〈貞元改元大赦制〉：「京外官職因及息利官錢等，點吏詆欺，移易疆畔。或貧人轉徙，捕繫親鄰，日月滋深，耗弊彌甚。」(《陸宣公集》卷二) 當時官府有放高利貸，出租公廨田以謀私利的情形。

可危，激起有識之士力求變革，圖謀改善。〔註22〕

慈孝寬大、仁而善斷、勇而知禮、明辨忠姦（以上《順宗實錄》語）的太子李誦，爲了改革弊政，以挽救即將傾頹的帝國，發現以善棋入侍東宮的王叔文，也能「班班言治道」（《新唐書》卷一六八〈王叔文傳〉），趁王叔文勸他「招納時之英俊以自輔」（《舊唐書》卷三十七〈呂渭傳〉），便藉以延攬人才，培植羽翼，以期繼位後有所作爲。

王叔文不負太子李誦所託，先後結交天下有名之士如韋執誼、陸質、呂溫、韓泰、凌準、韓曄、陳諫、李景儉等，再如柳宗元的同年劉禹錫，貞元十一年通過制科考試，立即出任太子校書，由於思想開闊，學識淵博，加上近水樓台，自然被陪侍太子多年的王叔文吸收；柳宗元與劉誼屬同門，且思想傾向、政治態度基本相同，終其一生感情彌篤，進退與共，想必透過劉禹錫與王叔文結交，深相契合，訂爲「死友」。其後又吸收了程異和房啓等人，而跟李誦感情最好的王伾，便成爲太子與王叔文之間的橋樑。上述人物就是史冊上所謂的王叔文黨。

柳宗元以「沖羅陷阱，不知顛踏」（《柳集》卷十五〈答問〉）的氣概，積極參加活動，成爲王的得力助手，當時人稱王叔文黨爲「二王劉柳」，足見柳宗元在黨人中舉足輕重。他們認爲「可以共立仁義，裨教化」、「懇懇勉勵，唯以中正信義爲志，以興堯舜孔子之道，利安元元爲務。」（《柳集》卷三十〈寄許京兆孟容書〉），只等太子李誦登基，他們便可以大刀闊斧地改革弊政，起衰振弊。

在李誦培植下，王叔文派在貞元末年已組合完成，不幸太子在即位前五個月中風失音，貞元廿一年正月德宗病危，閹瑨即借此抵制，圖謀另立皇儲，正月廿三日德宗崩駕，宦官勾結部分保守派官員陰謀

〔註22〕元稹〈陽城驛〉詩：「貞元歲雲暮，朝有曲如鈎。風波勢奔蹙，日月光綢繆。齒牙屬爲猾，禾黍暗生蟊。豈無司言者，肉食吞其喉。豈無司搏者，利柄扼其韝。鼻復勢氣塞，不得辯薰蕕。公雖未顯諫，惴惴如患瘤。飛章八九上，皆若珠暗投。」（《全唐詩》卷三九七）這就是德宗末年唐朝政的情形。

延期發喪，乘機另立，翰林學士凌準獨抗危詞，〔註23〕得到部分朝臣支持，如期發喪。太子知內外憂疑，於是出九仙門外，召見諸軍使，宣德宗遺詔，衰服見百僚，廿六日即帝位於太極殿，改元永貞，是爲順宗（據《順宗實錄》）、王叔文派從而執政，全面控制朝政大權，陸續采取了一系列改革措施，革新弊政，挽救危亡。

　　王叔文派積聚勢力，趁皇位交替李誦患病的特殊時機，元老舊臣公開表示「吾不能事新貴」（《新唐書》卷一二六〈韓皋傳〉），多採不合作態度，軍權又掌握在宦官俱文珍手裡，他們的措施直接觸犯宦官和藩鎮，改革派注定前途黯淡。

　　李誦重病在身，而長子李純反對王叔文派的改革。按照柳宗元〈六逆論〉，擇嗣之道，應不論嫡庶，只要看是否「聖且賢」，〔註24〕因而王叔文派排斥李純，預謀另立太子，以鞏固政權，〔註25〕不料俱文珍與保守派官僚先下手爲強，支持鄭絪起草一紙詔書決定皇儲：

> 順宗病，不得語，王叔文與牛美人用事，權震中外，憚廣
> 陵王雄睿（李純），欲危之。帝召絪草立太子詔。絪不請，
> 輒書曰：立嫡以長。跪白之，帝頷乃定。（《新唐書》卷一六五
> 〈鄭絪傳〉）

王叔文派在立儲這一關鍵上失敗了，縱然派陸質做太子侍讀，企圖控制，結果是加劇太子對叔文派的惡感。接著叔文丁母憂離職，李誦被迫退位。

　　正史記載是順宗自認「降疾不瘳，庶政多闕」，禪位給憲宗李純，

〔註23〕《柳集》卷四十三〈哭連州凌員外司馬〉：「孝文留弓劍，中外方危疑，抗聲促遺詔，定命由陳詞。」

〔註24〕《柳集》卷三〈六逆論〉：「春秋左氏言衛州吁之事，……然其所謂賤妨貴、遠間親，新間舊，雖爲理之本可也，何必曰亂。夫所謂賤妨貴者，蓋斥言擇嗣之道子以母貴者也，若貴而愚，賤而聖且賢，以是而妨之，其爲理本大矣，而可捨之以從斯言乎，此其不可固也。」

〔註25〕《唐會要》卷八十：「當先朝之日，上體不平，奸臣王叔文擅權作相，將害於國。」《唐國史補》卷中：「順宗風噤不能言，太子未立，牛美人有異志。」

李純即位後，尊李誦爲太上皇。

這次順宗內禪，劉禹錫在〈子劉子自傳〉裡說：「宮掖事秘，而建桓立順，功歸貴臣」（《劉賓客文集・外集》卷九），這是把憲宗比作東漢時順帝劉保和桓帝劉志，都是由宦官擁立。順宗禪位的眞相，陳寅恪說：「憲宗之於其父，似內有慚德也，然則，永貞內禪一役，必有隱秘不能昌言者」（《唐代政治史述論稿》）。章士釗更引述陳寅恪之說、《順宗實錄》及《玄怪錄》，考證出李純後來謀殺太上皇李誦，更證明所謂內禪實在是宮廷政變。

順宗退位後的第三天，就開始貶黜王叔文派的人員。首先王叔文貶爲渝州司戶，王伾爲開州司馬。憲宗即位後，柳宗元等八人以「坐交王叔文」的罪名，貶爲遠州司馬，這便是歷史上著名的「八司馬事件」（韋執誼貶崖州、韓泰虔州、韓曄饒州、劉禹錫朗州、陳諫台州、凌準連州、程異彬州、柳宗元永州〔註26〕）。

宗元是王叔文派的精英，他以禮部員外郎的身分，「居權衡之地」（〈與裴塤書〉），「以文字進身」（〈上河陽烏尚書啓〉），在王叔文一派執政期間，詔命制誥必然出於他的手筆，寫些代表改革派主張的文章，如〈禮部爲文武百僚請聽政表〉之類，結果是「很忤貴近，狂疏繆戾，蹈不測之辜，群言沸騰，鬼神交怒」、「一旦快意，更造怨讟，以此大罪之外，詆訶萬端，旁午搆扇，盡爲敵讎，協心同攻」（〈寄許京兆尹孟容書〉）。終於「始用此以進，終用此以退」（〈上李中丞獻所著文啓〉），革新失敗，終身被貶斥，斷送了大好的前途。

政治上的失敗者，自來難獲好評，正史的記載不必說，如《新唐書》卷一六八說：

> 叔文沾沾小人，竊天下柄，與陽虎取大弓，春秋書爲盜無以異。宗元等橈節從之，徼倖一時，貪帝病昏，抑太子之明，規權逐私，故賢者疾，不肖者媚。一償而不復，宜哉！彼若不傅匪人，自勵材猷，不失爲名卿才大夫，惜哉！

〔註26〕柳宗元先貶韶州刺史，赴任途中再貶永州司馬。

負責修《新唐書》列傳的宋祁，還算對宗元相當欣賞的。〔註27〕甚至他的朋友韓愈修《順宗實錄》，說他們是「當時各欲僥倖而速進者」（卷五），替他寫墓誌銘，把不幸的際遇歸罪於個性疏狂：「前時少年，勇於爲人，不自貴重顧藉，謂功業可立就，故坐廢退」，連他的生死之交劉禹錫，也覺得他「疏雋少檢」（《劉賓客文集》卷十九〈唐故尚書禮部員外郎柳君集記〉）。

　　後代一些對宗元作品推崇備至的學者，仍不免區別他的文章與人品，作相反的批評，如〔宋〕蘇軾在〈續朋黨論〉裡說：「唐柳宗元、劉禹錫使不陷叔文之黨，其高才絕學，亦足以爲唐名臣矣。」羅大經說：「柳子厚原文章精麗，而心術不掩焉，故理意多舛駁。」（《鶴林玉露》卷十四）〔金〕王若虛認爲宗元一些策論文章「核實中理，足以破千古之惑。」說到爲人，就很不客氣地說：「柳子厚附麗小人，以得罪天子，所謂自貽伊戚者，安於流落可也。而乃刺譏怨懟，曾無責己之意，其起廢之說，悲鳴可憐，至有羨於病顙馬，覊浮圖，既不知非，又何其不知命也。」（《滹南遺老集》卷二十九）。

　　眞是眾口鑠金，「躁進」只是宗元個性上的弱點，怎麼會是人品上的污點呢？汲汲仕進除了由於本身性格外，還有家族期望的督促，他肩負傳統讀書人對國家興亡的責任感，入仕之後，清楚看到腐敗的官僚政府禍國殃民，深深體認到「仕之爲美，利乎人之謂也」（〈送寧國范明府詩序〉），「凡吏于土者，若知其職乎？蓋民之役非以役民而已也」（〈送薛存義序〉）。他關心國事，熱心仕進，是想要服務人群，達到利安元元的理想。面對弊政，唯一挽救之道是改革，改革失敗，是一場美意不遂，反遭其禍的痛苦歷鍊而已，他沒有必要悼悔自己的罪咎！

　　宗元參加王叔文革新政治，是因爲這一派人的政治理想跟自己相同。如「少年負志氣，信道不從時」（《劉賓客文集》卷二十一〈學院

　　〔註27〕在《新唐書》卷二〇一〈文藝傳〉上宋祁稱讚韓柳文：「排逐百家，法度森嚴，抵轢晉、魏，上軋漢、周，唐之文完然爲一王法。」趙翼在《廿二史箚記》說宋祁對韓柳文有特嗜，因而在修史時大量引用。

－23－

公體〉〉的劉禹錫、「重氣概，核名實，猷然以致君及物爲大欲」（《劉
賓客文集》卷十九〈唐故衡州刺史呂君集記〉）的呂溫等。李純發動
宮廷政變前夕，他替王叔文之母寫〈故尚書戶部侍郎王君先太夫人河
間劉氏誌文〉，肯定王叔文的才能政績；〔註28〕「凡執事十四旬有六
日，利安之道，將施於人」，因「太夫人卒於堂」而離職，惋惜地說：
「知道之士，爲蒼生惜」。在二王去職、朝政瞬息萬變的情況下，他
仍然堅決支持王叔文；說他「依附」王叔文，他的「依附」並非如一
般世俗的趨炎附勢，而是「唯以中正信義爲志」的同聲相應同氣相求；
說他們爭權，但他們所要爭的並非小團體的私利，而是「以興堯舜孔
子之道，利安元元爲務」政治理想的實現。

　　奔赴永州途經汨羅江口，宗元以怨憤悲愴之情，寫了一篇騷體〈弔
屈原文〉，撫今追昔，感慨萬端，對這位忠而被逐的先賢，不從世俗，
唯道是就的高風亮節，抒發無限景仰。當時楚國忠奸易位，是非顛倒，
不正是今日的寫照嗎？所以一下筆他就說：「後先生蓋千祀兮，余再
逐而浮湘」，他讚美屈原生死不渝的操守「窮與達固不渝兮，夫唯服
道以守義；矧先生之悃愊兮，滔大故而不貳！」何嘗不是他自己的寫
照？在窮途放逐之中，他仍然堅持效法屈原的精神：「既婾風之不可
去兮，懷先生之可忘」。

　　革新失敗後第二年，王叔文被處死，王伾、韋執誼也先後病死貶
所，貶到連州的凌準情形更是淒慘：老母留在富陽故鄉憂憤而死，兩
個弟弟相繼以歿，自己雙目失明終於桂陽佛寺，靈柩要等到元和四
年，立太子大赦天下，才獲准返葬故里。宗元除了〈哭連州凌員外司
馬〉一首悼詩外，還寫了〈故連州員外司馬凌君權厝誌〉、〈故連州員
外司馬凌君墓後誌〉等哀悼文，除了悼念死者外，還說出自己被百憂
萬慮煎熬的痛苦，申訴賢良齎志以歿的不公。

〔註28〕該誌文指出王叔文「堅明直亮，有文武之用……獻可替否，有匡弼
　　　　調護之勤……許謨定命，有扶翼經緯之績……將明出納，有彌綸通
　　　　變之勞……重輕開塞，有和鈞肅給之效。」（《柳集》卷十三）

在永州的生活窮愁潦倒，宗元痛定思痛，寫了一篇〈懲咎賦〉，絕不是如《舊唐書》本傳所說的「悔念往咎，作賦自儆」，而是自敍其內心潔誠信直，所交都是仁友，他們有志一同努力實現堯舜的政治理想，只是顧慮不周，以致讒妬交構，命運不淑，任期不長，才使革新失敗。由於不肯混同於世，才招致流放不歸的，最後還要執著理想，不怕屈死蠻荒；「配大中以爲偶兮，諒天命之謂何」！

元和六年，呂溫死，他寫〈唐故衡州刺史東平呂君誄〉說：

> 惟其志，可用經百世，不克而死……君之卒，二州（道州、衡州）之人哭者逾月。湖南人重社飲酒，是月上戊，不酒去樂，會哭於神所而歸。余居永州，在二州之間，其哀聲交於北南。（《柳集》卷九）

一個遭貶流放的官員如此得民心，可見呂溫獲罪，完全是「疑生所怪，怒起特殊，齒舌嗷嗷，雷動風驅」（同前）。在此篇誄文之前，他已寫了一篇〈祭呂衡州溫文〉（《柳集》卷四十），他運用一系列美好的比喻，以想像、象徵手法來傾瀉對亡友的懷念及憤懣之情，首段說：「吾固知蒼蒼之無信，莫莫之無神」，末段以十八個長短錯落的問句，抒發滿腔悲愴，是悼念亡友，也是悼念一個共同理想的破滅。宗元的作品中，不時正面肯定他們的革新政策，至死不渝。與其說他「終身陷叔文而不知悟」（黃震《黃氏日鈔・評愚溪對條》），毋寧說他有一分堅持理想的高貴操守。

王叔文這一派實際執政僅一百四十六天，除去後期李純立爲太子，受其牽制，眞正能夠推行改革方針的時間只是三個月左右，卻能雷厲風行地改革朝政，頗有成績，如罷官市、五坊小兒，〔註29〕先後放出

〔註29〕據《通鑑》卷二三五〈唐紀〉「德宗貞元十三年」載：「先是宮中市外間物，令官吏主之，隨給其直，比歲以宦者爲使，謂之宮市，抑買人物。稍不如本估。其後不復行文書，置白望數百人於兩市及要鬧坊曲，閱人所賣物，但稱宮市，則斂手付與」——開始是隨意給價貶抑物值，最後形同強奪豪取。
　　據《通鑑・唐紀》「順宗永貞元年」胡三省註：「五坊：一曰雕坊，二曰鶻坊，三曰鷂坊，四曰鷹坊，五曰狗坊。小兒者給後五坊者也。」

宮女及掖庭教坊女樂等九百人之多，貶黜貪黷聚歛的京兆尹李實，罷鹽鐵使月進錢，取消一些苛捐雜稅，(註30)直接間接打擊宦官專權，減輕百姓負擔，化解民怨；詔令起用素負眾望，長期遭貶的有才能官吏如陸贄、陽城、韓皋、鄭慶餘等，進用賢能以強化朝政；下令解除浙西觀察使李錡的鹽鐵轉運使職務。李錡本是長期以來陰謀異志的強藩，罷免其職只是整頓跋扈藩鎮一個起點，接著以右金吾大將軍范希朝為左右神策、京西諸城鎮行營節度使，以度支郎中韓泰為行同司馬，企圖奪取宦官藩鎮的兵權，去除唐室最大的積弊。只是在這重要關頭，宦官藩鎮以及一些保守派官僚，為了維護本身利益，聯合起來展開有力攻勢，接著上演順宗內禪這齣宮廷醜劇，以致革新計畫功敗垂成。保守派韓愈修《順宗實錄》、記錄他們的措施時，也不得不用「人情大悅」、「百姓相聚歡呼大喜」等詞語，據此可知他們改革的成效，難怪柳宗元對革新計畫有益國計民生如此自信，甚至自己因此陷於「立身一敗，萬事瓦裂，身殘家破，為世大僇」的狼狽處境之後，仍然堅持自己的政治立場。

四、待罪永州、投閒置散十年

　　唐代的永州，是遠離中原政治、經濟、文化的南荒，宗元的職務全銜是「永州司馬員外置同正員」，只是個官外常員的閒職。來到永州，既無具體職務，也無官舍，「俟罪非真吏」（〈陪韋使君祈雨口號〉）的事實，處處提醒他自己是流放的囚犯。

　　初到永州，寄居在瀟水東岸的一座荒涼古寺（龍興寺），寺外是叢林亂石，人跡罕至；寺內是「梟鵩戲於中庭，蒹葭生於堂筵。」所住的西廂房，只有北窗，光線昏暗，幸好寺院建在高處。他在西牆加

其擾民實況是：「先是五坊小兒張捕鳥雀於閭里者，皆為橫暴以取人錢物，至有張羅網於門，不許人出入者，或張井上使不得汲者。近之，輒曰：『汝驚供奉鳥雀。』即痛毆之。出錢物求謝，乃去。或相聚食於酒食之肆，醉飽而去。賣者或不知，就索其直，多被毆詈。」

〔註30〕順宗曾下令：「天下諸道除正敕率稅外，諸色榷稅並宜禁斷，除上供外，不得進奉。」（《舊唐書》卷十四〈順宗本紀〉）免除百姓見欠諸色徭利租賦錢及當年夏秋青苗錢等。

開個軒窗，西山、湘江的景色，便一覽無餘，寺中的青燈梵唄，住持重異和尚的照拂與禪理開解，暫可寧靜身心，擺脫忠而被棄置的幽憤。

到永州才半年，生活尚未適應，卻連累老母客死異鄉（見前述），自責怨憤交萃於心。宦海的枯榮進退，讓他飽嘗世態的炎涼，身陷窮裔之後，自是「罪謗交積，群疑當道」，「未嘗有故舊大臣肯以書見及者」（〈寄故京兆尹孟容書〉）。精神上的摧殘，加上生活上的動盪艱苦，使他的健康急遽惡化，元和四年寫給許孟容的信說到身體情況是：「百病所集，痞結伏積，不食自飽。或時寒熱，水火互至，內消肌骨」，影響到精神是「神志荒耗，前後遺忘」（《柳集》卷三十）。同年遷到法華寺建構西亭居住。

蹇運當頭，往往屋漏更逢連夜雨，宗元是「五年之間四爲天火所迫，徒跣走出，壞牆穴牖，僅免燔灼，書籍散亂毀裂，不知所往，一遇火恐，累日荒洋。」在這樣的情況下，「雖有意窮文章，而病奪其志矣，每聞人大言，則蹶氣震怖，撫心按膽，不能自止」（〈與楊憑書〉），五年流放的生活，宗元已是身心交瘁，衰弱痿頓，哪像未四十的盛年。

這段期間，反對王叔文派的武元衡及保守派李吉甫先後外放，裴垍任宰相，當宗元接到父執輩京兆尹許孟容的信時，在「欣躍恍惚、疑若夢寐」之餘，萌發爭取寬免的希望，以爲「幸爲大君子所宥，欲使膏肓沈沒，復起爲人」。於是，他除了回信給許孟容外，他還給一些朝廷的故交親朋如岳丈楊憑，及蕭俛、李建、裴塤、顧十郎等寫了信，因爲都是至親好友，所以信中頗有激憤之語，坦率地陳述自己的政治態度，力圖替自己辨袪疑，說明參與革新的行爲光明磊落，沒想到反遭誣陷、攻擊與迫害。革新的失敗，完全是「射利之徒」「嫉賢害能」所造成的，直到自己名列「刑部囚籍」，還有人落井下石「堅然相白者無數人」，透露出不甘於闇默，不屈於威壓的決心。他現在雖處於「顧地窺天，不過尋丈」，「囚拘圜土」之中，早已把個人的病痛窮愁置諸度外，並沒有頹唐不振空耗時日，還要努力著書立說，探

求聖人之道，最後焦灼痛苦地希求援引，還不放棄積極用世的志向，從他謹慎戒懼地囑咐他的親友：「此言皆不欲出於世者，足下默觀之、藏焉，無或傳焉，吾望之至也」就可體會到當時的政治氣氛及宗元所受的痛苦，讀來格外酸楚動人。

　　這些信寄出去之後，沒甚麼結果，宗元東山復出的希望更渺茫了。他就決定「築室茨草，爲圃乎湘之西，穿池可以漁，種黍可以酒，甘終爲永州民」（《柳集》卷二十四〈送從弟謀歸江陵序〉），於是在瀟水西的一條支流冉溪上游，買了一塊地，構亭築屋，作久居之計，改冉溪之名爲愚溪，這裡的池泉亭島都以愚命名，有意識地把山川勝景作爲自己反映的對象，集中有〈愚溪詩序〉，但可惜序中提及的八愚詩已亡逸。他那篇幽默的〈愚溪對〉，向溪神述說自己的愚：「冰雪之交，眾裘我絺；溽暑之鑠，眾從之風，而我從之火」等等，原來是性不偕俗，特立獨行的志士，因爲不肯同流合污，便不容於社會，被目爲愚。面對一個是非不辨、智愚不分的社會，還不如混同於大自然，寄託自己的激情和理想爲妙。

　　鄉居生活簡樸，但要維持食指浩繁的家庭溫飽，仍然捉襟見肘，集中〈上湖南李中丞干廩食啓〉，就因爲「抱大罪，處窮徼，以當惡歲而無廩食。」向他求廩食的，自顧尚且不暇，又加上姐夫崔簡含冤貶死驩州，〔註31〕外甥處道、守訥奉靈柩北歸，渡海遇風暴溺斃。崔簡的靈柩就葬在永州，「名爲贓賄，卒無儲蓄，得罪之日，百口熬然，叫號羸頓，不知所赴」（《柳集》卷三十五〈謝李中丞安撫崔簡戚屬啓〉），宗元更是責無旁貸，安排崔簡遺屬的生活，以及外甥女兒的婚嫁，都增加了他的經濟壓力。

　　自負以身許國的柳宗元，羈囚在朝廷安置流人的永州，長達十

〔註31〕永州刺史崔敏去世，宗元姐夫崔簡接任，途中被湖南觀察使李眾誣告貪污，長流驩州。正就學於宗元的崔簡弟崔策，赴京上告，朝廷處罰了辦崔簡案的有關官員，但並未翻崔簡的案（見《唐會要》卷六十二及柳宗元〈故永州刺史流配驩州崔君權厝誌〉）。

年，天天「與囚徒為朋，行則若帶纏索，處則若關桎梏，彳亍而無所
趨，拳拘而不能肆，槁然若柣，隤然若璞，其形固若是，則其中者可
得矣」（《柳集》卷三十二〈答周君巢餌藥久壽書〉），身心備受折磨。
在這段期間，寫信給朝廷親友沒結果，甚至想投靠鎮帥做幕僚。集中
有多封寫給各地節度使的書啓，並獻上自己所作詩文。其中包括保守
派的李吉甫，王叔文派的政敵武元衡、嚴受、李簡夷等，宗元不甘投
閒置散到此程度，難怪後人非議。

　　在求援無門的情況下，宗元也沒有放棄自己，一廢不復、閒置十
年，只是沒有真權實位去立德立功，安國安民；也正因為無事可做，
可以多讀書，探求聖人之道，他要著書論道，立言救世：

　　　　僕近求得經、史、諸子數百卷，常候戰悸稍定，時即伏讀，
　　　　頗見聖人用心、賢士君子立志之分。著書亦數十篇。（〈與李
　　　　翰林建書〉）

在永州，流人吳武陵提醒他說：「此大事（如〈貞符〉等政論之作），
不宜以辱故休缺，使聖王之典不立，無以抑詭類，拔正道，表覈萬代。」
（《柳集》卷一〈貞符序〉）。從事理論研究，是使不能實現的政治理
想垂諸後世的唯一途徑，所以他決定：

　　　　念終泯沒蠻夷，不聞於時，猶〔註32〕不為也，苟一明大道，
　　　　施於人代，死無所憾。（〈貞符序〉）

他自幼博覽群書，現在有閒暇多讀諸子百家之書，吸收了歷史上各家
各派的理論，在哲學、政治、經濟各方面都有細密而系統的論著。

　　宗元本來有志於仕宦求進，所以他學為文章，應該是從駢文入
手。應試寫作律賦，對答策問，出仕之後寫奏牘制命，應酬文件，都
要應用駢文的。集中不少「駢四儷六」「柔筋脆骨」（〈乞巧文〉）之作。
但貞元年間，文壇上已起了反對「繡繪雕琢之文」的風氣，當時已蜚

〔註32〕《柳集》「猶」作「獨」，據章士釗《柳文探微》頁46：「覺獨字應是
　　　　猶字形譌，猶不為也之為，與上即其為書之為字相印，蓋謂身沒蠻
　　　　夷，書亦隨之湮滅，雖為猶不為也。」

聲文壇的宗元，也順應潮流反對單純追求藻飾的文風，注重文字「褒貶諷諭」的實用功效，並且注意到文學發展的古今變革，〔註33〕提出：「文有二道，辭令褒貶，本乎著述者也；導揚諷諭，本乎比興者也。」（《柳集》卷二十一〈楊評事文集後序〉），要求文章要「兼備眾體」，只否定駢文內容空虛，形式僵死而已，並未與駢文完全對立。

貶謫到永州之後，遠離政爭和無聊的應酬，「讀百家書，上下馳騁，乃少得知文章利病。」（《柳集》卷三十〈與楊京兆憑書〉）讀百家書可以探究前人的寫作經驗，配合自己的寫作實踐，寫作便成了表達心聲，宣洩幽悶的利器，在文學史上熠熠生輝的山水記、寓言、以及立意出奇，構思新穎的古文，都是在這時期寫成的。運用多樣的體裁表現廣泛的社會生活，對古文運動的貢獻，已超出了拘於「道統」的韓愈。反正「貶官來無事」，他不但自己勤於寫作，還不憚其煩地誘掖後學，除了跟他一起生活讀書習作的親戚子姪外，「衡湘以南，爲進士者，皆以子厚爲師，其經承子厚口講指畫爲文詞者，悉有法度可觀。」（《韓昌黎全集》卷三十二〈柳子厚墓誌銘〉）桃李遍南方，使古文寫作迅速普及。他還與後學通訊論文，如：《柳集》卷三十四〈答韋中立論師道書〉，〈答嚴厚與秀才論爲師道書〉、〈報袁君陳秀才避師名書〉、〈答貢士廖有方論文書〉、〈報崔黯秀才論爲文書〉等，都是宗元自己寫作經驗的結晶，可看出他寫作理論的主張，這樣多方面教育後學，爲唐代古文運動打好了群眾基礎。

詩歌是詩人生活及人格的反映。到永州後，柳宗元用詩歌來發他的內心世界。《柳集》中有兩卷古今體詩，幾乎都是貶謫後之作，用多樣化的題材，反映現實生活的面面。在荒涼偏僻的永州貶所，渡過了抑鬱的十年，因此永州的山水，成爲他憤懑之情的唯一寄託，攀山涉水，只爲舒解過深的悲苦，在〈與李翰林建書〉說：

　　永州於楚爲最南，狀與越相類。僕悶即出遊，遊復多恐，

〔註33〕《柳集》卷三十三〈答貢士沈起書〉：「若夫古今相變之道，質文相生之本，高下豐約之所自，長短大小之所出，子之言云又何訊焉。」

涉野有蝮虺大蜂，仰空視地，寸步勞倦。……時到幽樹好石，暫得一笑，已復不樂。何者？譬如囚居圜土，一遇和景，負牆搔摩，伸展肢體，當此之時，亦以爲適。然顧地窺天，不過尋丈，終不得出，豈復能久爲舒暢哉！（《柳集》卷三十）

「悶即出遊」，遍訪永州附近的郊野山川，秋日曉行路過南谷一個荒村，他看到的是：「黃葉覆溪橋，荒村唯古木」；與崔策登西山，幾經迂迴曲折的攀登高出林杪的主峯，正當極目遠眺，卻忽然自傷地說：「蹇連困顛踣，愚蒙怯幽眇」，最後還禁不住說出「吾子幸淹流，免我愁腸繞。」率真地流露出悲苦來。他有名的山水詩，委婉峻峭，別具一格，不是山水田園詩的「高閒曠逸」所能概括的。

五、再貶鄙遠、遺惠柳州

元和九年，韋貫之自尚書右丞拜相，以「抑浮華，先行實」著稱，一上任即召引仍在貶所的柳宗元、劉禹錫、韓曄、韓泰、陳諫返京。〔註34〕宗元接到詔命，眞是悲喜交集，「疑比莊周夢」，結束了十年夢魘，循著南來的舊路回長安：

南來不作楚臣悲，重入修門自有期，爲報春風汨羅道，莫將波浪枉明詩。（《柳集》卷四十二〈汨羅遇風〉）

十年前憑弔屈原的悲愴心情，已被新下的詔書掃空了，自己實在比屈原幸運，前途有望，不致冤死永州。

到了長安東郊灞橋邊，心情仍然是興奮的：

十一年前南渡客，四千里外北歸人。詔書許逐陽和至，驛路開花處處新。（《柳集》卷四十二〈詔追赴都二月至灞亭上〉）

連驛道兩旁早春開的花，都好像在迎接自己！殊不知在長安停留不到一個月，他們又一同被派任爲遠州刺史，又是一次貶逐的打擊，柳宗元到更爲荒陋的柳州，韓泰到潭州、韓曄到汀州、陳諫去封州、劉禹

〔註34〕《資治通鑑》卷二三九「元和十年」條載：「王叔文之黨坐謫官者，凡十年不量移，執政有憐其才欲漸進之者，悉召至京師。」

錫去播州。

　　播州治所在今貴州遵義市，遙遠荒涼不說，路途尚崎嶇難行，劉禹錫帶著八十多歲的老母同行，那堪跋涉顛沛？宗元到永州未半年老母遽逝的悲痛經驗，推己及友，準備上疏朝廷，以自己貶地與劉禹錫對調。御史中丞裴度，以「陛下方侍太后，恐禹錫在所宜矜」（《資治通鑑》卷二三九元和十年）為由，逼迫李純收回成命，改任連州刺史。

　　由革新派人員剛被召回，即遭貶逐，及處置劉禹錫事件看來，朝廷派系之爭仍相當激烈，政局瞬息萬變，為維護黨派利益，不惜犧牲國家人才。

　　還是沿著前個月懷著歡欣鼓舞的心情返京的舊路，這次南下貶所，宗元的心情是淒涼絕望到了極點，讀到他這時與劉禹錫贈答的詩，更可知其梗概。

　　第一首是劉、柳同行至衡陽、宗元溯湘江西往柳州，劉禹錫由陸路至連州，這兩個同進退，共患難的好友，在江邊依依惜別，宗元寫了一首〈衡陽與夢得分路贈別〉：

> 十年顦頓到秦京，誰料翻為嶺上行。伏波故道風煙在，翁仲遺墟草樹平。直以慵疎招物議，休將文字占時名。今朝不用臨河別，垂淚千行便濯纓。

懷才不遇到這種境地，真是始料所不及。讀了劉禹錫摯情悲慨的答詩，宗元又寫了〈重別夢得〉：

> 二十年來萬事同，今朝歧路忽西東。皇恩若許歸田去，晚歲當為鄰舍翁。

前程無望，只求歸老田園，無奈流貶的身分，連歸田仍要等待恩准呢！其〈三贈劉員外詩〉：

> 信書成自誤，經事漸知非。今日臨歧別，何年待汝歸。（以上各詩並見《柳集》卷四十二）

理想破滅，沉冤也永無洗雪之日，讀聖賢書，所學竟然不足以應世，自己潦倒衰病，到底何日是歸程？字裡行間，表現出濃厚的遲暮之感。

　　柳州在唐代荒僻鄙陋遠超過永州，不過，宗元這次貶至柳州，職位已由司馬改爲刺史，有了行政上的實權和責任，雖然當時柳州的情況是「炎煙六月咽口鼻」、「陰森野葛交蔽日，懸蛇結虺如蒲萄」的不宜人居，治安是「到官數宿賊滿野，縛壯殺老啼且號」，自己又傳染了「奇瘡釘骨狀如箭，鬼手脫命爭纖毫。今年噬毒得霍疾，支心攪腹戟與刀」等要命的奇瘡及霍亂，但他仍然振奮精神，盡自己能力所及，忠於職守地補偏救弊，改善治內人民的生活。宗元在柳州雖然只有短短四年，以其堅強意志，「興功救世」的熱忱，推行惠政，贏得居民的愛戴，死後還爲他立廟封神，世世供奉。

　　首先破除陋俗。蓄養奴婢在唐代仍非常盛行，禁不勝禁，經濟落後的偏遠地區更甚，奴婢的來源是罪人的家屬，貧苦人家賣身、以及掠賣奴隸。柳州風氣更壞，窮人借高利貸過活，到期還不出錢，等到利錢超過本金時，便沒身爲奴。宗元針對這種陋規採取的措施是：沒身爲奴的人按服役期限計算酬勞，等到報酬與債款相抵，就自動解除主奴關係，使奴隸者有希望恢復自由之身。

　　柳州當地土著「信祥而易殺，傲化而偭仁，病且憂，則聚巫師，用雞卜。始則殺小牲，不可則殺中牲，又不可則殺大牲，而又不可，則訣親戚飭死事，曰：神不置我，已矣。因不食，蔽面而死。」(《柳集》卷二十八〈柳州復大雲寺記〉)這種迷信的惡俗，使柳州「戶易耗、田易荒、而畜字不孳」，而且冥頑難化，宗元因俗施化，建立佛教廟寺「爲學者居，會其從而徒委之食」，利用佛教的儀式氣氛來感化愚民，「而人始復去鬼息殺，而務趣於仁愛。」

　　其次是改善居民生活。當時柳州居民用水都要背負「罌瓶」到遠處江邊汲水，天旱水淺，汲水艱難；天雨路滑，取水危險。當地居民因迷信不敢掘井，柳宗元到任半年，利用公款鑿井，解決食水問題。集中除井銘(《柳集》卷二十)外，尙有〈祭井文〉一篇(《柳集》卷四十一)頗道其詳。

　　第三是開發地方經濟。因爲柳州經濟落後，宗元在柳州曾大力提

倡農林畜牧，還親自植樹和栽種藥材，在柳州城西北種了二百多株甘樹，在柳江邊種柳，不但發展了農業經濟，還整頓了市容。

第四是普及教育，大修孔廟以達到「人去其陋，而本於儒，孝父忠君，言及禮義」(《柳集》卷五〈柳州文宣王新修廟碑〉) 教化民眾之功，也教導後學文章作法，帶動當地文風。

有些詩作，可看出宗元不像當時一般士大夫那樣有種族偏見，爲了化解華夷間的隔閡，他希望到峒氓裡生活，學習他們的語言，風俗和習慣：

> 郡城南下接通津，異服殊音不可親。青箬裹鹽歸峒客，綠荷包飯趁虛人。鵝毛禦臘縫山罽，雞骨占年拜水神，愁向公庭問重譯，欲投章甫作文身。(《柳集》卷四十二〈柳州峒氓〉)。

描寫西南地區峒氓的生活風光，只有同情及尊重，全無獵奇或鄙薄，這是當時一般漢官頗難見的開明觀念，在他的職分上，仍難免留下一些附和攘夷的作品，如：《柳集》卷三十九〈奏邕管黃家賊事宜狀〉、〈乞討黃賊狀〉、《柳集》三十八〈代裴中丞謝討黃少卿賊表〉、〈爲裴中丞舉人自代伐黃賊表〉等，但在職務以外，感情上他的種族歧視較一般人輕得多。

在艱苦的環境中，宗元仍能堅持輔時及物的理想，嘉惠一方。在柳州的政績，正如韓愈所表揚的：

> 凡令之期，民勸趨之。無有後先，必以其時。於是民業有經，公無負租，流逋四歸，樂生興事。宅有新屋，步有新船，池園潔修，豬牛鴨雞，肥大蕃息。子嚴父詔，婦順夫指，嫁娶葬送，各有條法，出相弟長，入相慈孝。先時民貧，以男女相質，久不得贖，盡沒爲隸。我侯之至，按國之故，以傭除本，悉奪歸之。大修孔子廟，城郭巷道，皆治使端正，樹以名木，柳民既皆悅喜。(《韓昌黎全集》卷三十一〈柳州羅池廟碑〉)

公餘之暇，空虛、矛盾和激憤又盤據了宗元的心靈，登上柳州的城樓，眼前盡是「驚風」「密雨」，與內心的悲苦融爲一片，想起一同被貶謫的四司馬，「共來百越文身地，猶自音書滯一鄉」，多少的懷念，錮禁

在茫茫大荒中無法投遞。長期追隨自己求學的從弟宗直，一向體弱多病，因陪同宗元到雷塘祈雨，過度勞累，一夜之間就去世了，從《柳集》卷十二〈誌從弟宗直墓誌〉及《柳集》卷四十一〈祭弟宗直文〉，可以看出對宗直的死，宗元內心充滿憐惜、自責和慨憤。

　　因為自己得罪朝廷，連累從弟宗直考上進士十一年也爭取不到一官半職，〔註35〕這樣一個「勤學成癖」、「墨法絕代」的有為青年，竟然齎志而亡歿異域，所以宗元憤慨地說：「仁義正直，天竟不知；理極道乖，無所告訴！」

　　宗直夭亡，宗一到柳州來住了一會兒又遠去荊州，這些生離死別的傷感，一次次凋傷他這「零落殘魂」（〈別舍弟宗一〉），身世飄零，只剩下表弟盧遵陪伴。長安故舊，自然少有往還，拜訪他的除了問學的青年學子，就是僧、道、隱士之流。在荒遠的柳州，寂寞憂傷的折磨不斷，放情山水，也排遣不掉心中的悲苦：

　　　　海畔尖山似劍鋩，秋來處處割愁腸。若為化得身千億，散
　　　　上峯頭望故鄉。（〈與浩初上人同看山寄京華親故〉）

連最後老死家鄉落葉歸根的願望都沒達成，宗元就寂寞的死在柳州，（元和十四年十一月八日）結束了他悲劇的一生，才四十七歲。為官清廉，當然身後蕭條，是裴行立籌措喪葬費，表弟盧遵護送靈柩歸葬長安萬年縣祖塋。

　　宗元臨終曾分別致書給連州的劉禹錫及潮州的韓愈，這時劉正扶其母靈柩北歸，路過當年和宗元分手的衡陽，就遇到從柳州來訃告的信使，展讀遺書，自是悲慟逾恆：「南望桂水，哭我故人」、「伸紙窮竟，得君遺書。絕弦之音，悽愴徹骨。初託遺嗣，知其不孤。末言歸輀，從祔先域。凡此數事，職在吾徒。」（《劉賓客外集》卷二十三〈祭

〔註35〕〈誌從父弟宗直墓誌〉：「兄宗元得謗於朝，力能累兄弟，為進士，凡業成十一年，年三十三不舉。」一般版本「為進士」連上讀，以為宗直受宗元連累，沒考上進士。這種講法是不合法理的，受宗元連累不能舉官是有的，受宗元連累不能舉進士是說不通的。

柳員外文〉〉立即寫信給是年十月已調職袁州的韓愈，請他寫墓誌銘，並分送訃告給知交好友。八個月後，劉禹錫又有〈重祭柳員外文〉，告慰亡友後事安排妥當，遺孤有故人撫養提攜，後來宗元的文集，也是劉禹錫編定的。

柳州居民爲感其德政，在羅池立廟，奉宗元爲羅池之神，永祀不歇。

第二章　柳宗元的思想

第一節　天人思想

天人關係論是人生論的開端、人按照其對天的認識不同，而有不同的人生態度和處事方法。中國哲學的特色是天人合一論，認爲天人相類而相通，於是天道人性爲一。儒家孔、孟認爲人倫道德原出於天，雖尊天而仍側重人事；老、莊以天爲自然，主張無爲順化；荀子亦以天爲自然，進而制天而用天，均重在人事。其後經過漢儒加工敷衍成一套天人感應之說和鬼神迷信的思想，天命論漸成儒學的支柱、其極必至於事事乞靈於天而盡廢人事。

與柳宗元同時的韓愈，以畢生精力排佛老、尊儒學，建立儒家道統，奠定宋明理學的基礎，在中國思想史上固然有他重要的地位。然而，韓愈的儒家學說仍不免有其粗糙面，就是承襲漢儒天人感應之說。例如他深信「唐受天命爲天子」(《韓昌黎集》卷四〈送殷員外序〉)，所以當憲宗僥倖討平諸藩鎮後，他建議憲宗「宜定樂章以告神明，東巡泰山，奏功皇天，具著顯庸，明示得意，使永永年代，服我成烈。」(同前書卷八〈潮州刺史謝上表〉)，因爲深信有天命在，所以認爲「賢與不肖存乎己，貴與賤，禍與福存乎天」(同前書卷三〈與衛中行書〉)人的升沉通塞，全由天帝安排，相信冥冥中自有主宰，自然相信鬼神，

他說：「漠然無形與聲者，鬼之常也。民有忤於天，有違於民，有爽於物，逆於倫而感於氣，於是乎鬼有形於形，有憑於聲以應之，而下殃禍焉。」（同前書卷一〈原鬼〉），於是貶潮州南下時，經黃陵廟，他就謁神求福，後來獲赦還京，還修黃陵廟，刻石為碑致謝。宗元死後，他又煞有介事地寫〈柳州羅池廟碑〉，記述子厚預言、託夢、顯靈等事。真是荒誕不經。

　　柳宗元對天的觀念，跟韓愈完全不同，他認為天只是一個自然體，他說：

> 彼上而玄者，世謂之天，下而黃者，世謂之地；渾然而中處者，世謂之元氣，寒而暑者，世謂之陰陽。是雖大，無異果蓏癰痔草木也。……天地，大果蓏也；元氣，大癰痔也；陰陽，大草木也。其烏能賞功而罰禍乎？（《柳集》卷十六〈天說〉）

宗元在他那篇〈天對〉妙文中，開宗明義地否定了萬物之上還有主宰：

> 本始之茫，誕者傳焉。鴻靈幽紛，曷可言焉？智黑晰眇，往來屯屯，厖昧革化，惟元氣存，而何為焉？（《柳集》卷十四〈天對〉）

宇宙只是一元混屯之氣而成，由陰陽二氣交互運動而發展為天地、山川、萬物：

> 合焉者三，一以統同，吁炎吹冷，交錯而功。

在〈天對〉中，宗元用元氣陰陽作用的觀念，破除許多神話無稽之說，如：

> 圜焘廓大，厥立不植。地之東南，亦已西北。彼回小子，胡顛隕爾力。夫誰駴汝為此，而以恩天極！

斥責康回怒觸不周之山，折斷天柱的荒誕：

> 烏後繫維，乃麋身位，無極之極，漭瀰非垠，或形之加，孰取大焉？皇熙亹亹，胡棟胡宇？宏離不屬，焉恃夫八柱？

天只是無垠的氣體，何須崑崙八柱支撐！

> 陽潛而疐，陰蒸而雨。茫馮以興，厥號奚所。

下雨只是陰陽二氣冷熱的作用，何來雨師主宰？世界上也沒有不死的
仙人：

> 仙者幽幽，壽焉孰慕？短長不齊，咸各有止。胡紛華漫汙，
> 而潛謂不死。

人與萬物，都是由於氣的作用而成，宇宙間的多彩多姿，並無主宰。
基於這些認識，宗元對天人的見解是：

一、否定天命

　　貞元十九年，宗元擔任監察御史裡行，曾兼監察使，主持朝廷祭
典，有一種在季冬寅日合祭百神於南郊的祭典叫做「禘」，祭祀對象
從神農、后稷到五岳、四鎮、四海、四瀆，「凡一百八十七座，當方
年穀不登則闕」（《舊唐書》卷二十四〈禮儀志〉），作為主祭官的柳宗
元，卻寫了一篇「禘說」，他所理解聖人制定的「禘」祭是這樣的：

> 神之貌乎？吾不可得而見也。祭之饗乎？吾不可得而知
> 也。是其誕漫憫悅，冥冥焉不可執取者。夫聖人之為心也，
> 必有道而已矣，非于神也，蓋于人也。以其誕漫憫悅，冥
> 冥焉不可執取，而猶誅削若此，況其貌言動作之塊然者乎？
> 是設乎彼而戒乎此者也，其旨大矣。（《柳集》卷十六）

神的形貌，以及神是否降臨接受祭饗，根本無從知道。聖人並不是相
信有神，定下這祭典的真意，名義上是要處罰發生災害地域的神靈（不
讓祂參加祭典），其實是要告誡那些不負責任的地方官吏啊。

　　這是柳宗元利用陸質《春秋》學派判斷「聖人之意」的方法，告
訴我們根本沒有神。

　　人類某些活動，要配合自然節氣變化的規律，才會有成效，譬如
農牧等生產事業。陰陽家把五行思想附會到初民早已把握了的這方面
的規律，漢儒據以寫定了〈月令〉。按照〈月令〉的說法，上天替天
子執政行事安排了時間表，順者昌，逆者殃。

　　唐代特別重視〈月令〉，玄宗令李林甫重新編定，改稱「時令」，
提到《禮記》五十篇之首。貞元六年二月朝廷制書：「自今以後，每

至四孟月迎氣之日,令所司宣讀〈時令〉,朕當與百辟卿士舉行之。」
(《唐會要》卷二十六),宗元針對這制度寫了〈時令論〉。(《柳集》
卷三)

　　首先他把自己理解的「聖人之道」和神聖化了的「天道」分開:

　　然而聖人之道,不窮異以爲神,不引天以爲高,利於人,

　　備於事,如斯而已矣。

然後根據「天人相分」的觀點,把政令行事分爲兩大類:一類是「俟
時而行之者」,共四十項,是人類必須配合自然,適應時令的活動;另
一類是「不俟時而行之者」,共三十多項,如舉賢與能,嚴明法制等一
些政治措施,純屬人類社會活動。「亂人之紀」、「淫巧蕩上」等事,春
天不應爲,其他季節也不能爲的,〈月令〉只規定春天不能爲不是很荒
謬嗎?最後他還駁斥違背〈月令〉就會引起災異,只是「瞽史之語,
非出於聖人者也」。並推定〈月令〉絕不是夏后周公的舊典。〈時令論〉
下篇說明「聖人之教」的五常應該常行永守的,不應替行善事規定時
間,也不應用怪異之言威迫人做善事,最後他說:

　　立大中,去大惑,舍是而曰聖人之道,吾未信也。

他認爲要破除對天命的迷信,才能使聖人之道發揚光大。

　　《柳集》卷三〈斷刑論〉保存了下篇,是用批評《左傳》的方式
立論,他認爲,刑賞必須及時,才能達到刑措化成的目的,如果「賞
以春夏、刑以秋冬」便不利及時賞善罰惡。人類法制等措施,「順人
順道」才是正途,他說:

　　或者務言天而不言人,是惑於道者也。胡不謀之人心,以
　　熟吾道?吾道之盡,而人化矣。是知蒼蒼者焉能與吾事,
　　而暇知之哉!果以爲天時之可得順,大和之可得致,則全
　　吾道而得之矣。全吾道而不得者,非所謂天也,非所謂大
　　和也,是亦必無而已矣。又何必枉吾之道,曲順其時,以
　　諂是物哉!吾固知順時之得天,不如順人順道之得天也。

宗元認爲專講天命,不修人事,就是惑於聖人之道。他在破除天命的
迷信用力太多,在「知天」方面卻忽略了。不求「知天」固然在肯定

「天人相分」上無礙，卻忽略了人類可以掌握自然的規律，進而改造自然的必要性和可能性。劉禹錫的三篇〈天論〉，不但支持了他的見解（反天命），也補足了他的疏漏。在〈答劉禹錫天論書〉中，他高興地說：「凡子之論，乃吾天說傳疏耳，無異道焉，諄諄佐吾言，而曰有以異，不識何以爲異也。子之所以爲異者，豈不以贊天之能生植也歟？」（《柳集》卷三十一）。劉禹錫的〈天論〉是和柳宗元一樣，堅決否定「天命」和「天人交感」，但他強調天人各按自己的規律運動：「天之道在生殖，其用在強弱；人之道在法制，其用在是非。」（《柳集》卷十六附劉禹錫〈天論〉上）：但是天人並非毫不相干的，他接著說：

> 陽而阜生，陰而肅殺，水火傷物，木堅金利，壯而武健，老而耗眊，氣雄相君，力雄相長，天之能也；陽而薪樹，陰而摯斂，防害用濡，禁焚用光，斬材竅堅，液礦硎鋩，義制強訐，禮分長幼，右賢尚功，建極閑祁，人之能也。人能勝乎天者法也。（同前）

他又舉水中行舟爲例，人如能掌握水的規律，便可利用水流行駛；如果不諳水性，就有覆舟之虞。人類從累積的經驗中掌握了天的規律，萬物因而無窮，天人不但「交相勝」，而且「還相用」。

對於劉禹錫的意見，宗元又用他精密邏輯的特長再加補充，他說：

> 子所謂交相勝者，若天恒爲惡，人恒爲善，人勝天，則善者行，是又過德乎人，過罪乎天也。又曰：天之能者生植也，人之能者法制也。是判天與人爲四而言之者也。余則曰：生植與災荒，皆天也；法制與悖亂，皆人也。二之而已，其事各行不相預，而凶豐理亂出焉。（《柳集》卷三十一〈答劉禹錫天論書〉）

這樣的補充，才把人類改造自然在「天勝人」與「人勝天」兩方面區分清楚，中國思想史上有關「天人之際」問題的辯論，有了比較圓滿的結果，後來章太炎說：

> 昔無神之說，發於公孟（《墨子·公孟篇》：「公孟子曰：無

鬼神。」是此說所起，非始晉代阮瞻。阮瞻但言無鬼，而
公孟兼言無神，則識高於阮矣）；排天之論，起於劉、柳。
（王仲壬已有是說，然所排者惟蒼蒼之天而已，至劉、柳
乃直拔天神爲無。）」（章氏叢書，《太炎文錄初編·別錄》卷二）
這說明了劉、柳天命論在中國思想史上的意義。

二、治亂由人，禍福不出於天

　　柳宗元既認定天人不相預，各有自己的規律，因此他論及國家興
衰、政治良否、人生禍福，都「非關天命，在我人力」（《柳集》卷二
〈愈膏肓疾賦〉），反對封禪、祈禳、占卜、預言等荒誕不經的事。這
個理念他從貶前一直堅持到貶後，表現在〈貞符〉（《柳集》卷一）裡：

> 臣所貶州流人吳武陵爲臣言：董仲舒對三代受命之符，誠然
> 非也？臣曰：非也。何獨仲舒爾，自司馬相如、劉向、揚雄、
> 班彪、彪子固，皆沿襲囁囁，推古瑞物以配受命，其言類淫
> 巫瞽史，誑亂後代，不足以知聖人立極之本，顯至德，揚大
> 功，甚失厥趣。臣爲尚書郎時，嘗著〈貞符〉，言唐家受命
> 於生人之意，累積厚久，宜享年無極之義，本末閎闊。會貶
> 逐中輟，不克備究。正陵即叩頭邀臣，此大事，不宜以辱故
> 休缺。使聖王之典不立，無以抑詭類，拔正道，表數萬代，
> 臣不勝奮激，即具爲書，念終泯沒蠻夷，不聞于時，獨不爲
> 也。苟一明大道施于人代，死無所憾。（〈貞符序〉）

他說明了寫作〈貞符〉，就是要糾正漢儒以爲君主受命於天，必有符
瑞相配的謬說。他認爲社會國家的治亂興衰，完全取決於人事，取決
於「生人之意」，眞正的休符是仁政，不是天瑞：

> 受命不于天而于其人，休符不于祥而于其仁，惟人之仁，
> 匪祥于天，茲惟貞符哉！未有喪仁而久者也，未有恃祥而
> 壽者也。

君主只要行仁政，便可得民人，長保君位，何必勞民傷財舉行封禪大
典，接著他又說：

> 文之雅詩，祇告于德之休，帝曰譆哉。乃黜休祥之奏，究

> 貞符之奧，思德之所未大，求仁之所未備，以極于邦理，
> 以敬于人事。

同理，君主失德必然招致國家覆亡，並非由於天罰。《國語・周語》記載幽王二年，西周三川皆震，伯陽父預言是周將亡之兆，果然：「是歲也，三川竭、岐山崩，幽王乃滅，周乃東遷。」（《柳集》卷四十四〈非國語〉）宗元深不以為然，他說：

> 山川者，特天地之物也，陰與陽者，氣而遊乎其間者也，
> 自動自休，自峙自流，是惡乎與我謀；自闢自竭、自崩自
> 缺，是惡乎為我設。（同前引）

他肯定西周的滅亡是「源塞國必亡，人乏財用，不亡何待？」這跟天罰無關，國家將亡，應檢討得失，改過修德，不可只知祭祀鬼神，或聽天由命。周惠王十五年，有神降於莘，內史過告訴周惠王，虢荒將亡，補救的辦法是「使太宰以祝史帥狸姓奉犧牲粢盛玉帛往獻焉。」柳宗元批評說：

> 力足者取乎人，力不足者取乎神。所謂足，足乎道之謂也，
> 堯舜是矣。周之始固以神矣，況其徵乎？彼鳴乎莘者，以
> 烝蒿悽愴，妖之淺者也。天子以是問，卿以是言，則固已
> 陋矣，而其甚者，乃妄取時日蓬浪無狀而寓之丹朱，則又
> 以房后之惡德與丹朱協，而憑以生穆王而降于虢，以臨周
> 之子孫，於是遂帥丹朱之裔以奉祠焉。又曰：堯臨人以五，
> 今其胄見，虢之亡不過五年，斯其為書也，不待片言而迁
> 誕彰矣。（同前）

甚至天災、都可以用人力預防，不應坐以待斃。除了在〈非國語〉裡舉證鑿鑿，否定天降罰，而禍由於人外，還寫了一篇寓言體的〈愈膏肓疾賦〉（《柳集》卷二），說明任賢可以扶滅國：

> 喪亡之國，在賢哲之所扶匡，而忠義之心，豈膏肓之所羈絆。

最後他藉名醫之口下結論道：

> 吾謂治國在天，子謂治國在賢，吾謂命不可續，子謂命將
> 可延。詎知國不足理，疾不足瘳？佐荒淫為聖主，保天壽
> 為長年，皆正直之是與，庶將來之勉旃！

宗元認為一切「事在人為」，不必假藉天命鬼神，尤不可聽信方士之言，只因鍊丹服藥是方士之言，他遭貶後身體虛弱，周君巢把自己久壽的藥物分給他，他也拒絕了：

> 宗元以罪大擯廢，居小州，與囚徒為朋，行則若帶纆索，處則若關桎梏，彳亍而無所趨，拳拘而不能肆，槁然若梣，隤然若璞，其形固若是，則其中者可得矣。然猶未嘗肯道鬼神等事。今丈人乃盛譽山澤之臞者，以為壽且神，其道若與堯舜孔子似不相類焉。……苟守先聖之道，由大中以出，雖萬受擯棄，不更乎其內，大都類往時京城西與丈人言者，愚不能改，亦欲丈人固往時所執，推而大之，不為方士所惑，仕雖未達，無忘生人之患，則聖人之道幸甚。(《柳集》卷三十二〈答周君巢餌藥久壽書〉)

宗元重人事，堅持不道鬼神之事的主張，源自先秦儒家孔子，他所反對的，是漢以來神秘化了的天道觀。

第二節　大中思想

柳宗元主要以實現堯、舜、孔子一脈相承的「聖人之道」為職志，他聲稱讀書作文「其歸在不出孔子」(《柳集》卷三十四〈報袁君陳秀才避師名書〉)，畢生努力「延孔子之光燭于後來」(《柳集》卷三十四〈答貢士元公瑾論仕進書〉)。然而，他所謂的「聖人之道」，並非如一般人似的向章句訓詁求。

如上章所述，唐代經學已漸離專守章句，嚴守家法那種毫無生命力的學風，元稹指出：「今國家之所謂興儒術者，豈不以有通經文字之科乎？其所謂通經者，不過於覆射數字；明義者，纔至於辨析章條。是以中第者數盈數百，而通經之士蔑然。」(《元氏長慶集》卷二十八〈對才識兼茂明於體用策問〉)宗元當然也不贊成墨守章句，死背教條以矜世取譽，他特別強調通經致用，要使「聖人之道」有益於世用。他說：

> 仲尼之說豈易也？仲尼可學不可爲也。學之至，斯則仲尼
> 矣。未至而欲行仲尼之事，若宋襄公好霸而敗國，卒中矢
> 而死。仲尼豈易言邪？馬融、鄭玄者，二子獨章句師耳，
> 今世固不少章句師，僕幸非其人。（《柳集》卷三十四〈答嚴厚
> 與秀才論爲師道書〉）

「聖人之道」那裡是經傳表面的文字可以理解得到的？就以聖人憑以
表達微言大義的《春秋》來說吧，疏說的人「處則充棟宇，出則汗牛
馬，或合而隱，或乖而顯，後之學者，窮老盡氣，左視右顧，莫得其
本。」（《柳集》卷九〈唐故給事中皇太子侍讀陸文通先生墓表〉）只
有「吳郡人陸先生質，與其師、友天水啖助、洎趙匡，能知聖人之旨，
故《春秋》之言及是而光明，使庸人小童，皆可積學以入聖人之道，
傳聖人之教，是其德豈不侈大矣哉！」（同前）宗元就用陸派治《春
秋》的方法，去理解、發揮「聖人之道」。

因爲他用新的方法去理解、發揮「聖人之道」，所以聖人之道就
有了很多不同的新名目，如中，大中，中道，中庸，時中，直道，中
正，當等等，在他筆下，這些新名詞常和堯舜孔子之道交替出現，如：

> 聖人之爲教，立中道以示於後（《柳集》卷三〈時令論〉下）。

> 立大中，去大惑，舍是而曰聖人之道，吾未信也。（同前）

> 當也者，大中之道也。（《柳集》卷三〈斷刑論〉下）

宗元所謂的聖人之道，其基本內容是「不窮異以爲神，不引天以
爲高」，要「利於人、備於事」，要「立大中」，要求「當」，舉凡一切
推天引神，荒誕不經、迂迴茫洋、博而寡要，以及不當於理，不當於
事，不當於生人之意的，統統都是大惑。

「中」本來是儒家思想中的一個重要概念，清人惠棟認爲《易經》
非常重視「時中」：「子思作《中庸》，述孔子之意而曰：君子而時中。
孟子亦曰：孔子聖之時。夫執中之訓肇於中天，時中之義明於孔子，
乃堯舜以來相傳之心法也。……知時中之義，其於《易》也思過半矣。」
（《易漢學》卷七）「大中」一語，首見於《易經》大有卦的彖辭：「大

有：柔得尊位大中，而上下應之曰大有」(《易經》卷二)「中」的觀念就是這樣發展起來的，實質意義是調和矛盾雙方以保持質的穩定性。柳宗元明確地提出「大中」一語，在他的著作裡廣泛地使用。在〈懲咎賦〉，他追述「求大中之所宜」的歷程是這樣的：

> 始予學而觀古兮，怪今昔之異謀，惟聰明爲可考兮，追駿步而退遊。潔誠之既信直兮，仁友藹而萃之，日施陳以繫縻兮，邀堯、舜與之爲師。(《柳集》卷二)

宗元所提到的「仁友」，是參加王叔文革新派的同道，他們都很重視「中道」，無論責己、譽人、施政，都以「大中」爲衡量原則。如獨孤及，宗元說他：「讀書推孔子之道，必求諸其中」(《柳集》卷十一〈亡友故祕書省校書郎獨孤君墓碣〉) 李景儉作〈孟子評〉，對孟子揭摭非議，柳宗元說：「致用之志，以明道也，非以摭孟子，蓋求諸中而表乎世焉爾」(《柳集》卷三十一〈與呂道州溫論非國語書〉)，呂溫是引導他探討時中之奧的朋友：「吾自得友君子，而後知中庸之門戶階室。」(同前)。爲了明道，可以非議「孟子」，可以折中孔子之道，用不著一一依照聖人的是非，更不是依照後儒相傳聖人之是非，這是陸派《春秋》學「合古今，散異同。」歸本於「明章大中，發露公器」(《柳集》卷九〈唐故給事中皇太子侍讀陸文通先生墓表〉) 的治學精神。

宗元與朋友探討講論的「時中之奧」，在當時已是「疑生所怪，怒起特殊，齒舌嗷嗷，雷動風趨」(《柳集》卷九〈唐故衡州刺史東平呂君誄〉) 地引起反對，後來宋代的歐、蘇，明代的黃震、茅坤看出韓、柳相異而批評他「是非多謬於聖人」，[註1] 可見宗元的「大中之

[註 1] 歐陽修《集古錄尾》卷八〈唐南嶽彌陀和尚碑〉：「自唐以來，言文章者惟韓、柳，柳豈韓之徒哉，眞韓門之罪人也。」
蘇軾《東坡續集·與江惇禮秀才》：「柳子之舉，大率以禮樂爲虛器，以天人爲不相知云云，雖多，皆此類爾。此所謂小人無忌憚者。」
黃震《黃氏日鈔》卷六二：「柳以文與韓並稱，然韓文論事說理，一一明白透徹，無可指擇者，所謂貫道之器，非歟？柳……間及經旨義理，則是非多謬於聖人，凡皆不根於道故也。」

道」，已非先聖的本來面目，而是博采百家，推崇儒術。

宗元與他的仁友所倡言的「大中之道」，是非常強調「生人之意」，志在「以興堯舜孔子之道，利安元元爲務」，終生黽勉以求「自天子至於庶民，咸守其經分，而無有失道者，和之至也。」（《柳集》卷三〈守道論〉）的境界，這個終極目標韓、柳沒甚麼不同，他倆的分歧是在於達此目標的途徑和方法不同。

一、通權達變，處事貴當

柳宗元在〈與楊誨之第二書〉裡說：「聖人所貴乎中者，能時其時也」，他把大中之道歸結爲一個「當」字：

> 果以爲仁必知經，智必知權，是又未盡於經權之道也。何也？經也者，常也；權也者，達經者也；皆仁智之事也，離之滋惑矣。經非權則泥，權非經則悖，是二者強名也。曰當，斯盡之矣。當也者，大中之道。離而爲名者，大中之器用也。知經而不知權，不知經者也；知權而不知經，不知權者也。偏知而謂之智，不智者也；偏守而謂之仁，不仁者也。知經者不以異物害吾道，知權者不以常人拂吾慮。合之於一而不疑者，信於道而已者也。（《柳集》卷三〈斷刑論〉下）

經是常道，即一般原則；權是針對具體情況對一般原則的靈活運用，是達經的一種方法，經權有其辨證關係在，權而無經一定悖謬混亂，經而不知權可能無法達經，所以經權二者絕不能偏知、偏守，必須「合之於一而不疑」才是得其當。處事得當才能達到預期的效果。以經權合一才是當，才是大中之道。可知宗元的大中思想，不是簡單地調和折衷兩極端的中庸之道而已。

在革新失敗被貶後，宗元「恒懼過而失中庸之義，慕西門氏佩韋

茅坤《唐宋八大家文鈔》卷首：「韓於書無所不讀，於道見其大源，故其文醇而肆。……謂柳子無見於道固不可，然道有離合，豈可因其文之工而掩之乎？」

以戒」而寫了一篇〈佩韋賦〉(《柳集》卷二)。賦中列舉一系列的古人，能夠剛柔並濟執中俟命的柳下惠、孔子、藺相如、游吉、曹劌等人，備受後人尊敬；一味執剛逞強的陽處父、項羽、朱雲、陳咸、洩冶等人，下場堪悲；只知守柔懦退的胡廣、子家、宋義、李斯、徐偃、桑弘等人，結果是身敗名裂，所以他的結論是：

> 純柔純弱兮，必削必薄；純剛純強兮，必喪必亡。韜義于
> 中，服和于躬，和以義宣，剛以柔通。守而不遷兮，變而
> 無窮；交得其宜兮，乃獲其終。

　　純柔純弱是權而不經，俯仰由人；純剛純強是知經不知權，不能靈活應變，都不會有好結果的，這種剛柔並濟的主張，並非教人「翦翦拘拘以同世取榮」(《柳集》卷三十三〈與楊誨之第二書〉)。

　　宗元的妻弟楊誨之，是個「顯然翹然，秉其正以抗於世」的人，方正剛強有餘。基於愛護之情，宗元勸他方中圓外，而且不厭其煩一再寫信說明：「剛柔無恒位，皆宜存乎中，有召焉者，在外則出應之，應之咸宜，謂之時中，然後得名為君子」，是該剛則剛，該柔則柔，要靈活應變。他認為「剛柔同體，應變若化，然後能志乎道。」並不是教他「外恒柔」、和「中恒剛」，而是要像車輪一樣，「非特於可進也，銳而不滯；亦將於可退也，安而不挫。欲如循環之無窮，不欲如轉丸之走下也」，為人處事要「守大中以勤乎外而不變乎內」，堅守原則，應變無窮，這跟妥協不同。

　　周成王以桐葉為珪戲封其弟唐叔的故事，歷史上早成美談，眾口交譽成王言而有信。韓愈在〈論捕賊行賞表〉一文裡，曾引述這事例來證明「自古以來，未有不信其言而能有大功者」(《韓昌黎集》卷八)。宗元卻不以為然，他說：

> 凡王者之德，在行之若何，設未得其當，雖十易之不為病，
> 要於其當，不可使易也，而況以其戲乎？(《柳集》卷四〈桐
> 葉封弟辯〉)

履行戲言未必得當，他認為：

> 周公輔成王，宜以道，從容優樂，要歸之大中而已。必不
> 逢其失而爲之辭，又不當束縛之，馳驟之，使若牛馬然。
> 急則敗矣，且家人父子尚不能以此自克，況號爲君臣者耶？
> （同前）

因此他論斷這段歷史不可信。他寫這篇文章，重點不在史實的考辨，
而是借以說明處事之道「要於其當」，使「不當」見信，後果更不堪
設想。

二、舉賢與能，吐故納新

宗元主張經權不能偏知偏守，處事在通權達變的原則下，自然不
會墨守成規，那麼明君用人，也不應因循守舊，應該舉賢用能，吐故
納新。他在〈六逆論〉裡，借「石碏諫寵州吁」這段史實，針對石碏
所說的「六逆」表達他「用賢」的主張：

> 余謂少陵長，小加大，淫破義，是三者，固誠爲亂矣。然其
> 所謂賤妨貴，遠間親，新間舊；雖爲理之本可也。何必曰亂？
> 夫所謂賤妨貴者，蓋斥言擇嗣之道，子以母貴者也。若貴而
> 愚，賤而聖且賢，以是而妨之，其爲理本大矣。而可捨之以
> 從斯言乎？此其不可固也。夫所謂遠間親，新間舊，蓋言任
> 用之道也。使親而舊者愚，遠而新者聖且賢，以是而間之，
> 其爲理本亦大矣，又可捨之以從斯言乎？必從斯言而亂天
> 下，謂之師古訓，可乎？此又不可者也。（《柳集》卷三）

宗元認爲皇位承繼立嫡立長，用人唯親是「古訓」也是陳規，絕
不是「理本」，而是禍亂之源，「理」應求「當」，用人便應以「聖且
賢」爲標準，才可以「使賢者居上，不肖者居下，而後可以理安。」
（《柳集》卷三〈封建論〉）這又是柳宗元借著批判歷史資料，要求實
際任用制度的改革，有效實現其大中之道。

三、體悟佛學中道觀，統合儒釋

中道是佛教的本體論一個重要觀念。最初是印度龍樹一派的空宗
方法論，所謂中道，就是離二邊，所謂離二邊，就是雙遣與雙非。佛

教運用這種論證的方法，達到單純的否定，絕對的否定，表明客觀世界的虛妄不真，例如龍樹說：「常是一邊，斷滅是一邊，離是二邊行中道，是爲般若波羅蜜。」（《大智度論》卷四十三）「常」見承認因果統一，就會以爲萬物是實在的；「斷」見否定因果關聯，「滅」見認爲因緣相本不和合，按照「斷、滅」見會認爲萬物虛妄。龍樹否定「常」、「斷滅」這兩種錯誤認識方法，認爲擺脫這兩邊才能成正果。他在《中論》裡的〈三是偈〉說：「眾因緣生法，我說即是無。亦爲是假名，亦是中道義。」（《中論・觀四諦品》第二十四）〔北齊〕僧人慧文解釋〈三是偈〉說：「諸法無所非因緣所生，而此因緣，有不定有，空不定空，空有不二，名爲中道。」（《志磬佛祖統紀》卷六）。陳、隋之際，慧文的再傳弟子智顗居天台山，正式創立了天台宗，他舉俗諦，承認萬物實有，舉真諦堅持萬有空無，現實世界是「真空」與「假有」統一的「中道」，就是「即空即假即中」的「三諦圓融」觀念。

柳宗元頗能接受這種用折衷手法從主觀否定二邊的方法，在〈送巽上人赴中丞叔父召序〉裡說：「言至虛之極，則蕩而失守；辯群有之夥，則泥而皆存。」（《柳集》卷二十五）這就是否定執著空、有二邊，尋求空、有二者的統一。特別贊同龍安海禪師以「蹈中」爲志，定慧雙修，即事即真，於禪定中獲妙智，於生活中悟真常，碑中引述了龍安的〈安禪通明論〉裡的觀點加以表揚：

> 於是北學於惠隱，南求於馬素，咸黜其異，以蹈乎中，乖離而愈同，空洞而益實，作〈安禪通明論〉。推一而適萬，則事無非真；混萬而歸一，則真無非事。推而未嘗推，故無適；混而未嘗混，故無歸。塊然趣定，至于旬時，是之謂施用；茫然同俗，極乎流動，是之謂真常。（《柳集》卷六〈龍安海禪師碑〉）

〈安禪通明論〉是說萬物即真如，真如即萬物，它們表現爲塊然獨立，可以施用的暫時存在形式，都可歸納爲無適、無歸的統一的「真常」裡，他所說的真常或真如，就是天台宗的「實相」。

　　宗元自謂得道於重巽，在〈送巽上人赴中丞叔父〈柳公綽〉召序〉
說：

　　吾自幼好佛，求其道，積三十年，世之言者罕能通其說，
　　於零陵吾獨有得焉。且佛之言，吾不可得而聞之矣，其存
　　於世者，獨遺其書，不於其書而求之，則無以得其言，言
　　且不可得，況其意乎？今是上人窮其書，得其言，論其意，
　　推而大之，逾萬言而不煩，總而括之，立片辭而不遺，與
　　夫世之析章句，徵文字，言至虛之極，則蕩而失守，辯群
　　有之夥，則泥而皆存者，其不以遠乎？以吾所聞知，凡世
　　之善言佛者，於吳則惠誠師，荊則海雲師，楚之南則重巽
　　師，師之言存，則佛之道不遠矣。……以中丞公之直清嚴
　　重，中書（鄭絪）之辯博，常州（孟簡）之敏達，且猶宗
　　重其道，況若吾之昧昧者乎？《柳集》卷二十五）

序中提及「析章句，徵文字者」指的是唯識、華嚴二宗之繁瑣，「蕩
而失守」是誕妄的南禪，「泥而皆存」是說北禪拘泥。宗元服膺重巽
之教是因爲他能窮經論之理而深通中道，重巽居永州龍興寺，集中有
〈巽上人以竹間自採新茶見贈酬之以詩〉（卷四十二）及〈題巽公院
五詠〉（卷四十三），可窺見重巽之道對宗元心性修養的啓發。

　　重巽是法證的弟子，法證即雲峰和尚，死於貞元十七年，當時宗
元二十九歲，爲藍田尉，應其徒之請，寫了〈南嶽雲峰寺和尚碑〉，
對法證虛靜無求，一其空有，深得中道，而又遍讀群經，作塔廟，率
領徒眾力行戒律，從未怠懈等稱崇不已：

　　吾師軌行峻特，器宇弘大，有來受律者，吾師示之以爲尊
　　嚴整齊，明列義類，而人知其所不爲，有來求道者，吾師
　　示之以爲高廣通達，一其空有，而人知其所必至。元臣碩
　　老，稽首受教，髫童毀齒，踴躍執役，故從吾師之命而度
　　者，凡五萬人。吾師冬不燠裘，飢不豐食，每歲會其類讀
　　群經，俾聖言畢出，有以見其大。又率其件，伐木墐土，
　　作佛塔廟洎經典，俾像法益廣，有以見其用。將歿，告門
　　人曰：吾自始學至去世，未嘗有作焉，然後知其動無不虛，

静無不為，生而未始來，歿而未始往也，其道備矣。願刻
山石，知教之所以大。(《柳集》卷七)

法證是湛然的弟子，湛然是天台九祖，是他「重興台教」，發揮一念
三千、三諦圓融之理，提出「雙遮雙照」的理論，「遮」是否定認識，
「照」是肯定認識，「雙遮雙照」是對「空」、「假」都有否定有肯定。
又提出「無情有性」，進而認為一切無情物如「牆壁瓦石」都具有佛
性，賦予佛性無限普遍的意義。

宗元認為天台學說是佛學正統，他在〈岳州聖安寺無姓和尚碑〉
裡說：

嗚呼！佛道逾遠，異端競起，唯天台大師為得其說，和尚
紹承本統，以順中道，凡受教者不失其宗，生物流動，趨
向混亂，惟極樂正路為得其歸。和尚勤求端愨，以成至願，
凡聽信者，不惑其道。(《柳集》卷六)

宗元寫了十一篇佛教碑，其中屬天台宗的高僧最多，其次是禪宗。

禪宗主張明心見性，直指本心，頓悟中道，《六祖壇經・行由品》
解說佛性中道妙諦是：「何期自性，本自清淨；何期自性，不生不滅；
何期自性，本自具足；何期自性，本無動搖；何期自性，能生萬法。」
〈機緣品〉又說：「若能於相離相，於空離空，即是內外不迷。若悟
此法，一念心開，是為開佛知見。」這是六祖教人不著兩邊，由日用
常行中體悟苦樂不生的中道。宗元對六祖契入中道，見性成佛的方法
頗能接受。他說：

其道以無為為有，以空洞為實，以廣大不蕩為歸。其教人，
始以性善，終以性善，不假耘鋤，本其靜矣。

「以無為為有，以空洞為實」就是「於相離相，於空離空」的中道，
在碑辭中再加以闡發：

生而性善，在物而具，荒流奔軼，乃萬其趣。匪思愈亂，匪
覺滋誤。由師內鑒，咸獲于素，不植乎根，不耘乎苗，中一
外融，有粹孔昭。(《柳集》卷六〈曹溪第六祖賜諡大鑒禪師碑〉)

六祖慧能在性善論的基礎上講內鑒本心，便可內外不迷是不錯的，但

由於直指本心的方便，以致後來的俗禪不讀經、不坐禪，不守戒律，宗元時加批評，在〈龍安海禪師碑〉裡借龍安對達摩以來的禪宗表示懷疑，而上徵達摩以前龍樹作《中論》，重中觀，龍安也以「蹈中」爲志，於生活中悟眞常，於禪定中獲妙智，間接指責俗禪的離經叛道。更明確地指出：

> 言禪最病，拘則泥乎物，誕則離乎眞，眞離而誕益勝。故今之空愚失惑，縱傲自我者，皆誣禪以亂其教，冒于囂昏，放于淫荒。（《柳集》卷六〈龍安海禪師碑〉）

禪宗太過空談，造成離奇荒誕，戒律不存的弊病，宗元非常反對，尤其是那些「假浮圖之形以爲高」的「縱誕亂雜」者流（《柳集》卷二十五〈送方及師序〉），更是不齒。在〈送琛上人南遊序〉裡，他說：

> 法之至莫尚乎般若，經之大莫極乎涅槃，世之上士，將欲由是以入者，非取乎經論則悖矣。而今之言禪者，有流盪舛誤，迭相師用，妄取空語，而脫略方便，顚倒眞實，以陷乎己，而又陷乎人。又有能言體而不及用者，不知二者之不可須離也，離之外矣，是世之所大患也。（《柳集》卷二十五）

直接指出俗禪妄取空語，顚倒眞實，離用言體，不加修行，以致陷己陷人。所以宗元非常重視佛教的戒律，在〈大明和尚碑〉裡說：「儒以禮立仁義，無之則壞，佛以律持定慧，去之則喪，是故離禮於仁義者，不可以與言儒，異律於定慧者，不可與言佛」（《柳集》卷七）。

宗元還替淨土宗的承遠法師寫了〈南嶽彌陀和尚碑〉，其中對淨土宗重修行及其權宜中道之方頗爲贊成：

> 公始居山西南巖石之下，人遺之食則食，不遺，則食土泥，茹草木，其取衣類是。南極海裔，北自幽都，來求厥道，或值之崖谷，羸形垢面，躬負薪樵，以爲僕役而媒之，乃公也。凡化人，立中道而教之權，俾得以疾至，故示專念，書塗巷，刻谿谷，丕勤誘掖，以援于下，不求而道備，不言而物成。（《柳集》卷六〈南嶽彌陀和尚碑〉）

宗元從承遠法師日常生活裡粗食菲衣，躬負薪樵的修行見其立誠教，

頗爲嘉許。在〈永州龍興寺修淨土院記〉裡，除詳述以誠心大願，念力具足可往西方淨土極樂之境外，還敘述淨土宗的影響：

> 其後天台顗大師，著〈釋淨土十疑論〉，弘宣其教，周密微妙，迷者咸賴焉。（《柳集》卷二十八）

佛說淨土是毫無事實可以驗證的，所以禪宗六祖惠能主張一念修行，自身等佛。也就是說淨土就在人的心中。龍興寺修淨土堂時，刺史馮敘捐資修大門，宗元還助資修迴廊，還堅持佛爲說法方便，而立下淨土的，比喻爲實有存在的極樂世界，還從中找到了「求無生之生」的「舟筏」。重巽上人爲使觀者起信，就在修淨土院時把〈釋淨土十題論〉刻在牆上，以宗元的澄明，說出如此匪夷所思的話，難怪受人批評。

宗元生在佛教鼎盛的時代，家庭內外佛教氣氛都相當濃厚，他母親盧氏好佛，岳父楊憑是龍安海禪師的弟子（見《柳集》卷六〈龍安海禪師碑〉），其父之友名古文家梁肅又是天台宗元浩大師的弟子（贊寧《宋高僧傳》卷十），在長安時期，朝廷正倡導三教調和，宗元在這樣的環境薰陶下，早已接觸佛教，但眞正體悟佛理是在貶謫永州之後。

宗元到永州後，仕途失意，前途無望，佛教正好是他精神上的慰安，在〈送文郁師序〉裡說：

> 吾思當世以文儒取名聲，爲顯官，入朝受憎娼訕黜摧伏，不得守其土者，十恒八九。若師者，其可訕而黜耶？（《柳集》卷二十五）

文郁和尚是宗元本家，讀孔氏書，有意於文儒事業，但自以爲「力不任奔競，志不任煩挈，苟以其所好，行而求之而已爾。」（同前），因而出家做了和尚。到永州來，宗元就寫了這篇序，庶幾可見他當時的心境。佛教「志乎物外」、「恥制於世」（《柳集》卷二十五〈送玄舉歸幽泉寺序〉）的境界，可以幫助他擺脫一些打擊。在這時期，宗元除對淨土深信不疑外，還頗有些與世俗佛教徒相同的舉措，如他的女兒和娘〔註2〕體弱多病，就改名「佛婢」，病重時又削髮爲尼，法號初心，

〔註2〕和娘元和五年死於永州，時年十歲，按年齡推斷非正室楊氏所生，

沒想到佛還是救不了她，十歲就死了，宗元哀痛之餘，寫了一篇〈下
殤女子墓塼銘〉。(《柳集》卷十三）專門表揚佛教迷信；其友李幼清
的妾婦馬淑去世，李爲他建佛幢祈福，宗元寫〈尊勝幢贊〉，宣揚建
幢拔濟大苦，可以「塵飛而災去，影及而福至」(《柳集》卷十九）等，
也教人不可思議。

　　不過，以上所述宗元佞佛的愚妄行爲，只是他精神消沉時的依賴
與寄託，並非令他崇信的主因，他篤信佛教，主要是基於對佛教教義
及其社會作用，有他自己特殊的理解，頗自負自己有得於佛說，早在
貞元年間，已認爲「眞乘法印，與儒典並用」，〔註3〕他認爲佛教教義
中蘊含著與儒家聖人之道相通的有益世用的內容。

　　後來在永州，劉禹錫介紹元暠和尚專程拜訪他，離去時他寫了〈送
元暠師序〉，盛讚元暠孝行與儒合：

　　　余觀世之爲釋者，或不知其道，則去孝以爲達，遺情以貴
　　　虛。今元暠衣粗而食菲，病心而墨貌，以其先人之葬未返
　　　其土，無族屬以移其哀，行求仁者以冀終其心，勤而爲逸，
　　　遠而爲近，斯蓋釋之知道者歟？釋之書有大報恩十篇，咸
　　　言由孝而極其業，世之蕩誕慢訑者，雖爲其道而好違其書，
　　　於元暠師，吾見其不違且與儒合也。(《柳集》卷二十五）

宗元認爲元暠是能把握佛教精義的孝僧，而教孝是儒家聖人之道的根
本。在〈送僧浩初序〉裡，他進一步說他所取的釋教精義與儒經合，
企圖在佛教這塊頑石中剖出美玉，與儒家共襄濟世的盛舉：

應是楊氏死後和永州沒結婚的女子所生。

〔註 3〕見《柳集》卷二十五〈送文暢上人登五臺遂遊河朔序〉，序中提到天官
　　　顧公，是吏部尚書顧少連，《舊唐書》卷三載顧少連於貞元十八年六月
　　　自吏部尚書轉兵部尚書，又提到吏部郎中楊公，即宗元妻叔楊凝，據〈唐
　　　故兵部郎中楊君墓碣〉，楊凝以檢校吏部郎中爲宣武軍節度判官，於貞
　　　元十四年朝正京師，軍亂未歸，家居三年，此序應作於貞元十八年，楊
　　　凝留京期間，河洛影印廖氏世綵堂本《河東先生集・本序》題下註云：
　　　「韓文有〈送文暢師北遊〉詩，意與公此序同時作」，查《韓昌黎詩繫
　　　年集釋》卷五〈送文暢師北遊〉題下註云：「此詩方崧卿輯文年表繫元
　　　和元年」，楊凝已於貞元十九年去世。可知柳序絕非作於元和元年。

儒者韓退之與余善，嘗病余嗜浮圖言，訾余與浮圖遊。近
隴西李生礎自東都來，退之又寓書罪余，且曰：見〈送元
生序〉，不斥浮圖。浮圖誠有不可斥者，往往與《易》、《論
語》合，誠樂之，其於性情奭然，不與孔子異道。退之好
儒未能過揚子，揚子之書於莊、墨、申、韓皆有取焉。浮
圖者，反不及莊、墨、申、韓之怪僻險賊耶？曰：以其夷
也。果不信道而斥焉以夷，則將友惡來盜跖，而賤季札由
余乎？非所謂去名求實者矣。吾之所取者，與《易》、《論
語》合，雖聖人復生不可得而斥也，退之所罪者，其迹也。
曰：髡而緇，無夫婦父子，不爲耕農蠶桑而活乎人。若是，
雖吾亦不樂也。退之忿其外而遺其中，是知石而不知韞玉
也。吾之所以嗜浮圖之言以此。（《柳集》卷二十五）

韓愈與宗元所爭的是夷夏之辨、倫理及經濟問題，都沒有觸及佛教的
核心問題，所以他說韓愈「所罪者其迹也」、「忿其外而遺其中」，而
宗元所尋獲的韞玉又是什麼呢？接著他說：

且凡其爲道者，不愛官，不爭能，樂山水而嗜閒安者爲多，
吾病世之逐逐然唯印組爲務以相軋也，則舍是其焉從？吾
之好與浮圖遊以此。（同前）

原來宗元所謂佛理與《易》、《論語》合的，除了前述的「孝」道外，
還有遁世無悶那種清高，這些怎會是佛理的「中」和「韞玉」呢？他
自己清楚說過：「法之至莫若般若，經之大莫極乎涅槃」（《柳集》卷
二十五〈送琛上人南遊序〉），般若、涅槃才是佛教的「中」啊，而般
若、涅槃與《易》、《論語》根本不同。

　　章士釗說：「嘗謂佛無論爲禪爲律，都具有兩種誘惑力，一種能
招致絕頂聰明人使之頫首，一種於失路英雄、左降官吏，雅相契合，
而此二者咸與子厚情況相符，因此無法使子厚與佛絕緣。」又說：「大
中者，爲子厚說教之關目語，儒釋相通，斯爲奧秘。」（《柳文探微》
卷七），的確，柳宗元的大中之道，與天台宗的中道觀都是主張調和
兩邊，泯滅矛盾。在統合儒釋上，宗元仍習慣地用他理解發揮「聖人

之道」的新方法，在人性論方面，他用的是禪宗心性理論與儒家性善論牽合，他說：

> 自有生物，則好鬥奪相賊殺，喪其本實，悖乖淫流，莫克返於初。孔子無大位，沒以餘言持世，更楊墨黃老益雜，其術分裂。而吾浮圖說後出，推離還源，合所謂生而靜者，⋯⋯其（六祖慧能）教人，始以性善，終以性善，不假耘鋤，本其靜矣。（《柳集》卷六〈曹溪第六祖賜諡大鑒禪師碑〉）

這就與《禮記・樂記》：「人生而靜，天之性也；感於物而動，性之欲也。」在性善論上講性與情一樣，慧能說「自性本清靜」（《六祖壇經・自序品》）是要除人我，去邪心、破六欲、除三毒（貪毒、瞋毒、痴毒），宗元統合的結果，還美化佛教，說在僧侶的人生態度上，表現了鄙棄利祿奔競，否定劫奪傾軋的特性，與《易經・乾卦・文言》所說：「不易乎世，不成乎名，遯世無悶，不見是無悶」相合。

在倫理觀上，宗元又漠視佛教「外天下國家，滅其天常」（《韓昌黎集》卷一〈原道〉）無君臣父子、破壞群體的缺點，勉強把佛教中國化過程中所添造的宣傳忠孝之道的經書如《盂蘭盆經》，《大報恩》等，論定佛與儒合，還說：「金仙氏之道，蓋本於孝敬，而後積以眾德，歸於空無」（《柳集》卷二十五〈送僧浩歸淮南序〉），主觀地認定孝敬是佛教之本，把孝敬與作為佛教主要觀念的「性空」統一起來，這樣是勉強把儒家表現在家族倫理上的孝敬，和佛教事物假象「性空」統合起來，又說「離禮於仁義者不可與言儒，異律於定慧者不可與言佛」（《柳集》卷七〈南岳大明寺律和尚碑〉），強調儒家的禮與佛家的律同樣起持世作用。

柳宗元辛苦地統合儒釋，仍是在其輔時及物的理想前提下，摯信佛教有益世用，又自以為對佛教精義有獨到的領會，而忽視了當時佛教的猖獗，韓愈在〈原道〉裡說：「周道衰，孔子沒，火於秦，黃老於漢，佛於晉、魏、梁、隋之間。其言道德仁義者，不入於楊，則入於墨，不入於老，則入於佛。入於彼，必出於此，入者主之，出者奴

之；入者附之，出者污之。噫！後之人其欲聞仁義道德之說，孰從而聽之。」(《韓昌黎集》卷一)〈與孟尚書書〉中又說：「(戰國以後)大經大法，皆亡滅而不救，壞爛而不收，所謂存十一於千百，安在其能廓如也。……漢氏以來，群儒區區修補，百孔千瘡，隨亂隨失，其危如一髮引千鈞，綿綿延延，浸以微滅。於是時也，而唱釋、老於其間，鼓天下之眾而從之，嗚呼！其亦不仁甚矣。」(《韓昌黎集》卷三)，一點也不是危言聳聽，韓愈看出了佛教擴張的危險，以挽狂瀾於既倒的氣概，痛切陳詞，高舉闢佛的旗幟，恢復傳統儒家獨尊的地位。中唐儒學縱然衰微至極，但終究是以學術的面目出現，所論述的仍是哲學、政治、道德等關懷人生的問題，有正確的思想內容，有留給後世發揮改造的餘地；而佛教只是宗教，所宣揚的中心內容只是迷信，既無積極意義，又外於人生，若取代儒家領導思想的地位，中國文化思想便陷入愚妄的宗教迷信中而無法自拔。宗元想在佛教中吸收濟世的精華，卻對儒釋調和起了推波助瀾的作用，在替高僧寫的碑文中，對佛教教義講得多且深，因而這些碑文多被收入佛典(見《大正新修大藏經》卷四十九〈史傳部〉)，成為「光教」的名文，又以為他是重巽的俗弟子，列入天台傳法體系中，為佛教擴展勢力增添了助力。

第三節　政治思想

　　柳宗元一生一世秉持輔時及物之志，無論治學或創作，均能針對時政，期能對時事褒貶諷諭，達到經世致用的目的。他反對天命，立大中思想、甚至援佛助儒，無非救治時弊，我們要徹底了解他的創作，必先了解他的政論及實際主張。

　　論及宗元的政治思想，首先必須提及的是前章所述直接影響他治學為政的陸質《春秋》學派。宗元自己介紹陸質的《春秋》學是：

> 明章大中，發露公器，其道以生人為主，以堯舜為的，包羅旁魄，膠轕上下，而不出於正，其法以文武為首，以周公為翼，揖讓升降，好惡喜怒，而不過乎物。(《柳集》卷九

〈唐故給事中皇太子侍讀陸文通先生墓表〉）

其宗旨是在探求「大中」之道，而大中之道的特徵是「以生人爲主」，宗元認爲這是堯舜文武周公等「聖人之意」，但《新唐書》說是：「摭訕三家，不本所承，自用名學，凭私臆決，尊之曰孔子之意也。」（卷二百〈儒學下〉本傳）。無論如何，這縱然是經他們修正改造的聖人之意，就是他們的論政宗旨，而「以生人爲主」即先秦儒家「民之所好好之，民之所惡惡之」（《大學》）、「民爲邦本，本固邦寧」（《孟子》）的民本思想。

參加王叔文革新派的柳宗元等都深受陸質的影響，譬如呂溫，從陸質問學甚早，陸質曾勉勵他：「以生人爲重，社稷次之之義，發吾君聰明，躋盛唐於雍熙。」呂溫對師長的叮嚀，鄭重地「用紳而書，牘而藏，傳於子孫，爲門戶光。」（《呂和叔文集》卷八〈祭陸給事文〉），見於呂集諸文及參與王叔文革新運動的實際行動，呂溫未負師訓。

宗元對陸派《春秋學》的治學精神，及以生人爲主的大中之道，也是推崇服膺備至已見前述。他在〈貞符〉（《柳集》卷一）一文中，回顧歷代興亡的教訓，上古時代是「德紹者嗣，道怠者奪」，「非德不樹」的，後代仍然如此，漢代取得政權，是因爲：

> 漢用大度，克懷于有氓，登能庸賢，濯瘝煦寒，以瘳以熙，
> 茲其爲符也。

唐所以得天下，是由於：

> 丕降霖雨，濬滌蘊沃，蒸爲清氛，疎爲冷風，人乃瀏然休
> 然，相晞以生，相持以成，相彌以寧。琢斮屠剔，膏流節
> 離之禍不作，而人乃克完平舒愉。尸其肌膚以達於夷途，
> 焚坲抵掎，奔走轉死之害不起，而人乃克鳩類集族。歌舞
> 悅懌，用祇于元德，徒奮袒呼，犒迎義旅，讙動六合，至
> 於麾下，大盜豪據，阻命過德，義威殄戮，咸墜厥緒，無
> 劉于虐，人乃並受休嘉，去隋氏，克歸于唐。

漢、唐之興，都是德及於人，跟有無祥瑞無關。歷史上太多逢祥瑞而不興的例子：

> 鄭以龍衰、魯以麟弱，白雉亡漢、黃犀死莽。

眞正決定國家命運的是民心向背，「休符不于祥，于其仁」，所謂「仁」，
就是能體察照顧到「生人之意」，像隋煬帝那樣的政績：

> 環四海以爲鼎，跨九垠以爲鑪，爨以毒燎，煽以虐焰，其
> 人沸湧灼爛，號呼騰踏，莫有救止。

當然自取滅亡。國家興亡的關鍵，在於能否照顧「生人之意」，爲政
的根本，就在於：

> 黜休祥之奏，究貞符之奧，思德之所未大，求仁之所未備，
> 以極於邦理，以敬於人事。

他強調自己：「勤勤勉勵，唯以中正信義爲志，以興堯舜孔子之道、
利安元元爲務。」（《柳集》卷三十〈寄許京兆孟容書〉），「利安元元」
的理想是要重視「生民之意」方可到達，這是遠紹先秦儒家以民爲本
的政治思想，近承陸質「以生人爲主」的大中之道。

人類歷史的進程、決定於「生人之意」，宗元在〈封建論〉裡有
精闢獨到的論說。〈封建論〉一文，表面上是討論封建制的存廢和郡
縣制的優劣，實際是以闡述歷史發展理論爲重點。他說：

> 彼封建者，更古聖王堯舜禹湯文武而莫能去之，蓋非不欲
> 去之也，勢不可也，勢之來，其生人之初乎！不初，無以
> 有封建，封建非聖人意也。

> 彼其初與萬物皆生，草木榛榛，鹿豕狉狉。人不能搏噬，
> 而且無毛羽，莫克自奉自衛。荀卿有言，必將假物以爲用
> 者也。夫假物者必爭，爭而不已，必就其能斷曲直者而聽
> 命焉。其智而明者，所伏必眾。告之以直而不改，必痛之
> 而後畏。由是君長刑政生焉，故近者聚而爲群。群之分，
> 其爭必大。大而後有兵有德，又有大者，眾群之長又就而
> 聽命焉，以安其屬，於是有諸侯之列。則其爭又有大者焉。
> 德又大者，諸侯之列又就而聽命焉，以安其封，於是有方
> 伯連帥之類。則其爭又有大者焉。德又有大者，方伯、連
> 帥之類又就而聽命焉，以安其人，然後天下會於一。是故
> 有里胥而後有縣大夫，有縣大夫而後有諸侯，有諸侯而後

> 有方伯、連帥，有方伯、連帥而後有天子。自天子至於里
> 胥，其德在人者，死必求其嗣而奉之。故封建非聖人意也，
> 勢也。（《柳集》卷三）

根據宗元的理解，分封制政體的形成，最初是由於初民求生存而引起
爭奪，順應需要而產生明智的領袖從中調停，創建統治的刑政機構；
按此方式依次產生諸侯、方伯、連帥以至天子等各級首領，有德的領
袖死後，民眾奉其嗣繼位，就形成世俗的統治制度。他認爲這種歷史
發展不是由聖人之意決定，而是由「勢」決定。而「勢」是指由眾人
的願望所造成的情勢，形成這種「勢」的基礎就是「生人之意」。

宗元並非否定「聖人」明智，他是非常信仰「聖人之道」的，只
是他「以天人爲不相知」，所以他所謂的聖人，已不是漢代以來承受
天意，代達天命，法天應道，全知全能、神聖化了的「聖人」；只是
具有得之於自然「剛健純粹」之氣，因而有「得善」、「嗜學」之「志」，
和「無隱」、「獨見」之明的人罷了（見《柳集》卷三〈天爵論〉），所
以他說：「伏羲氏、女媧氏、孔子氏，是亦人而已矣。」（《柳集》卷
十六〈觀八駿圖說〉），這跟先秦「聖人」之義相同，只是個「有德有
能」的人，既不是先知，當然不能按照他自己主觀意見決定歷史發展
的方向和進程，決定歷史進程的，應該是人民群體的意志和願望。

在照顧「生人之意」的前提下，國家最重要的是做些切實有益於
生民的事，不能徒具形式，華而不實地敷衍人民。宗元在〈非國語〉
的〈不藉〉篇裡，他認爲藉田之禮目的是在勸農，但如要收勸農的實
效，「則未若時使而不奪其力，節用而不殫其財，通其有無，和其鄉
閭。」就可以「不勸而勸矣。」（《柳集》卷四十四）如果政府眞能使
人民「啓蟄也得其耕，時雨也得其種，苗之猥大也得其耘，實之堅好
也得其獲，京庾得其貯，老幼得其養」，又能「取之也均以薄，藏之
也優以固」，那麼，藉田三推之禮是可存可亡的，因爲這禮的形式對
治國並無實效。這論調跟他〈禘說〉分析禘祭之禮一樣，結論也是「苟
明乎教之道，雖去古之數可矣。」

　　宗元把一切禮儀的形式，都看作可有可無，所以蘇軾批評他「以禮樂爲虛器」，只因爲宗元重視禮的精神內涵和實效遠超過其形式，這是看重「生人之意」的必然結果。對於禮儀的取捨，宗元與韓愈又是大異其趣，韓愈「苦《儀禮》難讀，又其行於今者蓋寡，沿襲不同，復之無由，考於今，誠無所用之」，還要感歎地說：「惜乎吾不及其時，進退揖讓於其間，嗚呼！盛哉！」（《韓昌黎文集》卷一〈讀儀禮〉）。

　　禮的內容的確繁雜，《漢書・藝文志》說：「《禮經》三百，威儀三千」，形形式式的禮節儀式，包括與之相應的政治制度，道德規範，真是「博而寡要，勞而少功」（司馬遷〈太史公自序〉）。宗元並沒有全盤反對，他只是反對「迂迴茫洋而不知所適」的部分，對於某些禮儀規定，包括刑罰慶賞，他還是認爲需要的：

> 是故立之君臣、官府、衣裳、輿馬、章綬之數、會朝、表著、周旋、行列之等，是道之所存也；則又示之典命、書制、符璽、奏復之文，參伍、殷輔、陪台之役，是道之所由也；則又勸之以爵祿、慶賞之美，懲惡以黜遠、鞭扑、桎拲、斬殺之慘，是道之所行也。（《柳集》卷三〈守道論〉）

對於禮的內涵和原則，宗元曾作如下的分析：

> 聖人之所以立天下，曰仁義。仁主恩，義主斷；恩者，親之；斷者，宜之，而理道畢矣。蹈之斯爲道，得之斯爲德，履之斯爲禮，誠之斯爲信。皆由其所之而異名。（《柳集》卷三〈四維論〉）

他所說的仁、恩、親，是要求適當地照顧生人之意；他所謂的義、斷、宜，是要行事以仁以判斷是非，以決取捨；如能身體力行，就合乎禮了，這仍然是儒家寓仁政教化於禮治之中的傳統。

　　孔子論政，雖強調禮的作用，但常以「仁」來對「禮」加以限制和補充，他說：「人而不仁，如禮何？仁而不仁，如樂何？」（《論語・八佾》），仁政是指：「使民如承大祭」（〈顏淵〉）、「節用而愛人，使民以時」（〈學而〉）、「因民之所利而利之」（〈堯曰〉）孟子再加以發揮，說仁政的基本內容是「民貴君輕」（《孟子・盡心》），指出其具體措施是「省

刑罰、薄稅歛」、「制民之產，必使仰足以事父母，俯足以畜妻子，樂歲終身飽，凶年免於死亡」（〈梁惠王上〉）等，而柳宗元政治思想的基本特徵也是強調仁，強調德，是重視生人之意，以生人爲主已如上述，基本精神是先秦儒家的傳統是沒有問題的，只不過是因應時代需求而稍加修改，因時制宜才能有效更地發揚儒家精神，如果因此而說柳宗元的政治思想近於法家，那是不明儒、法兩家根本精神之不同。

　　宗元雖然主張行賞罰，但仍是儒家的「道之以政，齊之以刑」（《論語‧爲政》）的理念，與法家主張嚴刑峻法不同。宗元寫過一篇〈駁復讎議〉，表面上是討論武后時事，〔註4〕是駁斥陳子昂的意見。而事實上是宗元借古以論禮與法，他說：

> 臣伏見天后時，有同州下邽人徐元慶者，父爽爲縣吏趙師韞所殺，卒能手刃父讎，束身歸罪。當時諫臣陳子昂建議誅之，而旌其閭，且請編之於令，永爲國典。臣竊獨過之。臣聞禮之大本，以防亂也，若曰無爲賊虐，凡爲子者殺無赦；刑之大本，亦以防亂也，若曰無爲賊虐，凡爲理者殺無赦。其本則合，其用則異，旌與誅莫得而並焉。誅其可旌，茲謂濫，瀆刑甚矣；旌其可誅，茲謂僭，壞禮甚矣。果以是示於天下，傳於後代，趨義者不知所向，違害者不知所立，以是爲典可乎？蓋聖人之制，窮理以定賞罰，本情以正褒貶，統於一而已矣。嚮使刺讞其誠僞，考正其曲直，原始而求其端，則刑禮之用，判然離矣。何者？若元慶之父不陷於公罪，師韞之誅獨以其私怨，奮其吏氣，虐於非辜，州牧不知罪，刑官不知問，上下蒙冒，籲號不聞，而元慶能以戴天爲大恥，枕戈爲得禮，處心積慮，以衝讎人之胸，介然自克，即死無憾。是守禮而行義也，執事者宜有慙色，將謝之不暇，而又何誅焉。其或元慶之父，不免於罪，師韞之誅，不愆於法，是非死於吏也，是死於法

〔註4〕根據《通鑑‧唐憲宗元和六年》的記載：秋九月，富平人梁悅爲了報父仇，殺死秦杲，然後自首。當時諫臣陳子昂建議旌誅並行，且編諸國典。宗元〈駁復讎議〉是針對這件事而發議論的。

> 也。法其可讎乎？讎天子之法，而戕奉法之吏，是悖驁而
> 凌上也，執而誅之，所以正邦典，而又何旌焉。且其議曰：
> 人必有子，子必有親，親親相讎，其亂誰救？是惑於禮也
> 甚矣。……且夫不忘讎，孝也，不愛死，義也。元慶能不
> 越於禮，服孝死義，是必達理而聞道者也。夫達理聞道之
> 人，豈其以王法爲敵讎者哉，議者反以爲戮，黷刑壞禮，
> 其不可以爲典明矣。（《柳集》卷四）

元慶爲父復仇，雖然犯法，但宗元以爲可因其合禮而赦之，可見他是
站在儒家的立場，以禮爲先，法次之。與法家迥異。

　　最重要的是法家完全站在統治者的利益立場，極力反對「仁」，韓
非只看到社會的表象，以爲「民者固服於勢，寡能懷於義」、「民固驕於
愛，聽於威」，他還舉例說：「今有不才之子，父母怒之弗爲改，鄉人譙
之弗爲動，師長教之弗爲變。夫以父母之愛，鄉人之行，師長之智，三
美加焉而終不動其脛毛，不改；州部之吏操官兵，推公法，而求索奸人，
然後恐懼，變其節，易其行矣。」所以他主張明主治民，必須「峭其法」、
「嚴其刑」、「必其誅」，才可以使「賢不肖俱盡其力」而「仁之不可爲
治亦明矣」（〈五蠹〉），他是把「仁」看成是虱、是蠹，應該堅決摒棄。

　　韓非在〈外儲說〉還記載了這樣的故事來游說人主推行他的法治
主張：「秦大飢，應侯請曰：五苑之草著蔬菜、橡果、棗栗，足以活
民，請發之。昭襄王曰：吾秦法，使民有功而受賞，有罪而受誅。今
發五苑之蔬果者，使民有功與無功俱賞也。夫使民有功與無功俱賞
者，此亂之道也。夫發五苑而亂，不如棄棗蔬而治」，這怎可牽合隨
時隨地以照顧「生人之意」爲念的柳宗元與之同。

　　宗元以「生人之意」理論爲基礎所提出下列的政治主張，以解決
當時政治上的重大問題。

一、反對藩鎮割據，主張實行郡縣制度

　　柳宗元在〈封建論〉中論述由原始人群過渡到分封制，再由分封
制過渡到郡縣制，都是按照群眾願望而進展，原始人群「與物皆生」，

發展為「君長刑政生焉」，直到「天下會於一」是一大進展，由「天下乖盤」的分封制，發展到「公天下」的郡縣制又是一大進展。歷史上很多人都從制度本身比較過分封制和郡縣制的優劣，都比不上柳宗元的〈封建論〉的說服力強，因為他以周、秦、漢、唐的史實作為論據，從歷史發展的理論上論證社會政治制度的變化，而肯定郡縣制是最進步的制度。

　　唐朝採用進步的郡縣制度，本可長治久安，無奈安史之亂後，強藩割據，戰禍不已，分裂的局面已成，各以獨立的列國自居，宣揚「合縱連橫，救災恤患，《春秋》之義也。」（《舊唐書》卷一四一〈田悅傳〉），封建的理論成了他們割據的依據。因此中唐時期「封建」「郡縣」的爭論又趨激烈，宗元〈封建論〉一文，應該是針對現實，有為而發，企圖以歷史發展的事實，來解答現實政治的問題，以他的論證，證明統一的國家行中央集權制度，才會達到天下「理平」的要求。

　　贊成封建制的人以為「封建者，必私其土，子其民」，宗元馬上用周封建的史實來批駁：

> 周之事跡斷可見矣，列侯驕盈，黷貨事戎，大凡亂國多，理國寡。侯伯不得變其政，天子不得變其君，私土子人者，百不有一。

但實行郡縣制的西漢就不一樣：

> 漢興，天子之政行於郡，不行於國，制其守宰，不制其侯王。侯王雖亂，不可變也。國人雖病，不可除也。及夫大逆不道，然後掩捕而遷之，勒兵而夷之耳。大逆未彰，奸利浚財，怙勢作威，大刻於民者，無如之何。及夫郡邑，可謂理且安矣。（《柳集》卷三）

他深信實行郡縣制可使天下理平，應該是永守不變的制度：「繼漢而興者，雖百代可知也」，「今國家盡制郡邑，連置守宰，其不可變也固矣」，只要「善制兵，謹擇守，則理平矣」，守宰可擇而不是世襲，就可天下為公。

　　除了郡縣制本身的優越性，是歷史進步的結果外，宗元堅持行郡

縣制的優點是爲反對當時藩鎮擁兵自據。他臨終前一年,還上表朝廷,稱讚憲宗平夏州、取江東、夷劍南、定河北,並上〈平淮夷雅〉二篇,頌揚裴度、李愬平定淮蔡。藩鎮割據,戰禍連年,以致民生困苦,與「以生人爲主」的理想背道而馳,所以對朝廷平定藩鎮自然歌之頌之。

宗元〈封建論〉一文,蘇軾的評論最爲中肯,他說:

> 昔之論封建者,曹元首、陸機、劉頌、及唐太宗時魏徵、李百藥、顏師古,其後則劉秩、杜佑、柳宗元。宗元之論出,而諸子之論廢矣。(《東坡續集》卷八〈論封建〉)

宗元此文,可以總結封建問題的長期爭論。

二、刷新吏治,主張用人唯賢

中唐吏治敗壞,從柳宗元的作品裡可窺一二,在〈與楊京兆憑書〉裡,指出用人管道不健全,以致庸官充斥上下,他說:

> 無之而工言者,賊也,趙括得以代廉頗,馬謖得以惑孔明也,今之若此類者不乏於世,將相大臣聞其言,而必能辨之者亦妄矣。無之而不言者,土木類也,周仁以重臣爲二千石,許靖以人譽而致三公,近世尤好此類,以爲長者,最得薦寵。夫言朴愚無害者,其於田野鄉閭爲匹夫,雖稱爲長者可也,自抱關擊柝以往,則必敬其事,愈上則及物者愈大,何事無用之朴哉。今之言曰:某子長者,可以爲大官,類非古之所謂長者也,則必土木而已矣。夫捧土揭木而致之嚴廊之上,蒙以紱冕,翼以徒隸、而趨走其左右,豈有補於萬民之勞苦哉!(《柳集》卷三十)

除了濫竽充數的庸官外,還有尸位素食的貪官:

> 受其直怠其事者,天下皆然,豈惟怠之,又從而盜之。(《柳集》卷二十三〈送薛存義序〉)

他認爲官吏的責任,並非如韓愈所說那樣「行君之令而致之民」,而是「民之役,非以役民而已也」(同前)要爲民服務,必須要有才幹,在〈封建論〉裡論述以郡縣取代封建之後,才有可能「使賢者居上,不肖者居下」,然後才可以「理安」,在宗元看來,郡縣制與「用人唯

賢」的人事制度相關聯的。賢才是治國的大本，應該革除「將軍大夫必出舊族，或無可用，猶用之」（《柳集》卷四十五〈非國語下〉）的命官以姓的陋習，而代之以命官以材。這跟他的〈六逆論〉論點完全一致，主張擇嗣命官，都不可聽信「六逆」（賤防貴，遠間親，新間舊）之言。宗元是針對當時豪權親貴專權、門蔭世襲制度而發，有了良好的任賢制度，才能選拔出「聖與賢」的人才參與政治，任賢之門一開，則君臣上下都有薦賢的責任：

> 古之道上延乎下，下倍乎上，上下洽通，而薦能之功行焉。
> 故天子得宜爲天子者薦之於天，諸侯得宜爲諸侯者薦之於
> 王，大夫得宜爲大夫者薦之於君，士得宜爲士者薦之於有
> 司。薦於天，堯舜是也；薦於王，周公之徒是也；薦於君，
> 鮑叔牙、子罕、子皮是也；薦於有司而專其美者，則僕未
> 之聞也。是誠難矣，古猶難之而況今乎？（《柳集》卷三十四
> 〈答進士元公瑾論仕進書〉）

上下留心於舉賢，國家便可以平治，可以照顧生人之意。

　　宗元在〈與楊京兆憑書〉已說過舉賢難：「知之難，言之難，聽信之難」，他認爲有的人有才德而不好表現，便不易被發掘；有的人有才德也樂於表現，只是這些人不會用手段去爭取，也會被忽略；只有無才德而好表現，或無才裝著一副沉默有德的樣子的人，最容易獲人青睞，居於高位。這是因爲一般人容易誤以爲譁眾取寵，言貌驚人的人是賢才，剛毅木訥的賢士便被忽略，所以他勸戒世人「有是圖（駿馬圖）者舉而焚之，則駿馬與聖人出矣」（《柳集》卷十六〈觀八駿圖說〉），發掘賢才，必須摒除世俗的成見，超拔於牝牡驪黃之外，要有「超道人」的慧眼，才能把在偏僻永州的石上經過地震之災的枯桐，作一「既良且異」的霹靂琴（《柳集》卷十九〈霹靂琴贊引〉），地處偏僻又遭受嚴重打擊的枯桐，只有超道人識拔；棄置永州的鈷鉧潭，只有宗元才能賞識，世間伯樂罕見，宗元不無慨然。

　　舉人唯賢，命官以材，重點在「賢材」上，不以「舊、親、貴」

擋賢路，也不可矯枉過正，使富貴人家的賢子弟屈居群士之下，宗元曾爲富家子王參元抱屈，他說：

> 以足下讀古人書，爲文章，善小學，其爲多能若是，而進
> 不能出群士之上以取顯貴者，無他故焉，京城人多言足下
> 家有積貨，士之好廉名者皆畏忌，不敢道足下之善，獨自
> 得之心蓄之，銜忍而不出諸口，以公道之難明而世之多嫌
> 也，一出口則嗤嗤者以爲得重賂。（《柳集》卷三十三〈賀進士
> 王參元失火書〉）

計較偏頗輿論的譏議，以致不能唯賢才是舉，也欠公允，宗元是不贊成的。

三、反對宦官專權，主張分層負責

中唐宦官專勢之盛，危害之大，已見前述，宦官盤據朝廷，掌管軍政，成爲革新弊政的大敵，且貪污枉法，掠奪擾民，二王劉、柳改革派執政期間，謀奪宦官兵權，期能一舉解決宦官弄權問題，也是他們著眼於生民之意的必然措施。

既選定賢才任官，就應加以信任，使其分層負責，方易收行政績效。宗元曾以梓人爲喻，說明國家的行政體系亦然：

> 吾聞勞心者役人，勞力者役於人。彼其勞心者歟？能者用
> 而智者謀，彼其智者歟？是足爲佐天子相天下法矣，物莫
> 近乎此也。彼爲天下者本於人，其執役者，爲徒隸，爲鄉
> 師里胥，其上爲下士，又其上爲中士爲上士，又其上爲大
> 夫爲卿爲公，離而爲六職，判而爲百役，外薄四海，有方
> 伯連率，郡有守，邑有宰，皆有佐政，其下有胥吏，又其
> 下皆有嗇夫版尹，以就役焉，猶眾工之各有執伎以食力也。
> 彼佐天子相天下者，舉而加焉，指而使焉，條其綱紀而盈
> 縮焉，齊其法制而整頓焉，猶梓人之有規矩繩墨以定制也。
> 擇天下之士，使稱其職；居天下之人，使安其業。視都知
> 野，視野知國，視國知天下。其遠邇細大，可手據其圖而
> 究焉，猶梓人畫宮於堵而績於成也。能者進而由之，使無

所德，不能者退而休之，亦莫敢慍，不衒能，不矜名，不
親小勞，不侵眾官，日與天下之英材討論其大經，猶梓人
之善運眾工而不伐藝也。夫然後相道得而萬國理矣。……
其不知體要者反此，以恪勤為公，以簿書為尊，衒能矜名，
親小勞，侵眾官，竊取六職百役之事听听於府廷，而遺其
大者遠者焉，所謂不通是道者也。猶梓人而不知繩墨之曲
直，規矩之方圓，尋引之短長，姑奪眾工之斧斤刀鋸以佐
其藝，又不能備其工，以至敗績用而無所成也，不亦謬歟？
（《柳集》卷十七〈梓人傳〉）

宗元認為宰相的職權是進賢退不肖，使眾官各稱其職各就其役，若宰
相不知體要，而越俎代庖，以矜名衒能，則綱紀紊亂，天下不治。

〈梓人傳〉末段還提出宰相固不可奪眾官之職權，天子不可侵奪
宰相職權，如果君主自作主張、或不信任宰相，宰相即不可戀棧，立
即「卷其術，默其智，悠爾而去」，這分明是針對時政，有感而發。

德宗自陸贄罷相後，親躬庶政，狎信裴延齡、李齊運、王紹、李
實、韋執誼、韋渠牟等（見《舊唐書》卷一三五），以致「建中後，
宰相無久任者」（《舊唐書》卷一六七）。德宗個性猜忌，不信任宰相，
信用小人監視朝臣外官，如宦官竇文場、霍仙鳴之深受寵信，憲宗由
宦官擁立，對俱文珍、吐突承璀等更是寵幸有加，宗元以「利安元元」
為務的革新行動，就是在他們的陰謀操縱下失敗的。所以宗元雖因此
被貶至永州窮裔，仍然沒有改變他反對宦官專權的主張，他借批評晉
文君向寺人教鞮問守原這件史事，表達他的意見，他認為：

晉君擇大任，不公議於朝，而私議於宮；不博謀於卿相，
而獨謀於寺人。雖或衰之賢足以守，國之政不為敗，而賊
賢失政之端，由是滋矣。（《柳集》卷四〈晉文公問守原議〉）

宗元感慨晉文公雖然「得賢臣以守大邑，則問非失舉也。蓋失問也。」
因為他開了「賊賢失政」的惡例，更難保證不發生「問與舉又兩失」
的情形。對於專門陷害賢良，禍國殃民的「尸蟲」、「鼠輩」，宗元深
惡痛絕，一再為文諷諭，期能喚醒君主，徹底加以清除。

四、反對橫徵暴歛，主張抑強豪、均賦稅

中唐賦稅瑣碎繁苛，日甚一日，人民不堪其苦，幾乎十室九空，庫部員外郎李渤曾上書說：

> 臣過渭南，聞長源鄉舊四百戶，今才百餘戶；閬鄉舊三千戶，今才千戶。其他州縣，大率相似。迹其所以然，皆由以逃戶稅攤於比鄰，致驅迫俱逃。此皆聚歛之臣剝下媚上，惟思竭澤，不慮無魚。乞降詔書，絕攤逃之弊，盡逃戶之產償稅，不足者乞免之。計不數年，人皆復於農矣。(《通鑑·唐憲宗元和十四年》)

柳宗元〈捕蛇者說〉記敘永州之民冒死捕蛇，為的是要應付重賦，他所揭露的與李渤上書陳述的史實一樣，在重賦剝削之下各地區逃亡人口超過三分之一。宗元說：「賦歛之毒有甚於是蛇者」，這與他「以生人為主」的思想背道而馳。

宗元認為為政的基本原則是：「賢者之作，思利乎人，反是罪也。」(《柳集》卷二十六〈全義縣復北門記〉)他以模擬枚乘〈七發〉所寫〈晉問〉(《柳集》卷十五)一文，解釋「民利」，假設與吳武陵的對答，以賦的鋪敘手法，以晉的名物對，歷敘晉地的山河、甲兵、名馬、異材、河魚、池鹽等天然財富，以「雖然，此可以利民矣，而未為民利也。」富足的物資卻沒有帶給人民福利。借吳武陵的口，宗元描述了理想的經濟型態：

> 安其常而得所欲，服其教而便於己，百貨通行而不知所自來，老幼親戚相保而無德之者，不苦兵刑，不疾賦力，所謂民利，民自利者是也。

這是〈種樹郭橐駝傳〉裡所描寫的「遂人之欲」、「順人之性」的實現。他要求「民利民自利」，即人民創造的經濟成果要保障自身的生存。接著具體敘述晉文公的霸業，吳武陵說：「彼霸者之為心也，引大利以自嚮，而摟他人之力以自為固，而民乃後焉。」只是近於民利罷了，最後述堯之遺風而提出：

> 夫儉則人用足而不淫，讓則遵分而進善，其道不闕。謀則

> 通於遠而周於事，和則仁之質，戒則義之實，恬以愉則安，
> 而久於其道也。

這樣的境界才是「美矣善矣，其蔑有加矣」，吳武陵不覺讚歎地說：「至乎哉！」

以「民利民自利」的觀點，宗元針對當時經濟上的積弊，提出抑制強豪，平均賦稅的主張，使民生問題獲得改善。當時所行的兩稅法，最大的弊病是以民產課稅，予豪富有逃脫之機會，當時陸贄曾批評過兩稅制之弊：

> 兩稅之立，惟以資產爲宗，不以丁身爲本，曾不窺資產之
> 中，有藏於襟懷囊篋，物雖貴而人莫能窺；其積於場圃囷
> 倉，直雖輕而眾以爲富。流通蓄息之貨，數雖寡而計日收
> 贏；廬舍器用之資，價雖高而終歲無利。如此之比，其流
> 實繁，一概計估算緡，宜其失乎長偏。由是務輕資而樂轉
> 徙者，恒逋於徭稅；敦本業而樹居產者，每困於徵求。此
> 乃誘之爲姦，驅之避役，力用不得不弛，賦入不得不闕。（《通
> 鑑紀事本末》卷二十二）

所謂資產，包括甚廣，估計資產往往難得其實，所以陸贄反對，宗元也不贊成，他說：

> 檢之逾精，則下逾巧，誠如兄之言，管子亦不欲以民產爲
> 征，故有殺畜伐木之說。今若非市井征，則捨其產而唯丁
> 田之問，推以誠質，示以恩惠，嚴責吏以法，如所陳一社
> 一村之制，遞以信相考，安有不得其實。（《柳集》卷三十二〈答
> 元饒州論政理書〉）

宗元以爲必須以田丁多寡以定稅之輕重，然後能行均賦之制。他認爲當前狀況是「弊政」，在弊政之下，必定形成社會的不安與不均：

> 弊政之大，莫若賄賂行而征賦亂。苟然，則貧者無貲以求
> 於吏，所謂有貧之實，而不得貧之名；富者操其贏以市於
> 吏，則無富之名而有富之實。貧者愈困餓死亡而莫之省，
> 富者愈恣橫侈泰而無所忌。（同前）

賄賂行則戶口等第不實，不均的情況愈來愈嚴重；官吏舞弊，強豪侵

漁，使得人民在繁重的賦役之下無以聊生，造成社會不安。

> 今富者稅益少，貧者不免於捃拾，以輸縣官，其爲不均大
> 矣。非惟此而已，必將服役而奴使之，多與之田而取其半，
> 或乃出其一而收其二三。主上思人之勞苦，或減除其稅，
> 則富者以戶獨免，而貧者以受役，卒輸其二三與半焉。是
> 澤不下流，而人無所告訴，其爲不安亦大矣。(同前)

弊病產生之後，縱然朝廷減免稅負，但貧者也絕少受惠，爲了解決這
種危機，他的辦法是：「夫如是，不一定經界、覈名實而姑重改作，
其可理乎？」他要認眞清查土地，核實戶等，平均賦稅負擔。因循守
舊不加改革，是不能治理好天下的。他認爲「乘弊政必須一定制」，
這是說要嚴格執行統一的法制。他這套辦法，是針對隱漏賦稅的強豪
地主。兩稅制是容許土地兼併及承認土地私有，目的在徵收大量兼併
土地的大地主的賦稅來支持朝廷，爲求合理，並把土地多少和賦稅負
擔聯繫起來，但由於執行時官吏枉法，賄賂公行，以致人民負擔不斷
加重，柳宗元本著照顧「生民之意」「無忘生人之患」的衷心，從利
民的立場出發，主張清查土地，做到均田均賦，以解除人民生活的痛
苦。

第三章　柳宗元的文學理論

第一節　中唐之前反駢宗經的聲浪

　　中國文學從魏晉到南北朝，由於語言技巧和聲律的進步，作家過分講求形式，以致作品內容空虛貧弱，造成華艷淫靡的文風。隋文帝以當時文體輕薄，流宕忘返，爲了「屏黜輕浮，遏止華僞」，就在開皇四年，普詔天下：「公私文翰，並宜實錄。」同年九月，對撰述「華艷」文表的泗州刺史司馬幼之予以治罪。當時治書侍御史李諤，針對時弊，上書請正文體，激烈批評兩晉以來的文風，以崇實尚用的觀點，認爲文章應該：「皆以褒德序賢，明勳證理。苟非懲勸，義不徒然。」李諤所論，下開唐代古文運動的先聲。由於華靡文風成之已久，而且李諤本身，連所上書仍不脫駢儷習氣，於改革文體難起作用。

　　其後王通《中說》，〔註 1〕以儒家道統立場，批評六朝文風，鄙薄六朝文人。以爲「古之文也約以達，今之文也繁以塞」，強調重道輕藝，重行輕文，主張文學的內容必須「上明三綱，下達五常」，已

〔註 1〕　《中說》是否王通所撰，多有懷疑，〔元〕白珽《湛淵靜語》卷一認爲杜淹所撰，《四庫總目提要》認爲是其子福郊、福時所託，章炳麟《檢論・案唐》編說是王勃僞作，焦竑《續筆乘》卷三「王勃集序條」說其書原出於王通。要之《中說》一書應是隋末唐初的作品。

開文以載道的端緒。

　　初唐史家如房玄齡（《晉書》）、李百藥（《北齊書》）、令狐德棻（《周書》）、姚思廉（《梁書》、《陳書》）、魏徵（《隋書》）、李延壽（《南史》、《北史》）諸人，借〈文苑傳〉、〈文學傳〉的序論，表達其對文學的主張，認為內容應該宗經尊聖，切合實用，有益教化；至於文學形式，應斟酌古今，兼顧文質，摒除六朝浮艷之習，寫出實用的散文。再如劉知幾在《史通》裡，更明白表示反對華辭麗藻，提倡用當代語言質樸簡要地記實敘事。這些意見反映出在宮體之風仍然瀰漫的初唐，已普遍要求改革文風，對後來的古文家有相當的啟發作用。

　　及至中唐，〔註2〕有蕭穎士、李華、賈至、元結、梁肅、獨孤及、柳冕諸人，一致反對重視形式的駢儷詩賦，尊崇五經，推重兩漢文章，強調文學的教化作用，這些人物的言論，都是古文運動的前驅。

　　一個運動的形成，總是累積長期多人努力的成果。從李諤開始反對華艷文風，要求改革文體、王通的重道行、初唐的史學家宗經尊聖、到中唐蕭、李諸人把宗聖、尊經、明道等要求與文體改革結合起來，如李華說：

　　　　文章本乎作者，而哀樂繫乎時。本乎作者，六經之志也，
　　　　繫乎時者，樂文武而哀幽厲也。（《全唐文》卷三一五〈贈禮部
　　　　尚書清河孝公崔沔集序〉）

柳冕說：

　　　　夫君子之儒，必有其道；有其道，必有其文。（《全唐文》卷
　　　　五二七〈答荊南裴尚書論文書〉）

雖然他們所謂的「道」，只是空洞地講「生以比興宏道，歿以述作垂裕」（《全唐文》卷三八八〈獨孤及唐故殿中侍御史贈考功郎中蕭府君文章集錄序〉），並未作實際的踐履。他們寫的多是碑誌傳狀或交際應酬之作，作品的範圍也不夠廣闊，但是，的確為古文運動做了好些鋪

〔註2〕根據羅聯添《隋唐五代文學批評資料彙編》頁1，中唐應指代宗大曆元年至文宗大和九年這一段時期。

路的工作。

　　在學術界一片反對六朝淫靡文風聲中，唐代的詩壇，也反映了同樣的時代精神。如陳子昂在〈與東方左史虬修竹篇序〉說：「文章道弊五百年矣。漢、魏風骨，晉、宋莫傳，然而文獻有可徵者。僕嘗暇觀齊梁間詩，彩麗競繁，而興寄都絕，每以永歎！竊思古人，常恐逶迤頹廢，風雅不作，以耿耿也。」他說出了南北朝的文學弊病在「興寄都絕」，缺乏比興寄託的教化內容，形式綺麗，崇尚藻飾對偶，自然逶迤頹廢缺乏風骨了。也就是明確地指出詩歌創作的兩個標準：要有興寄和風骨，後來柳宗元在〈答貢士沈起書〉裡說：「僕嘗病興寄之作，堙鬱於世，辭有枝葉，蕩而成風，益用慨然。」（《柳集》卷三十三）可以說直接受陳子昂的影響。繼陳子昂之後，李白也以「梁陳以來，艷薄斯極，將復古道，非我而誰？」自任，於是大力以復古為革新的詩歌創作，使詩壇上梁陳宮掖之風，「掃地以盡」（李陽冰〈草堂集序〉語）。

　　詩人元結在其編集的《篋中集》序文裡，表示不滿意當日那些缺乏內容，「拘限聲病，喜尚形似」的作品，他自己的文章，都是「可戒可勸，可安可順」的，他的文學主張，直接啟發元、白諷諭詩的創作。

　　白居易和元稹對齊梁文風強烈不滿，白居易認為梁陳間的作品，只不過是「嘲風雪，弄花草」（〈與元九書〉）而已；元稹也說：「宋齊之間，教失根本，士以簡慢歙習舒徐相尚，文章以風容色澤放曠精清為高，蓋吟寫性靈，流連光景之文也，意氣格力無取焉。陵遲至於齊梁、浮艷刻飾佻巧小碎之詞劇，又宋齊之所不取也。」（〈唐故工部員外郎杜君墓係銘序〉），他們提倡諷諭詩，推行新樂府運動，認為作品要反映國計民生，發揮針砭時弊的作用。白居易以通俗流暢的語言，歌唱民間疾苦，希望促進政治的改革，他們所作的新樂府，也真能做到「雅有所謂，不虛為文」、「即事名篇，無復倚旁」（元稹〈和李校書新題樂府十二首序〉），元和年間，元、白詩派的理論和創作，直接影響了柳宗元。

　　與宗元「交侶平生意最親」的呂溫，元和六年以四十歲的盛年死於貶地衡州，宗元除了有祭文、誄文傾瀉滿腔懷念和怨憤之情外，還有和劉禹錫〈哭呂衡州時予方謫居〉詩，宗元的詩題是：「同劉二十八哭呂衡州兼寄江陵李、元二侍御」，李是李景儉，元是元稹。當時他倆都貶在江陵，在元稹集中，有四首挽呂溫的詩，還有「題藍橋驛留呈夢得、子厚、致用一律」，可見元稹在長安時，與他們早有密切的交誼。《柳集》中也有一些與元、白新樂府風格非常相近的作品，顯見受到他們創作的影響。

　　中唐文學界的確全面注意到矯正魏晉南北朝以來的作品不重視內容，片面追求形式的缺點，也累積了大量創作經驗和理論，但改革文體、文風和文學語言的「古文運動」，還要等待韓愈、柳宗元大力推動，才能蓬勃發展起來。他們擬定了明確具有號召力的理論綱領，有卓越的創作成績，還有得力的群眾，形成風靡文壇的聲勢，促進了古文運動的深入與開展。

第二節　薰陶宗元古文創作的環境

　　韓、柳順應文學潮流，將古文運動推展到一新的階段。韓愈標榜自己愛好古道，提倡古文，反對當時內容空洞，氣格卑靡的駢文。李漢在〈昌黎先生集序〉說：

> 洞視萬古，愍惻當世，遂大拯頹風，教人自爲。時人始而驚，中而笑且排；先生益堅，終而翕然隨以定。嗚呼！先生於文，摧陷廓清之功，比於武事，可謂雄偉不常者矣。(《韓昌黎集》卷前頁 3)

他不但自己堅持寫古文，而且經常讚美寫古文的人，於是大振頹風，對後代也產生深遠的影響。

　　韓愈倡導的古文運動，其理論方面是：「以文章載道、文體復古、氣格復古、辭句創造」（羅著《韓愈研究》頁 221）爲主，形成一種富於邏輯性和規範性的新文體，可以說理、言情、敘事，非常切合實

用，對當時的傳奇文學，碑傳書函等文體都有貢獻，在文學史上的地位早有定評。

　　韓、柳二家訂交於長安，〔註3〕韓愈七歲，宗元兩歲，誼屬世交，但年尚幼稚，且交往時間短暫。真正以文相會，同遊共學是在舉進士之後。〔註4〕貞元年間，宗元初入仕途，由於才華洋溢又學識淵博，韓愈形容當時的宗元是：

　　　俊杰廉悍，議論證據今古，出入經史百子，踔厲風發，率
　　　常屈其座人。名聲大振，一時皆慕與之交。(《韓昌黎全集》
　　卷三十二〈柳子厚墓誌銘〉)

當時長安的青年朝官與文壇名人，都樂於與宗元結交。韓愈除了與宗元有世交之誼外，還跟宗元的姻親楊凝同僚共事，〔註5〕私交自是不同。況且韓會兄弟的文才，宗元亦頗稱稱道。因此，宗元轉而學古文，固然是順應時代風尚，當時獨抗流俗建設新文體的韓愈，對宗元應有相當的影響。

　　此外柳鎮的知交中，還有一些擅長古文的人，如貞元初年便活躍於長安文壇的梁肅，非常熱心提倡古文，他在貞元八年協助陸贄以兵部侍郎知貢舉，韓愈、崔群就是這一榜的進士，科舉評文的方向對文學界的後進有相當的領導作用，更何況梁肅是宗元的父執輩。宗元的族兄弟柳并，是古文運動的前驅蕭穎士的高足，宗元崇拜的《春秋》學學者趙匡（詳見柳宗元的思想章），是蕭穎士的學生；宗元以晚輩

〔註3〕《柳集》卷十二〈先君石表陰先友記〉云說「韓會，昌黎人，善清
　　　言，有文章，名最高。然以故多謗，至起居郎，貶官卒。弟愈，文
　　　益奇。」韓會比柳鎮小二、三歲，比韓愈大三十多歲。柳鎮於大曆
　　　八至十年官長安主簿，韓會於大曆九年仕於長安，韓愈時方七歲，
　　　依兄嫂居長安。大曆十一年柳鎮丁憂在吳，十二年為宣城令；韓會
　　　坐黨元載，貶嶺北。韓、柳二家應訂交於大曆九、十年之間。宗元、
　　　韓愈輩分雖不同，年歲卻相仿。
〔註4〕《唐語林》：「劉禹錫與柳八，韓七詣施士丐聽《毛詩》。」（卷二引
　　　《嘉語錄》）
〔註5〕宗元妻是禮部郎中楊憑之女，楊凝是楊憑弟，貞元十二年八月楊凝
　　　自左司郎中為汴州節度判官，與韓愈同僚。

趨赴門下的權德輿，也是熱心古文的，他自己的好友劉禹錫、呂溫，亦從事於古文的創作，整個散文發展的總潮流，已漸離開「務辭采，誇聲音」的無用之文。宗元在長安時期友朋間的講論，後來拘囚待罪淪落的一生，親經患難，擴大了生活面，使他這樣一個官宦世家的讀書人，能夠「退託於布衣韋帶之任」，了解「耕農之勤勞，物役之艱難」（《柳集》卷二十三〈送嚴公睨下第歸興元覲省詩序〉），這是他古文創作的重要基礎。

韓、柳相交二十年，相聚之時極爲短暫，〔註6〕情誼全憑文字往來。儘管二人政治上意見不同，〔註7〕但在文章上卻互相推重，一直保持聯絡。宗元甚至爲世人皆笑以爲怪的〈毛穎傳〉辯護，非常支持韓愈寫作上的創新，〔註8〕他跳出傳統雅正文體的觀點，稱讚〈毛穎

〔註6〕 宗元兩歲時韓、柳兩家訂交，二人尚在童稚之時，不能算是二人友誼交往，從貞元九年二人在長安考進士始，十五年冬二人同在宗元妻叔楊凝處見面爲時短暫，十六年宗元任集賢殿正字，及十九年韓、柳同官監察御史，或有較長時間交往。

〔註7〕 貞元十九年，韓愈自監察御史貶連州陽山令。這次貶官，史料上有三種說法：一是認爲由於諫宮市；二是諫天旱；三是被幸臣所讒，而幸臣又有王叔文和李實之分。諫宮市一說出於兩唐書，別無可據。諫天旱一說，韓愈有〈論天旱人飢狀〉，但當年朝臣權德輿、許孟容等均有諫天旱之事，未聞有因此貶官的。至於韓與李實的關係，韓愈有〈上李丞相書〉，對李相當恭維，不見有缺裂之記載。韓在〈赴江陵途中寄贈三學士〉詩：「或自疑上疏，上疏豈其由？……同官盡才俊，偏善劉與柳。或慮語言淺，傳之落寬讒。」（《韓昌黎詩繫年集釋》卷三），當時貶逐之因連他自己都不知道，才會懷疑朋友劉、柳是否淺言，所淺之言是對王叔文不利的。他又有〈憶昨行和張十一〉詩，是和同貶的張署唱和的：「伍文未揃崖州熾，雖得赦宥恒愁猜。近者三姦悉破碎，羽窟無底幽黃能。眼中了了見鄉國，知有歸日眉方開。」（同前集卷四）詩中「赦宥」指永貞元年立太子大赦，當時二王尚在位，所以他感到沒有寬赦的希望，直到王派被黜，才有北歸的可能。他後來修《順宗實錄》，對王叔文派革新肆意攻擊，量移江陵後在裴均幕府受到禮重，頌揚裴均（上表朝廷壓迫順宗內禪的三藩帥之一），一直到革新失敗，他才重回朝廷。可見他與王叔文黨之間的態度。

〔註8〕 《柳集》卷二十一有〈讀韓愈所著毛穎傳後題〉是元和五年，宗元妻弟楊誨之把〈毛穎傳〉帶到永州給他，他就寫了這篇文章替韓愈辯護，元和五年十一月宗元有一信給誨之說：「足下所持韓生〈毛穎

傳〉的新穎奇特可廣大古文的流行。甚至興起了「急與之角而力不敢暇」的念頭。在《柳集》中，不少作品是有意無意間針對韓文再撰一文，表達自己或異或同的觀點，以相較量，這些作品有效地推展了當時的古文運動。

第三節　宗元的文學主張及其對古文運動的貢獻

中唐的古文運動，固然是韓愈以其雄偉不凡的力量、百折不回的精神、縱橫恣肆的文筆領導推展；但也因爲柳宗元的有力支持，以其雋潔的筆致反駢重散，廣爲宣傳，推動古文的普及，擴展古文的領域，才使古文運動的成功更爲圓滿。他是響應韓愈古文運動，領導一代文風的另一主將。

宗元一生際遇，明顯分爲在長安爲朝官、貶謫永州後兩個截然不同的時期，這分際也是他創作歷程的一大轉折，在永州，他有一信寄給岳丈楊憑，其中提及：

> 宗元自小學爲文章，中間幸聯得甲乙科第，至尚書郎，專百官章奏，然未能究知爲文之道。自貶官來無事，讀百家書，上下馳騁，乃稍得知文章利病。(《柳集》卷三十)

這裡他自謙在長安時期未眞正懂得文章作法，因爲這時期的宗元，仍不免趨附時風，寫的多是應考和奏章等文章，是當時流行的駢文，淪落永州，不堪心中悃悃鬱結，把精神精力寄託在讀書作文上，重要的古文理論著述和創作，也都是在永州以後完成的。

不過，在長安時的柳宗元，早已在文壇上嶄露頭角，貞元年間活躍在長安的政界及文壇聞人，都是他的朋友，他們常常聚在一起詩酒論文。〔註9〕這樣一個意氣風發的年輕人，自然不會安於目前成就，

傳〉來，僕甚奇其書，恐世人非之，今作數百言，知前聖不必罪俳也。」(《柳集》卷三十三)

〔註9〕劉禹錫〈洛中逢韓七中丞之吳興口號〉：「昔年意氣結群英，幾度朝回一字行。」(《劉賓客文集》)劉及第之後常常「與曹輩畋漁于書林，宵語途話，琴酒調譜，一出于文章」(《劉集》卷二十)劉、柳同榜

甘願只寫些〈終南山祠堂記〉等官樣文章，和〈送幸南容歸使聯句詩序〉等浮華雕琢的應酬文字。宗元蜚聲文壇，不免有些青年學子，爲了要參加科舉考試而登門求教，學習駢文；但當時古文運動在韓愈的鼓動下，已如箭之在弦，宗元便毫不遲疑地加入了這個行列。在這個時期，宗元頗有些獨到具有價值的文學見解，與韓愈倡導的古文運動的理論是一致的。

甲、在長安時期

一、以辭令褒貶、導揚諷諭為文之用

在長安時期最能全面代表柳宗元文論的是〈楊評事文集後序〉（《柳集》卷二十一）一文。楊評事指楊凝，是宗元妻叔，死於貞元十九年，這篇序是宗元在楊凝死後，奉岳父楊憑之命，替楊凝編文集寫的後序，一下筆他就說：

> 文之用，辭令褒貶，導揚諷諭而已。

他旗幟鮮明地強調文章的褒貶諷諭作用，也就是要求文學創作針對現實，揭露時弊，發揮「輔時及物」的功能。只追求藻飾的「柔筋脆骨」「駢四驪六」之文，自然無法達成這理想。但他並非矯枉過正地否定文采，接著他說：

> 雖其言鄙野足以備於用，然而闕其文采，固不足以竦動時
> 聽，夸示後學，立言而朽，君子不由也。

文字過於質樸以至鄙野，影響流傳，就發揮不了作用。宗元只是在這篇文章說得比較具體鮮明，他注意到文章應施於世用的意念，很早就形成。早在貞元十二年，他的朋友獨孤宓去邠寧節度使楊朝晟的幕府當書記，他寫了一篇〈送邠寧獨孤書記赴辟命序〉其中提及：

> 自犬戎陷河右，逼西鄙，積兵備虞，縣道告勞，內匱中府
> 太倉之蓄，僅而獲廥，投石而賈勇者，思所以奮力。論者
> 以爲天子且復河壖故疆，拓達西戎，而罷諸侯之兵。則曳

登進士，劉所提到的「曹輩」，應該包括柳宗元。

裙戎幕之下，專弄文墨，爲壯夫捧腹，甚未可也。吾子歷
覽古今之變，而通其得失。是將植密畫於借筋之宴，發群
謀於奏章之筆，上爲明天子論列熟計，而導揚威命，然後
談笑罇俎，賦從軍之樂，移書飛文，諭告西土劫脅之伍，
俾其簞食壺漿，犒迎王師，在吾子而已。往慎辭令，使諭
蜀之書，燕然之文，炳列於漢使，眞可慕也。不然，是瑣
瑣者惡足置齒牙間而榮吾子哉！（《柳集》卷二十二）

地方藩帥能夠「旁貴文雅」，網羅文士以爲己助，是國家之幸，
所以他希望獨孤宓到職後不要只是舞文弄墨，要參與實際事務，才能
寫出「論列熟計」、「導揚威命」的奏章，有說服力的諭告文翰。他讚
美獨孤宓「歷覽今古之變而通其得失」，也就是對執筆爲文的作者的
要求。有眞實的學識經驗，才能寫出像司馬相如〈諭巴蜀檄〉、班固
〈燕然山銘〉那樣的作品。

要創作起褒貶諷諭的文章，還要深入社會，至少要耳聞目睹天下
蒼生的疾苦，宗元在〈送表弟呂讓將仕進序〉說：

吾觀古豪賢士，能知人生艱飢贏寒、蒙難抵暴、捽抑無告，
以吁而憐者，皆飽窮厄，桓孤危、詑詑怦怦，東西南北無
所歸，然後至於此也。今有呂氏子名讓，生而食肉，厭粱
稻，欺紈穀，幼專靖，不好遊，不踐郊牧峒野，不目小民
農夫耕築之倦苦，不耳呼怨，而獨粹然憐天下之窮盽，坐
而言，未嘗不至焉，此孰告之而孰示之耶？積於中，得於
誠，往而復，咸在其內者也；彼告而後知，示而後哀，由
外以鑠己，因物以激志者也。中之積，誠之得，其爲賢也
莫尚焉。（《柳集》卷二十四）

宗元認爲自古豪傑之士悲天憫人的情懷是由於身經憂患，呂讓生活在
膏粱紈穀之中，閉門讀書，卻能「粹然憐天下之窮盽」，是因爲「積
於中，得於誠」，這只是溢美客氣的應酬話，其眞意是說一個讀書人，
要深入社會，親身經歷憂患，切實體會社會大眾的苦難與需求，才能
寫出有深刻思想內容的好文章，才能起褒貶諷諭的作用。

二、分文學爲「著述之文」和「比興之文」

在先秦時代，文學一詞指整個文化學術，含義廣泛，到魏晉南北朝，隨著文學觀念的形成，把文學創作從文化學術之文裡析出，其後又嚴分文筆，如范曄把《後漢書》中無韻的序論稱爲筆，有韻的贊稱爲文；蕭繹還從形式上著眼，認爲「文」的音律應該「宮徵靡曼」，文詞要「綺縠紛披」，格調要「情靈搖蕩」，完全輕視作品的思想內容和作用，蕭統只把「事出於沉思，義歸乎翰藻」的篇什稱做文，《文選》一書不收經、史、子等學術論著，是有意把文學作品和學術論著區分開來，也是偏重辭藻駢偶的藝術形式，忽略作品的思想內容。到李華、蕭穎士等提倡改體時，又有意把六經之文當作文學的典範，完全否定當時流行的駢文，針對駢文空虛的內容，連其形式藝術的成就，也一併否定了，未免矯枉過正，有失偏頗，柳宗元認爲：

> 作於聖，故曰經，述於才，故曰文，文有二道，辭令褒貶，本乎著述者也；導揚諷諭，本乎比興者也。著述者流，蓋出於《書》之謨訓，《易》之象繫，《春秋》之筆削，其要在於高壯廣厚，詞正而理備，謂宜藏於簡冊也。比興者流，蓋出於虞夏之詠歌，殷周之風雅，其要在於麗則清越，言暢而意美，謂宜流於謠誦也。茲二者，考其旨義，乖離不合，故秉筆之士，恒偏勝獨得，而罕有兼者焉。厥有能而專美，命之曰藝成。雖古文雅之盛世，不能並肩而生。唐興以來，稱是選而不作者，梓潼陳拾遺；其後燕文貞以著述之餘，攻比興而莫能極。張曲江以比興之隙，窮著述而不克備。其餘各探一隅，相與背馳於道者，其去彌遠，文之難兼，斯亦甚矣。（《柳集》卷二十一〈楊評事文集後序〉）

宗元主張「文有二道」，是把「著述之文」和「比興之文」都歸到文學一類，解除了詩與文，散文與韻文的對立。羅聯添說：「劉氏所謂以筆爲文始於韓、柳（《劉申叔遺書‧論文雜記》），自是卓見。而不辯韓、柳兩家對於筆之稱各自不同——即韓多以古文稱筆，柳多以文或文章稱筆。韓、柳以前文筆對舉，自古文、文章名稱出現後，有韻

駢偶、詩歌固謂之文，無偶之筆亦稱爲文。文筆由是不分。此後遂以詩筆對舉，或詩文並稱，不以有韻無韻區分文筆」（《韓愈研究》頁215）。值得注意的是韓、柳解除了他們之前的駢文家和古文家各自對「文」的看法的局限，擴大了「文」的畛域。

宗元進一步根據「著述之文」和「比興之文」不同的體裁特點，分別要求「著述之文」要「高壯廣厚，詞正而理備」，因爲這類作品以說理爲主，要舉證充足，說理周詳；「比興之文」要「麗則清越，高暢而意美」，以比興寄託爲主的美文，就要講究辭藻與形式的表現，造就優美的意境。

宗元雖然也像一般古文家一樣，把儒經看作「文」之源，但他注意到文的內容與形式的辨證關係，重視文學創作的藝術性，已不僅像一般古文家只要求文體與內容復古，他還涉及文學創作的形象思維。與此序同時，宗元還有一封〈答貢士沈起書〉，書中提到：

> 僕嘗病興寄之作，埋鬱於世，辭有枝葉，蕩而成風，益用慨然……若夫古今相變之道，質文相生之本，高下豐約之所自，長短大小之所出，子之言云又何訊焉？（《柳集》卷三十三）

這是宗元承陳子昂以興寄傳統改革詩體的精神改革文體，已注意到文學發展的古今變革，要求文學內容與形式相配合，以及表達的多姿多采。

對一個成功的作家，宗元要求的是「兼備眾體」，在他之前，被他肯定的作家是陳子昂、張說、張九齡（見前引〈楊評事文集後序〉），因爲這些人對唐代文風詩風的改革都有貢獻，著述之文與比興之文兩得其美。其餘的人，只不過是「各探一隅」，因爲著述和比興，旨義乖離，「故秉筆之士，恒偏勝獨得，而罕有兼者焉」，而他與韓愈，這一對古文運動的雙璧，無論詩文，均能兼備各體，這是他們以過人的才華，實踐自定理論的成績。

在長安時期，宗元以熟練的散體古文，實現其褒貶諷諭，輔時及物的理想。貞元十四年，國子司業陽城被貶，太學生集體赴闕請願，

他寫了一篇〈與太學諸生喜詣闕留陽城司業書〉(《柳集》卷三十四)從歌頌陽城開始，肯定陽城學養才能，表面替朝廷外放陽城辯護，其實是委婉透切地表達對朝廷不滿及痛惜陽城被貶，還把這事件比作東漢末年陳蕃、李膺等太學生謀誅宦官、及嵇康被殺前，太學生請以爲師事，非常嘉許地說：「輒用撫手喜甚，震抃不寧，不意古道復形于今」。宗元以一個資淺的集賢殿書院正字身分，居然公開支持聚眾請願的示威活動，還鼓勵他們：「諸生之言，非獨爲己也，於國體實甚宜，願諸生勿得私之，想復再上」、「勗此良志，俾爲史者有以紀述也，努力多賀」等，可以看出宗元同情陽城被打擊陷害，朝政需要改革，以及他積極剛正的品格。這篇文章運用了多變的層次結構，婉轉表達諷諭的方法，把尖銳的批評和深厚的感情寄託在敘述中，感染力強，容易引起共鳴，只有散體古文才能如此暢所欲言。

〈辯侵伐論〉(《柳集》卷三)是貞元十五年的作品，這一年鎮帥吳少誠叛亂，這次戰亂暴露了強藩跋扈的嚴重和宦官監軍的惡果，而且證明了朝廷對待藩鎮的策略根本錯誤。宗元針對這些問題，寫了這篇文章，從《左傳》取材，用陸質《春秋》學派演述《春秋》大義的方法立論，他解釋經義，並未根據歷史事實及訓詁方法，只是借題發揮，利用歷史資料來解答現實問題，批評朝廷對吳少誠叛變的處置失當。這種以疏解經傳來表達己意的方法，是柳宗元論著常用的形式。

宗元不但作「文」實踐自覺的理論，他的詩，往往也符合他文論的要求，被貶永州之前，詩作不多，〈韋道安〉(《柳集》卷四十三)詩是其中一首，韋道安是徐泗濠節度使張建封的部屬，貞元十六年，張建封死，府軍作亂，韋道安勸阻不成，以死抗議。宗元以五言古體敘其事，前半描寫韋道安智勇雙全，濟難扶危的崇高品格，後半敘述他以一死向亂軍抗議的經過。柳宗元把現世的真人真事作爲題材，直接抨擊現實中貪權嗜欲、苟且偷生之徒，詩以「我歌非悼死，所悼時世情」作結，表明他關懷現實的創作態度。

乙、貶官永州後

　　貶官永州後，身處窮裔，遠離政爭，所職又是全無實權的地方佐吏，讀書寫作，寄情山水成了他生活的重心，甚至把寫作看成立言垂世，救國濟民的功業。熱心世事的個性，無法安於獨善，為了誘掖後學，他陸續把自己創作古文的經驗，歸納成理論著述，寫成〈答韋中立論師道書〉、〈報袁君陳秀才避師名書〉、〈報崔黯秀才論為文書〉、〈答嚴厚輿秀才論為師道書〉、〈與友人論為文書〉、〈與楊誨之書〉等論文書簡，給後學以為文的法度，對推動古文的普及頗有貢獻。

　　從時間上說，韓愈是領導古文運動的先進，在貞元年間，已明確提出理論綱領，〔註10〕總結出具體的寫作方法，不但自己有實踐理論的作品，還結合同道，統一儒道復古和文體復古作為號召，教育後學造成聲勢，柳宗元是響應韓愈古文運動而卓有貢獻的一員。他儘管與韓愈在政治上立場和意見都不同，但是他倆一直維持良好的私交，臨終委託結集和撫孤，除劉禹錫外，就是韓愈。對韓愈在創作上的成就，宗元更是推崇備至，說他的文章遠超過揚雄，與司馬遷不相上下（見《柳集·答韋珩示韓愈相推以文墨事書》）；韓愈也很推重宗元（見《韓集·柳子厚墓誌銘》），並以宗元的成就鼓勵後進（見《柳集·答韋珩示韓愈相推以文墨事書》），宗元在古文方面的創作和理論，主要仍是受韓愈的影響，在〈答韋中立論師道書〉等作品裡所表達的寫作理論，與韓愈〈答李翊書〉大體上還是相同的。不過，由於個人際遇不同，感受各異，所關心欲解決的問題就不盡相同，自然影響創作態度和理論內涵，在古文運動這個大方向相同的前提下，也有分歧的意見。

一、文以明道

　　韓、柳倡導的古文運動，其理論中心是「文以明道」，韓愈在〈爭

〔註10〕韓愈在貞元九年寫〈爭臣論〉，提出文以明道的主張，十一年在〈三上宰相書〉裡，表明反對繡繪雕琢之文，到了貞元十六、七年，寫〈答李翊書〉、〈送孟東野序〉，有系統地闡述古文的創作理論，替古文運動擬定了一套綱領。

臣論〉裡說：

> 居子居其位，則思死其官，未得位，則思修其辭以明其道，
> 我將以明道也，非以爲直而加人也。(《韓昌黎文集》卷二)

柳宗元在〈答韋中立論師道書〉也說：

> 始吾幼且少，爲文章，以辭爲工。及長，乃知文者以明道，
> 是固不苟爲炳炳烺烺，務采色，夸聲音而以爲能也，凡吾
> 所陳，皆自謂近道。(《柳集》卷三十四)

「文以明道」明確地要求文章的內容要「明道」，創作的目標也要「明道」。羅聯添說：「他（韓愈）的載道文學觀，可從三方面去瞭解。第一，從學方面說，韓愈自稱學古文是爲了學古道。……其次，從作家修養方面說，韓愈認爲道是文的根本，作文必修養仁義。……再次，從寫作方面說，韓愈認爲『文所以爲理』，故寫作必須『出入仁義』」(《韓愈研究》頁229)。

柳宗元也同樣把「學古道，爲古辭」(《柳集》卷三十三〈與楊誨之第二書〉)統一起來，主張「言道講古窮文章」(《柳集》卷三十三〈答嚴厚輿論師道書〉)，以「道」充實文章的內容，聯合文體復古和儒學復古。堅持貫徹「文以明道」的原則，是古文運動成功的關鍵。

但韓、柳二家所謂的「道」稍有不同。韓愈一生堅定信仰儒家一家之道，以闡揚「道統」，闢佛、老爲己任。韓愈在〈原道〉篇說：

> 斯道也，何道也？曰：斯吾所謂道也，非向所謂老與佛之
> 道也。堯以是傳之舜，舜以是傳之禹，禹以是傳之湯，湯
> 以是傳之文武周公，文武周公傳之孔子，孔子傳之孟軻，
> 軻之死，不得其傳焉。(《韓昌黎集》卷一)

這就是他所謂的道，儒家的道，他勾畫出的道統是孔孟道統。他提到作家的修養是：「行之乎仁義之途，游之乎詩書之源」(〈答李翊書〉)，寫作一定要「出入仁義」(〈南陽樊紹述墓誌銘〉)，所以羅聯添說：「韓愈所謂的道，專指儒家仁義之道」(《韓愈研究》頁236)

柳宗元也一再提到他要實現的是堯舜孔子聖人之道。在〈送徐從士北遊序〉說：

得位而以《詩》、《禮》、《春秋》之道施於事，及於物，思
不負孔子之筆舌，能如是，然後可以為儒，儒可以說讀為
哉！（《柳集》卷二十五）

在〈寄許京兆孟容書〉裡說：

宗元早歲……勤勤勉勵，唯以中正信義為志，以興堯舜孔
子之道、利安元元為務。（《柳集》卷三十）

他所說的堯舜孔子聖人之道又是甚麼呢？他說：

聖人之道，不窮異以為神，不引天以為高，利於人，備於
事，如斯而已矣。（《柳集》卷三〈時令論〉上）

聖人之為教，立中道以示於後……立大中，去大惑，捨是
而曰聖人之道，吾未信也。（《柳集》卷三〈時令論下〉）

聖人所立的「大中之道」是指導人事的「利於人備於事」的治世道理。
他又說：「當也者，大中之道也。」（《柳集》卷三〈斷刑論〉）。於是
這「大中之道」又應通權達變，處事貴當。那麼，大中之道便不一定
是傳統聖人之道，不是儒家的經典教條，而是經宗元修改的。有關「文」
與「道」的內容，他有自己獨特的理解，至於「文」與「道」的關係，
他也有精闢綿密的論述。

聖人之言，期以明道。學者務求諸道而遺其辭，辭之傳於
世者，必由於書，道假辭而明，辭假書而傳，要之之道而
已耳。道之及，及乎物而已耳。斯取道之內者也。今世因
貴辭而矜書，粉澤以為工，道密以為能，不亦外乎？吾子
之所言道，匪辭而書，其所望於僕，亦匪辭而書，是不亦
去及物之道愈以遠乎？僕嘗學聖人之道，身雖窮，志求之
不已，庶幾可以語於古。恨與吾子不同州部，閉口無所發
明。觀吾子文章，自秀士，可通聖人之說。今吾子求於道
也外，而望於余也愈外，是其可惜歟？……凡人好辭工書，
皆病癖也。吾不幸蚤得二病，學道以來，日思砭鍼攻熨，
卒不能去，纏結心肺牢甚，願斯須忘之而不克，竊嘗自毒。
今吾子乃始欽欽思易吾病，不亦惑乎！（《柳集》卷三十四〈報
崔黯秀才書〉）

他強調書法是書寫「文章」的，文辭是表達「道」的，文辭能使道明，但也能使道晦，所以他反對重文辭，在〈答吳武陵論非國語書〉又說：「夫爲一書，務富文采，不顧事實，而益之以誣怪，張之以闊誕，以炳然誘後生，而終之以僻，是猶用文錦覆陷穽也。」（《柳集》卷三十一）。值得注意的是他強調「道之及，及於物」，這個「道」，是能夠惠及生物的，「文」所要明的「道」，不僅是仁義禮智、正心誠意等抽象準則。在〈答吳武陵非國語書〉裡，他更明確地說：

> 僕之爲文久矣，然心少之，不乃也，以爲是特博弈之雄耳。
> 故在長安時，不以是取名譽，意欲施之事實，以輔時及物
> 爲道。自爲罪人，捨恐懼則閒無事，故聊復爲之。然而輔
> 時及物之道，不可陳於今，則宜垂於後，言而不文則泥，
> 然則文者固不可少耶？（《柳集》卷三十一）

作文明道必須達到輔時及物的目的，文辭是達此目的的手段。他把堯舜孔子聖人之道理解爲大中之道，要發揮輔時及物之效，於是寫作題材必須取自現實人生，則文學才可以褒貶諷諭以救時弊，這與元白新樂府運動「文章合爲時而著，歌詩合爲事而作」的主張一致，與韓愈強調：「約六經之旨以成文」（〈上宰相書〉）不大相同，如果從儒家經典提煉寫作主題，文學容易遠離現實生活，僅成爲闡釋儒家意旨的工具。

至於爲了明道，韓愈強調作家的修養，方法是：「行之乎仁義之途，游之乎詩書之源。」（《韓昌黎集》卷三〈答李翊書〉），修養到「苟可以寓其巧智，使機應於心，不挫於氣，則神完而守固」的境界，就可以「雖外物至不膠於心」（《韓昌黎集》卷四〈送高閑上人序〉）。他用這種心境去寫文章，容易脫離現實，使所載的「道」成爲高調。姚鼐批評他說：

> 韓公此言，本自狀所得於文事者，然以之論道，亦然。牢
> 籠萬物之態，而物皆爲我用者，技之精也；曲應萬事之情，
> 而事循其天者，道之至也。必離去事物，而後靜其心，是
> 韓公所斥解外膠泊然澹然者也。以是爲道，其道淺矣，以
> 是爲技，其技粗矣。（《古文辭類纂》卷三十一）

宗元也跟韓愈一樣，重視作家的道德修養：「大都文以行爲本，在先誠其中」（《柳集》卷三十四〈報袁君陳秀才書避師名〉），因爲文章是作家道德品格的表現，寫作時必須態度認眞。他說：「即其辭觀其行，考其智，以爲可化人及物者，隆之；文勝質，行無觀，智無考者，下之。」（《柳集》卷二十三〈送崔子符罷擧詩序〉）一個人徒有文采，不能化人及物，他認爲是不足取的。他對人要求言行一致，對文章內容也要求達成「輔時及物」之效，一定不滿意像《國語》那樣「背理去道以務富其語」（《柳集》卷四十五〈非國語後序〉），極力反對「務富文采，不顧事實」（《柳集》卷三十一〈答吳武陵非國語書〉），他認爲寫作要實事求是，反映的「實」要與所明的「道」一致。

就因爲韓、柳寫作態度不同，才有那次「史官」的爭論。元和八年，韓愈由國子博士改史館編修。修一代信史原是韓的夙願，沒想到甫上任，任務是修《順宗實錄》，要處理敏感的政治問題，面對處境的艱難，韓愈馬上表現了「明道」的軟弱面，主張不能以史爲褒貶，否則「不有人禍，必有天刑」，宗元大不以爲然，義正詞嚴地說：

> 退之豈宜虛受宰相榮己而冒居館下，近密地，食奉養，役使掌固，利紙筆爲私書，取以供子弟費，古之志於道者，不若是。……史以名爲褒貶，猶且恐懼不敢爲，設使退之爲御史中丞大夫，其褒貶成敗人愈益顯，其宜恐懼尤大也，則又揚揚入臺府，美食安坐，行呼唱於朝廷而已耶？在御史猶爾，設使退之爲宰相，生殺出入，升黜天下士，其敵益眾，則又將揚揚入政事堂，美食安坐，行呼唱於內庭外衢而已耶？何以異不爲史而榮其號，利其祿者也。（《柳集》卷三十一〈與韓愈論史官書〉）

宗元認爲，身爲史官，就應正視事實，寫出一代信史：「居其位，思直其道；道苟直，雖死不可回也。」（同前）主張以「文」明道、貫道、載道的人，修成的史書卻不能反映事實，「道」是如何「明」的！在明道的原則下，宗元是絕不苟且的，他「所憂在道，不在乎禍」（《柳集》卷十九〈憂箴〉），革新失敗，流放窮裔，他還能拾起如椽巨筆，

用各種體裁反映事實，表明心聲，真實深刻地提出社會問題，雖然「衝羅陷穽」，也「不知顛踣」（《柳集》卷十五〈答問〉）勇於實踐他「興堯舜之道，利安元元」的志向。這是韓、柳對所明的「道」理解不同，創作態度不同，作品表現的真實性就有了距離。

韓愈強調自己「所讀皆聖人之書，楊、墨、釋、老之學，無所入於其心。」（《韓昌黎集》卷三〈上宰相書〉）說明他學術純正，不但無取於楊、墨、道、釋的學說，更以儒家聖人之道，大張旗鼓，終生堅決闢佛，有〈原道〉、〈論佛骨表〉、〈與孟尙書書〉等排佛著作。中唐佛教勢力惡性膨脹，寺廟經濟已嚴重影響國計民生，甚至干預朝政，禮佛結果帶來愚妄，迷信、貪婪、頹廢的負面影響，古文運動提出道統，嚴格劃清儒、佛界線，申明儒學的正統地位，有力抵制佛教思想進一步的腐蝕毒害，意義深遠，闢佛本是古文運動一重要內容。

柳宗元則認爲儒、墨、名、法都具有有益於世的內容，楊、墨、申、商、刑名、縱橫之說皆有以佐世，[註11] 因此他所講的「道」自然融入了諸子百家的精髓，他信佛，認爲佛教也是一家之言，當然也包含在他的「聖人之道」裡，他說：

> 浮圖誠有不可斥者，往往與《易》、《論語》合，誠樂之。
> 其於性情奭然，不與孔子異道。退之好儒未能過揚子，揚
> 子之書於莊、墨、申、韓皆有取焉。浮圖者反不及莊、墨、
> 申、韓之怪僻險賊耶。……吾之所取者與《易》、《論語》
> 合，雖聖人復生不可得而斥也。退之所罪者其跡也，曰髡
> 而緇，無夫婦父子，不爲耕農蠶桑而活乎人。若是，雖吾
> 亦不樂也，退之忿其外而遺其中，是知石而不知韞玉也。
> 吾之所以嗜浮圖之言以此。（《柳集》卷二十五〈送僧浩初序〉）

宗元信佛是基於對佛教教義及其社會作用，有自己特殊的理解，並非如世俗一般愚妄佞佛。他認爲在佛教教義中含蘊著與儒家聖人之道相通的有益世用的內容。他要取其所長統合儒、釋，成爲輔時及物

〔註11〕參看〈覃季子墓志〉、〈送元十八山人南遊序〉。

的「道」的一分子。他批評韓愈「忿其外而遺其中」，綜觀韓愈的闢佛文獻，只針對其愚妄迷信，外天下國家，破壞群體；無父無君，絕滅天常，不事生產，妨礙國計民生等枝節問題，未能直指其核心真如，加以摧陷廓清；但是嚴辨華夏，闢佛尊儒建立道統以維繫儒家學說的領導地位，有其深遠的歷史意義。

柳宗元以為佛說同樣有益世用，援佛濟儒的結果，未見益世的具體成效，反而成為佛教的宣傳工具。集中有關佛教碑文兩卷，記祠廟，贈僧侶的文章各近一卷，一百四十多首詩中與僧侶贈答或宣揚禪理就有二十多首。他統合儒、釋是相當誠摯地相信佛教教義中有積極益世的內容，而沒看到儒、佛的根本區別，也沒覺察到當時佛教猖獗，幾乎取儒學的領導地位而代之的危機。

韓愈排佛尊儒，下開宋代學術的先河。故自宋初始，漸從道統角度揚韓抑柳，主要針對其崇佛思想。

二、不專務色彩誇聲音，也不忽略文章的形式結構

韓、柳的古文運動是針對南北朝淫靡文風和「柔筋脆骨」、「駢四儷六」的形式主義而發，韓愈固然主張「纘言以為文，非以誇多而鬥靡也。」（《韓昌黎集》卷四〈送陳秀才彤序〉），宗元同樣反對「苟為炳炳烺烺，務色彩誇聲音而以為能」（《柳集》卷三十四〈答韋中立論師道書〉），他們要恢復先秦、兩漢那種單行散體，醇樸凝鍊，生動暢達的形式，改革駢體浮艷的文風。

《柳集》中有一篇騷體的〈乞巧文〉（卷十八），其中有一段是針對文巧的，他說：

> 眩耀為文，瑣碎排偶。抽黃對白，啽哢飛走。駢四儷六，
> 錦心繡口，宮沉羽振，笙簧觸手。觀者舞悅，誇談雷吼。
> 獨溺臣心，使甘老醜。嚚昏莽鹵，樸鈍枯朽。不期一時，
> 以俟悠久。旁羅萬金，不鬻弊帚。跪呈豪傑，投棄不有，
> 眉矉頞蹙，喙唾胸歐。大報而歸，填恨低首。

他不但說出駢文追求對偶聲韻，講究使典用事，徒具華詞麗藻的特

徵，而且還一針見血地指出駢文以華麗的形式，表達空虛腐朽內容的本質，這才是駢文真正要革除的病灶。

古文創作基本上以達意為主，「引筆行墨，快意累累，意盡便止」（《柳集》卷三十四〈復杜溫夫書〉），只要暢所欲言，不必多費文詞；也用不著「建一言，立一辭，則顜凱而不安」（《柳集》卷三〈六逆論〉）地嘔心瀝血加以雕琢，他讚美的是像《列子》書一樣：「文辭類莊子而尤質厚，少為作」（《柳集》卷四〈辯列子〉）；作文還要用語準確，合乎語法，杜溫夫「用助字，不當律令」，宗元就說：「所謂乎歟耶哉夫者，疑辭也；矣耳焉也者，決辭也。今生則一之，宜考前聞人所使用與吾言類且異，慎思之則一益也。」（《柳集》卷三十四）詞語用得不得當，不合語言規律，再好的內容讀者也無法領略的。

古文既是文學創作，宗元雖然反對片面追求辭采之美，但是光是有好的內容，而無與內容相應的形式，也會影響內容的表達，所謂「學存焉，辭不至焉，不可也。」（《柳集》卷二十四〈送表弟呂讓將仕進序〉），他也深深了解「文之可以行於遠」的道理，一篇文章的內容與形式，應作有機的配合，才更相得益彰。所以他自己寫作時一定字斟句酌：「抑之欲其奧，揚之欲其明，疏之欲其通，廉之欲其節，激而發之欲其清，固而存之欲其重。」（《柳集》卷三十四〈答韋中立論師道書〉），運用豐富的表現方法，務使語言風格不流於一偏，達到深邃與鮮明，酣暢與精鍊，清俊與渾厚的統一，避免淺露、晦澀、流滑、呆板、輕浮、凝滯之病。這樣的文章，才有資格替「明道」服務。

韓、柳倡導的古文運動，所反對的是駢文過分重視形式而妨礙了思想內容的表達，脫離內容畸形發展的結果，形式僵化，以致駢文真正價值所在的形式也被否定了，其實當初駢文就是依靠其形式藝術取代以前的古文的。宗元雖然標舉「文以明道」，但從未輕視過文章的形式藝術美。念念不忘提高文章的寫作技巧，他認為這也是「明道」之一。對他在寫古文之前早已熟練的駢文的優點，他自然認識真切，不會盲目揚棄的，著名的「永州八記」，無論表現手法或修辭技巧，

充分發揮六朝文學的優點。縱然像《國語》這部書，宗元特別爲文非之，但他自己有些文章的風格，近似《國語》，〔明〕胡應麟說：

> 柳宗元愛《國語》，愛其文也；非《國語》，非其義也。義詭僻則非，文傑異則愛，弗相掩也。好而知惡，宗元於《國語》有焉。論者以柳操戈入室，弗察者又群然和之。然則文之工者，傷理信道，皆弗論乎？（《少室山房筆叢》卷十三）

宗元寫文章時借鑑古人是把「明道」和「爲文」分開的：

> 本之《書》以求其質，本之《詩》以求其恒，本之《禮》以求其宜，本之《春秋》以求其斷，本之《易》以求其動，此吾所以取道之原也。參之《穀梁》氏以厲其氣，參之《孟》、《荀》以暢其支，參之《莊》、《老》以肆其端，參之《國語》以博其趣，參之《離騷》以致其幽，參之太史公以著其潔，此吾所以旁推交通而以爲之文也。（《柳集》卷三十四〈答韋中立論師道書〉）

他所說的「本之」，是他文章所要表現的內容，所說的「參之」是文章的藝術技巧。至於諸子百家，宗元在搜集，考證，校訂上下了相當工夫，不僅研究子書的學說思想，也很注意其寫作技巧。他一再提到莊子，甚至說到道家，他不從學術源流上提「老莊」，而從文學藝術的成就上提「莊老」；他文章中多處直接或間接批評孟子的觀點，甚至稱讚友人李景儉反對孟子的《孟子評》，但卻強調「參」孟子的文章，他的議論文章所表現的雄辯與機巧，確是孟子的眞傳。甚至像《文子》「意緒文辭又牙相抵而不合」這樣的僞書，他也會發現：「其辭時有若可取」（《柳集》卷四《辯文子》）。就憑著這樣披沙撿金的能耐，他廣泛取法諸子百家論辯的嚴密邏輯和鋒利言辭，寫出許多傳世不朽論說精密的文章。

三、反對榮古虐今，肯定今人也不鄙薄古人

倡導古文運動的前輩如李華等，是以典、謨、雅、頌爲作文的最高典範，對屈、宋以下的辭賦作品，不加分析便全盤否定，李華說：

> 屈平宋玉哀而傷，靡而不返，六經之道遁矣。論及後世，力足者不能知之，知之者力或不足，則文義寖以微矣。（《全

唐文》卷三一五〈贈禮部尚書清河孝公崔沔集序〉）

獨孤及說：

> 自典謨缺，雅頌寖，世道陵夷，文亦下衰。故作者往往先
> 文字，後比興，其風流蕩而不返，乃至有飾其詞而遺其意
> 者，則潤色愈工，其實愈喪。（《全唐文》卷三八八〈檢校尚書
> 吏部員外郎趙郡李公中集序〉）

這種完全割斷歷史的態度，是韓、柳都不取的，柳宗元說：

> 自古文士之多莫如今，今之後生爲文，希屈、馬者可得數
> 人；希王褒、劉向之徒者，又可得十人；至陸機、潘岳之
> 比，累累相望，若皆爲之不已，則文章之大盛，古未有也，
> 後代乃可知之。今之俗耳庸目，無所取信，傑然特異者，
> 乃見此耳。（《柳集》卷三十〈與楊京兆憑書〉）

今之文士不但量多，成績亦可媲美古人，甚至超邁古人，如韓愈就可
與司馬遷並駕齊驅而凌駕揚雄，宗元在〈答韋珩示韓愈相推以文墨事
書〉裡說：

> 退之所敬者，司馬遷、揚雄，遷於退之固相上下。若雄者
> 如《太玄》、《法言》及〈四愁賦〉，退之獨未作耳；決作之，
> 加恢奇。至他文過揚雄遠甚。雄之遺言措意，頗短局滯澀，
> 不若退之猖狂恣睢，肆意有所作。（《柳集》卷三十四）

由於世人貴古賤今的心理作祟，所以「榮古虐今者，比肩疊跡」，以
致文學家「大抵生則不遇，死而垂聲者眾焉。」（《柳集》卷三十一〈與
友人論爲文書〉），世俗這種偏見，自古已然：

> 然彼古人亦人耳，夫何遠哉！凡人可以言古，不可以言今。
> 桓譚亦云：親見揚子雲容貌，不能動人，安肯傳其書？誠
> 使博如莊周，哀如屈原，奧如孟軻，壯如李斯，峻如馬遷，
> 富如相如，明如賈誼，專如揚雄，猶爲今之人笑，則世之
> 高者至少矣。由此觀之，古之人未始不薄於當世而榮於後
> 世也。（《柳集》卷三十〈與楊京兆尹憑書〉）

宗元雖然不滿俗耳庸目的世人一味崇古，但也不會矯枉過正地抹殺古
人的成就，他仍然細密地分析歷代文學，精確地定優劣，尋求作文的

楷模，他說：

> 文之近古而尤壯麗，莫若漢之〈西京〉……殷周之前，其
> 文簡而野，魏、晉以降，則蕩而靡。得其中者漢氏。漢氏
> 之東，則既衰矣。(《柳集》卷二十一〈柳宗直西漢文類序〉)

在宗元看來，文章不是越古越好，殷周以前的文章簡而野，藝術形式
尚簡單且粗糙；魏晉以後華而靡，過分追求形式上的聲律辭藻而流蕩
不返，他稱讚得乎其中的西漢文章「壯麗」，因爲西漢的賈誼、公孫
弘、董仲舒、司馬遷、司馬相如所寫的賦頌、書奏、詔策、議論等著
作，無不文質彬彬，內容形式相得益彰。他認爲好的作品，是要內容
充實，文質適中。

要寫出好的作品並非易事，因爲有「比興之不足，恢拓之不遠，
鑽礪之不工，頗類之不除」(《柳集》卷三十一〈與友人論爲文書〉)
等技巧問題，所以宗元「每爲文章，未嘗敢以輕心掉之，懼其剽而不
留也；未嘗敢以怠心易之，懼其弛而不嚴也；未嘗敢以昏氣出之，懼
其昧沒而雜也，未嘗敢以矜氣作之，懼其偃蹇而驕也」(《柳集》卷三
十四〈答韋中立論師道書〉)，臨文時必須鄭重、勤奮、清醒、謙虛、
態度嚴肅認眞，毫不苟且，這是創作時自己可以把握的。

後出轉精是文學發展不變的定律，作文貴在創新，應避免「漁獵
前作，戕賊文史，抉其意，抽其華，置齒牙間，遇事蠭起，金聲玉耀，
誑聾瞽之人，徼一時之聲。」(《柳集》卷三十一〈與友人論爲文書〉)

柳宗元以其銳敏的眼光，精密的分析能力，廣泛地繼承前人創作
的精粹，反對機械因襲，又能突破傳統，大膽創新，是唐代在散文創
作上用功最大，創獲最多的人。從中唐古文運動來看，韓愈倡導的功
績較爲突出，但在文學創作上就自愧弗如，在宗元生前，韓愈曾以文
墨事相推避，宗元死後，在祭文裡感慨地說：

> 子之自著，表表愈偉。不善爲斲，血指汗顏。巧匠旁觀，
> 縮手袖間，子之文章，而不用世。乃令吾徒，掌帝之制。(《韓
> 昌黎集》卷五〈祭柳子厚文〉)

對韓愈也許是謙詞，對宗元實不算溢美。在歷史上論及韓、柳的政治立場或思想傾向，大抵還見揚韓抑柳之言，但是從未見否定他的文才的言論，劉昀說：

> 貞元、太和之間，以文學聳動搢紳之伍者，宗元、禹錫而已。
> 其巧麗淵博，屬辭比事，誠一代之宏才。如俾之咏歌帝載，
> 黼藻王言，足以平揖古言，氣吞時輩。（《舊唐書》卷一六〇）

〔宋〕晏殊說：

> 韓退之扶導聖教，剗除異端，是其所長。若其祖述墳典，
> 憲章騷雅，上傳三代，下籠百代，橫行闊視於綴述之場者，
> 子厚一人而已。（《捫虱新語》卷九引）

〔明〕王應麟說：

> 論詩文雅正，則少陵、昌黎；若倚馬千言，雄辭進古，則
> 杜、韓恐不及太白、子厚也。（《少室山房筆叢》卷七）

以《韓集》、《柳集》所收著作比較，屬於純文學的作品，無論質量和數量，都相當可觀，錢賓四先生說：

> 韓、柳二公，實乃承於辭賦五七言詩盛興之後，純文學之
> 發展，已達燦爛成熟之境，而二公乃站於純文學之立場，
> 求取融化後起詩賦純文學之情趣風神以納入短篇散文之
> 中，而使短篇散文亦得侵入純文學之閫域，而確占一席地。
> （《中國文學史論文選集》三〈雜論唐代古文運動〉）

錢先生認爲無論奏策詔令、論辯序跋、碑誌傳狀、書牘贈序、雜記雜說等各種體裁，「韓公爲之，不論用韻不用韻，實皆運用散文之筆氣法體以成篇，而使其面貌一新，迥不猶人，此皆韓公之創格也，而固不能謂之不工。」（同前）

羅聯添歸納韓愈古文運動的成就有四，其中提到《韓集》用古文寫作七十多篇碑傳文、「佈局因人而異，運筆變化無窮」（《韓愈研究》頁 226）；《柳集》碑傳文亦八十一篇之多，比諸《韓集》毫不遜色。羅先生又說韓愈「使書函一體成爲精妙作品」（同前），《韓集》書啓五十八篇，《柳集》六十篇，其精妙也不亞於《韓集》。

錢先生又以爲：

> 書牘之與碑誌，仍限於社會人生實際應用之途，終與純文
> 學之意境有隔也。故韓、柳之大貢獻，乃在於短篇散文中
> 再創新體，如贈序，如雜記，如雜說，此等文體，乃絕不
> 爲題材所限，有題等如無題，可以純隨作者稱心所欲，恣
> 意爲之。（〈雜論唐代古文運動〉）

在這嚴格劃分之後的純文學創作，在比例上《柳集》不但多而且卓絕
古今，《柳集》贈序計有五卷共六十篇，雜記四卷共三十六篇，雜說
一卷共十一篇，再加上介乎雜記、雜說之間的〈臨江之麋〉、〈黔之驢〉、
〈永州某氏之鼠〉、再加上介乎小說、雜記之間的〈種樹郭橐駝傳〉
等傳記，錢先生說：

> 柳集又有乞巧文，罵尸蟲文，宥蝮蛇文，憎王孫文，逐畢
> 方文，辟伏神文，愬螭文，哀溺文等，總題曰騷，此等就
> 文辭言，固屬騷體，就其內容言，則亦雜記雜說之類也。《柳
> 集》以對卷十四，問答卷十五，說卷十六，傳卷十七，騷
> 卷十八，吊贊箴戒卷十九，銘雜題卷二十，相聯編之，最
> 有深義，蓋此等皆雜記雜說也。（〈雜論唐代古文運動〉）

那麼，宗元的純文學創作眞是洋洋大觀，遠勝韓愈。〔註12〕

　　柳宗元主張文以明道，道達輔時及物之效，他的雜文能從不同的
角度提出現實的迫切問題，眞能做到「漱滌萬物，牢籠百態」（〈愚溪
詩序〉），論文反對因襲，所以他勇於創新，以其活潑的思想，大膽論
證，以幽默諷刺筆法，反映嚴肅的主題，闡發主題時又能別具隻眼，
獨出新義。又能「意盡言」（《柳集》卷三十四〈答杜溫夫書〉）他的
散文，就是峻潔的典範。

　　清人陳衍謂柳文才學兼優，韓才不及：

> 桐城人號稱能文者，皆揚韓抑柳。望溪訾之最甚，惜抱則

〔註12〕韓愈文集正外集共五十卷，其中詩十卷，《順宗實錄》五卷，此外最
　　　　多的是碑誌十二卷，書啓六卷，只有雜著、序、雜文三類七卷中有
　　　　部分雜文。

微詞。不知柳之不易及者有數端：出筆遣詞，無絲毫俗氣，
一也；結構成自己面目，二也；天資高，識見頗不猶人，
三也；根據具言人所不敢言，四也；記誦優，用字不從抄
撮塗抹來，五也。此五者，頗爲昌黎所短。昌黎長處，在
聚精會神，用功數十年，所讀古書，在在擷其精華，在在
效法，在在求脫化其面目。然天資不高，俗見頗重。自負
見道，而於堯舜孔孟之道，實模糊出入，故其自命因文見
道之作，皆非其文之至者。其文之工者，第一傳狀碑志，
第二贈序，第三雜記，第四序跋，第五乃書說論辨。柳文
人皆以雜記爲第一，雖方、姚不能訾議。蓋於古書類能採
取其精鍊處也。(《石遺室論文》卷四，轉引自明倫出版社《中國
古典文學研究叢書·柳宗元卷》)

陳衍所說的「雜說」，包括上述純文學的散文創作。宗元能集中精力
創作雜文，有其客觀條件：貶官永州後，不需應付職務上的文件，應
酬文字少了，身爲「流囚」，求碑志傳狀的人也少了，他的文集中有
三卷是給和尚寫的碑文，還有的是親戚故舊，和幾個失意不遇的人，
給達官貴人寫的寥寥無幾，他用不著去「歌功頌德」或「諛墓」，連
碑誌他都可以用來敘情款，抒哀思，寄感慨，甚至借來發議論，以達
到輔時及物的目的，不需要拘泥碑志固有的形式，隨心所欲地成爲創
作。於是，他的雜文題材廣泛，體裁多樣，從國計民生等重大課題，
到待人接物等生活瑣事，從歷史人物、事件、言論，到現實人生，甚
至幻想等寓言小說內容，統統以不入「正體」的雜文去表現，雜文不
僅表現了他構思的技巧，也表現了他思想的深度。

　　後人盛讚宗元散文的成就，最重要的是這類文學創作，唐代散文
對後代影響最深遠的，也是這類雜文，由此可見柳宗元的散文創作在
文學史上的地位。

第四章　柳宗元的詩歌創作

第一節　唐代元和年間的詩壇

　　中唐的文壇，反對形式、宗經、尊聖、明道的理論鼓吹，加上創作實踐而形成運動，要求文章載道，爲時政及社會人生服務；至於詩壇，經由李白繼陳子昂以來反形式的風氣，歌唱出對現實不妥協的精神，以及詩史杜甫，以其詩筆嚴肅認眞地從表達個人實際的生活感受，反映出整個時代的面貌。之後，在大曆期間，詩人雖多，且有所謂大曆十才子，〔註1〕但詩格平實庸弱，使得詩壇一度沉寂，到了元和年間，才又出現了一個新的繁盛局面。

　　明人胡應麟說：「元和而後，詩道浸晚，而人才故自橫絕一時。若昌黎之鴻偉，柳州之精工，夢得之雄奇，樂天之浩博，皆大家材具也。」（《詩藪・外篇》卷四）胡氏貴古賤今的成見，雖然以精利的眼目，看到元和年間詩壇創新的成績，他還是忍不住要說這期間「詩道浸晚」。以元和時期詩人作品的總和看來，其絢麗多采，可與盛唐時期互相輝映。他不是還說：「東野之古，浪仙之律，長吉樂府，玉川

〔註1〕《新唐書》卷二〇三〈盧綸傳〉：「綸與吉中孚、韓翃、錢起、司空曙、苗發、崔峒、耿湋、夏侯審、李端皆能詩，齊名，號大曆十才子。」

歌行，其才具工力，故皆過人，如危峰絕壑，深澗流泉，並自成趣，不相沿襲。」（同前）嗎？其實應再補上詩歌理論與白居易基本精神一致，被白氏許爲「文敵詩友」的元稹，〔註2〕和當時號爲「張王樂府」的張籍與王建，〔註3〕這時期的詩壇，的確是猗歟盛哉。他們按照各自的生活經驗、不同的氣質個性、審美趣味，創作了個性鮮明的多樣風格，比起盛唐絕不遜色。

　　建安之後，文人創作樂府詩，多通過擬賦古題而歌咏時事，如鮑照的〈擬行路難〉，李白的〈行路難〉等。到了杜甫，跳出了模擬樂府古題的限制，創造了「即事名篇」的新樂府詩，元稹在〈樂府古題序〉中說：

> 況自風雅至於樂流，莫非諷興當時之事，以貽後代之人，
> 沿襲古題，唱和重複，於文或有短長，於義咸爲贅剩，尚
> 不如寓意古題，刺美見事，猶有詩人引古以諷之義焉。曹
> 劉沈鮑之徒時得如此，亦復稀少。近代唯詩人杜甫〈悲陳
> 陶〉、〈哀江頭〉、〈兵車〉、〈麗人〉等，凡所歌行，率皆即
> 事名篇，無復依旁。予少時與友人樂天、李公垂輩謂是爲
> 當，遂不復擬賦古題。（《元氏長慶集》卷二十三）

　　貞元、元和之際，新樂府運動的領導人物如元、白等，深知即事名篇的作品，更能達成反映現實的要求，於是互相競作，一時篇章疊起，除了題目內容完全創新外，還有：「雖用古題，全無古義者，若〈出東門行〉不言別離，〈將進酒〉特書列女之類是也。其或頗同古義，全創新詞者，則〈田家〉止述軍輸，〈捉捕〉詞先螻蟻之類是也。」（同前），在他們的倡導和推動之下，形成了影響深遠的運動。

〔註2〕元稹在《元氏長慶集》卷五十六〈唐檢校工部員外郎杜君墓係銘並序〉曾系統地敍述他的詩歌理論，該文比白居易〈與元九書〉早兩年寫成。

〔註3〕張籍與王建從事樂府詩歌創作甚早，年齡較元、白爲長，但元、白有明確的文學理論和觀點，他們積極倡導新樂府運動後，給張、王創作以有力的推動，他們用素描手法，民謠式語言反映農村社會的真實，王安石讚美張籍詩是「看似尋常最奇崛，成如容易最艱辛」，感染力強，他自己也說：「新詩才上卷，已得滿城傳。」

　　他們認定文學植根於現實人生，就應該負起「泄導人情」、「補察時政」的責任，才「不虛爲文」。尤其是「孕大含深，貫微洞察」(白居易〈與元九書〉)的詩歌，根情苗言，華聲實義，感染力特強，最易收「裨教化」而「濟萬民」之效，所以對新樂府的寫作要求是：

> 其辭質而徑，欲見之者易喻也；其言直而切，欲聞之者深戒也；其事覈而實，使采之者傳信也；其體順而肆，可以播於樂章歌曲也。(《白氏長慶集》卷三〈新樂府序〉)

　　白居易以平易淺近的詩作「兼濟天下」，確能做到「篇篇無空文，句句必盡規」，他用詩歌批評弊政，爲民請命，對當時的詩壇及後代都產生了重大的影響。

　　與元白詩派先後同時、對後世影響也相當大的，是以韓愈、孟郊爲首的韓孟詩派，他們的藝術風格是奇險怪僻，有別於元白詩派的通俗淺近，他們有意在形式上翻空出奇，企圖扭轉大曆以來平庸淺露的詩風。韓愈以其過人的氣魄，強勁的筆力，表現出奇崛雄偉的詩風，孟郊以冷僻詞彙，曲折地傳達其內心抑鬱，造意深刻，他境遇悲苦，生活潦倒，詩歌創作成爲生命的慰藉，所以一生苦吟，他毫不諱言地說：「夜學曉未休，苦吟鬼神愁，如何不自閒，心與身爲讎。」(《孟東野詩集》卷三〈夜感自遣〉)，創造奇險僻苦的特殊風格，別成一家。無論命意、名篇、以及句法，往往僻搜巧鍊，造成艱深奇澀之境，最爲韓愈推服，在〈薦士〉詩裡說：

> 有窮者孟郊，受材實雄驁。冥觀洞古今，象外逐幽好。橫空盤硬語，妥帖力排奡。敷柔肆紆餘，奮猛卷海潦。榮華肖天秀，捷疾逾響報。(《韓昌黎詩繫年集釋》卷五)

「橫空盤硬語，妥帖力排奡」是韓孟詩派的特色，孟郊長於韓愈十八歲，韓愈對其奇險詩風所以推服心折地形容爲「橫空盤硬語，妥帖力排奡」，也許在於孟郊開創之功，趙翼說：

> 游韓門者，張籍、李翱、皇甫湜，……昌黎皆以後輩待之。盧同、崔立之雖屬平交，昌黎亦不甚推重，所心折惟孟東野一人……趣尚相同，才力又相等，一旦相遇，遂不覺膠

之投漆，相得無間，宜其傾倒之至也。（《甌北詩話》）

因為相投無間而傾倒之至，於是推己之美及於孟郊，的確孟郊詩時見遣詞造句新奇，設譬用喻突兀，造成寒瘦奇警的風格。

韓孟詩派專以藝術技巧的奇險怪僻取勝的詩篇，只是在文學史上特備一格，起不了影響作用。不過他們也配合當時潮流，以議論入詩，尤其是韓愈主張詩歌散文化，這都曾對宋詩、清詩產生影響。韓、孟詩集中反映社會現實的作品，雖然在質、量上都無法與元、白相比，但在時代風尚的影響下，頗有些內容充實的好作品，不僅是偏重技巧、徒具藝術形式而已。

中唐初期追蹤王、孟謳歌自然的有韋應物、劉長卿等，尤其是韋應物，被譽為田園詩派的後勁。

韋應物刻意學陶，集中有〈效陶體〉、〈效陶彭澤〉等作，他說：「終罷斯結廬，慕陶真可庶。」（〈東郊〉），以五古見長，後人亦以陶、韋並稱，清人施補華說：

> 韋公古澹，勝於右丞，故於陶為獨近。如「貴賤雖異等，
> 出門皆有營。微雨夜來過，不知春草生。」「寧知風雨夜，
> 復此對床眠。」「不覺朝已晏，起來望清天。」如出五柳先
> 生口也。（《峴傭說詩》）

他不僅寫詩風格學陶，而且在內容上也學陶，用語也樸素自然，朱熹說：「蘇州詩無一字造作，直是自在氣象。」不過陶公酷愛自然，對田園生活有深切的嚮往，甘於親執鋤犁，躬犯霜露；但韋應物極其量只是個隱士，他「性高潔，鮮食寡欲，所居焚香掃地而坐。」他學種瓜，總覺得「信非吾儕事，且讀古人書。」（《韋蘇州集》卷八），不像陶淵明「既耕亦已種，時還讀我書。」（《陶淵明集》卷四〈讀山海經〉），躬耕田園是他生活的重心，而且還說：「但願長如此，躬耕非所歎。」（同前集卷三〈庚戌歲九月中於西田穫早稻〉），所以陶詩常見澈悟自通之趣，韋詩極其量也不過是「高雅閑淡」（白居易〈與元九書〉）而已。

　　傳統上一般把柳宗元的詩歌歸於陶、謝開創的自然詩派，與有「不食人間煙火」趣的韋應物並稱。只因宗元遭貶後，時以山水自遣，因而籠統地說他的詩是自然詩。其實柳詩特殊的風格，是由其特殊際遇所造成，並不是一般山水田園詩的高閑曠逸所概括得了的。

　　與柳宗元同時的韓愈，倡導橫空硬語、奇崛豪放的詩風；元、白又主張以明白易曉，平易近人的詩歌風動詩壇；稍後，杜牧的清新俊爽及李商隱的典麗精深互相輝映，柳詩可說別開生面，自成一格，詩的數量雖不多，卻能在差可比肩盛唐的元和詩壇卓然獨立。

第二節　柳宗元詩的體製

　　劉禹錫所編《柳集》首卷是雅詩歌曲，第四十二、四十三兩卷是古今詩，數量不多，總計不過一百四十四題，共一百六十九首。在唐代詩壇上，是存詩較少的一位。宋人高斯得認為柳詩少之因是：

> 劉禹錫編柳子厚集，斷自永州以後，少作不錄一篇，故柳詩比韓、歐、蘇詩少。（《恥堂存稿》卷三〈跋林逢吉玉溪續草〉）

事實上今存《柳集》中〈省試觀慶雲圖詩〉、〔註4〕〈韋道安〉〔註5〕二首為貶永州之前作。宗元在長安時期詩少之因，並非劉禹錫不錄，而是他專力於「輔時及物」的實際工作，不以吟詠為務：

> 僕之為文久矣，然心少之，不務也，以為是特博奕之雄耳。故在長安時，不以是取名譽，意欲施之事實，以輔時及物為道。自為罪人，捨恐懼則閑無事，故聊復為之。然輔時

〔註4〕此詩除宋建陽刊本闕外，各本並云晏元獻家本有此詩。羅聯添《柳子厚年譜》引徐松《登科記考》卷十二，貞元六年進士二十九人條下云：「柳宗元集有〈省試觀慶雲圖詩〉，子厚舉進士於貞元五年，省試自六年始，七年以後題目皆可考，則慶雲圖為六年試題矣。」繫此詩於貞元六年，今從其說。

〔註5〕文淵閣《四庫全書》本韓曰：詩云「慷慨張徐州」即張建封。又云：「君侯既即世，立孤抗王命。」謂貞元十六年建封死，軍亂，立其子愔為留後也。觀詩意，道安嘗佐張於徐州，及軍亂而道安自殺，故有「顧義誰顧形」之句。──貞元十六年宗元在京師為藍田尉，作此詩。

及物之道，不可陳於今，則宜垂於後。(《柳集》卷三十一〈答
吳武陵非國語書〉)

他的詩文創作，主要是謫居永州之後，不能從事於實際政務以輔時及
物，只好專心論著創作，以表明自己的政治主張，以明道之文輔時及
物。在〈寄許京兆孟容書〉裡說：

賢者不得志於今，必取貴於後，古之著書者皆是也，宗元
近欲務此。(《柳集》卷三十)

縱然在貶謫之後十幾年間，宗元仍是「餘事作詩人」，這才是他存詩
不多的主因，根本不能與他同時、存詩兩千多首的白居易相比，他的
文友韓愈，存詩也比他多一倍。

宗元詩的數量雖然不多，但體製完備，無論古體今體、五言七言、
甚至四言、六言、樂府歌行，都嘗試創作，也都頗具水準。

一、古體詩

(一)四言詩與樂府歌行

《柳集》第一卷所收雅詩歌曲，有〈平淮夷雅〉兩篇及〈貞符〉、
〈昕民〉詩共四首《詩經》體四言詩。四言詩自《詩經》以後，《陶
淵明集》尚有可觀者，一般四言詩為的是追求簡古典雅，只在口吻聲
氣上模擬，多不能把握其精神。

〈平淮夷雅〉又稱〈唐雅〉，是宗元有意頌美唐室中興的頌歌。
元和十二年，憲宗李純下定決心，任命裴度為宰相，並派裴度親赴淮
西前線督軍，希望討平淮西強橫藩鎮。裴度統一軍令，取消監軍宦官
參議軍事之權，支持唐、隨、鄧節度使李愬之計，直搗蔡州城，擒獲
吳元濟。裴度以前後三個月的時間，一舉蕩平叛亂三十年的淮西鎮強
藩，一向支持削平藩鎮，中興皇室的柳宗元，就寫了〈平淮夷雅〉來
歌頌這次勝利，並且上獻朝廷。

當時宗元已再貶柳州，他在〈獻平淮夷雅表〉裡說：「有方剛之
力，不得備戎行，致死命。況今已無事，思報國恩，獨惟文章。」

希望這篇文章傳世，以「佐唐之光明」。〈平淮夷雅〉共兩篇：「皇武」歌頌裴度，「方城」歌頌李愬。他又分別投獻給裴、李二人，在〈上裴晉公度獻唐雅詩啟〉裡說：「宗元雖敗辱斥逐，守在蠻裔，猶欲振發枯槁，決疏潢汙，罄效蚩鄙，少佐毫髮。」（《柳集》卷三十六），在〈上襄陽李愬僕射獻唐雅詩啟〉裡說：「宗元身雖陷敗，而其論著，往往不為世屈，意者不可自薄自匿以墜斯時，苟有輔萬分之一，雖死不憾！」（《柳集》卷三十六），清楚地說出是要以他的作品來支持朝廷削平藩鎮，頌美裴度、李愬的赫赫戰功和皇室中興。謫居永州十年飽嘗宦情冷暖，從四千里外的南荒被特旨召回，馬上再度遠貶的宗元，不會天真到以為寫兩首頌詩，便可再獲朝廷青睞，可以「復起為人」，只是能夠平定強藩的叛亂，宗元由衷感到歡欣鼓舞。

韓愈親自參加了平淮西之役，職務是裴度的行軍司馬，事後韓愈奉詔撰〈平淮西碑〉（《韓昌黎集》卷六），將平亂事從「天以唐克肖其德」說起，主題好像只為歌功頌德，而且專美韓弘，正文裡對裴度的功績說得並不具體，至於李愬則隻字不提，只在序文提及，引起李愬不滿，以致「詔斲其文，更命翰林學士段文昌為之。」〔註6〕而柳雅則簡潔生動，主題相當突出地歌頌裴度、李愬的討伐功績。如「方城」：

> 雨雪洋洋，大風來加。于煥其寒，于遍其遐。汝陰之莊，
> 懸瓠之峨。是震是拔，大殲厥家。狡虜既縻，輸于國都。
> 示之市人，即社行誅。乃諭乃止，蔡有厚喜，完其室家，
> 仰父俯子。汝水沄沄，既清而瀰。蔡人行歌，我步逶遲。
> 蔡人歌矣，蔡風和矣。孰顁蔡初，胡瓵爾居。

〔註6〕《舊唐書》卷一百六十〈韓愈傳〉、及《新唐書》二一四〈吳元濟傳〉均載此事：「愈以元濟之平，繇度能固天子意，得不赦，故諸將不敢首鼠，卒禽之，多歸度功。而愬特以入蔡功居第一。愬妻，唐安公主女也，出入禁中，訴愈文不實。帝亦重啎武臣心，詔斲其文，更命翰林學士段文昌為之。」（《新唐書·吳元濟傳》）韓愈行狀、碑誌均未提韓愈撰碑事，大概是為賢者隱之意。

這是描寫李愬雪夜入蔡州一段，具體眞實有如親見。難怪他忍不住要對劉禹錫說：「韓詩『左飧右粥』何如我〈平淮夷雅〉云『仰父俯子』？」又說：「韓碑兼有帽子，使我爲之，便說用兵討叛矣。」（劉夢得《嘉話拾遺》柳集本詩下注），姑不論韓愈〈進碑表〉所表現的氣度遠遜宗元、及韓寫碑之用心如何，〔註 7〕就作品的藝術表現而論，宗元的〈唐雅〉，是以簡潔的敘述和生動的描寫，把進軍的場面和勝利的喜悅栩栩如生地呈現出來。韓愈在元和二年有一首〈元和聖德詩〉（《韓昌黎詩繫年集釋》卷六），也是四言的雅頌體，連韓碑都比不上，所以後人認爲宗元的〈平淮夷雅〉是唐人四言詩之冠。

《柳集》中樂府歌行計有〈唐鐃歌鼓吹曲〉十二篇，〈行路難〉三首，〈楊白花〉、〈古東門行〉各一首，〈渾鴻臚宅聞歌效白紵〉一首。

《柳集》卷一所收〈鐃歌鼓吹曲〉十二首，有純三言、純四言、純五言的，也有錯綜雜語的，句式變化頗多。

〈鐃歌鼓吹曲〉作於謫永之後，序云：「臣幸以罪居永州，受食府廩，竊活性命，得視息，無治事時恐懼。小閒，又盜取古書文句，聊以自娛。」（《柳集》卷一）鐃歌鼓吹，本爲二事，宗元併而題爲篇，序中也有說明：

> 今又考漢曲十二篇，魏曲十四篇，晉曲十六篇。漢歌辭不
> 明紀功德，魏晉歌功德具，今臣竊取魏晉義，用漢篇數，
> 爲唐鐃歌鼓吹曲十二篇。（同前）

〔註 7〕章士釗《柳文探微》卷一頁 14：綜而言之，韓柳同於平淮西有述作，而其所以自信，相距何啻霄淵之比？子厚〈上愬啓〉曰：「宗元身雖陷敗，而其論著往往不爲世屈，意者殆不可自薄自匿，以墜斯時。」論著不爲世屈一語，自負何等深至？而退之〈進碑表〉則云：「臣自知最爲淺陋，顧貪恩待，趨以就事，叢雜乖戾，律呂失次，強顏爲之，以塞詔旨，罪當誅死」，氣度何乃卑下一至於此？此其一。平淮之功，李愬第一，此天下之公言，子厚適如其分，爲愬鼓吹，而退之反之，意在抑李愬而揚韓弘。果也弘感韓揄揚之功，寄贈人事絹五百匹，至使退之上表申謝，醜迹流於後世。退之撰文，其心迹之不可考如此，所得石孝宗拽碑之報，信不爲枉，此其二。

不過，據章士釗說：「子厚所稱漢曲十二篇，是由曹魏所改訂。」（《柳文探微》卷一）宗元作該曲的目的是：

> 紀高祖、太宗功能之神奇，因以知取天下之勤勞，命將用師之艱難，每有戎事，治兵振旅，幸歌臣詞以爲容，且得大戒。（同前）

宗元雖然待罪南荒，仍然以國事爲念：「猶冀能言，有益國事，不敢效怨懟默已。」（同前），一本他爲文借古諷今的慣例，希望能激發憲宗以祖宗爲楷模，發憤圖強，重振國威，所以寫得辭嚴義偉。不過，郭茂倩說：「此諸曲史書不載，疑子厚私作而未嘗奏，或雖奏而未嘗用，故不被於歌。」

　　〈楊白花〉、〈古東門行〉、〈行路難〉等樂府詩，仍是建安以來文人樂府擬賦古題、歌咏今事的傳統，並未隨從元、白新樂府運動即事名篇之風。〈楊白花〉爲三、五、七雜言詩，蔣之翹說：「子厚樂府小曲，如〈楊白花〉，似得太白遺韻。」周珽說：「此（〈楊白花〉）得擬古之正格。」《許彥周詩話》說：「子厚樂府〈楊白花〉，言婉而清深，古今絕唱也。」另一首效民歌體的〈渾鴻臚宅聞歌效白紵〉，是一韻到底，共七句，世綵堂本題下注：「白紵，古歌詞名。起於吳地，疑爲吳曲。」建陽本直接說：「白紵歌，吳曲也」。蔣之翹說：「子厚此作似效鮑照體五歌之一也」。仍是擬古，不像他的好友劉禹錫遠謫南荒之後，不但以土風作詩材，甚至連體裁也有效當地民歌，如〈竹枝詞〉、〈蠻子歌〉、〈採菱行〉等，充滿新的情趣。

　　〈古東門行〉是整齊的七言，用詠史筆法，以一連串的典故來諷今，借武元衡被刺事件批評朝廷在討藩問題上，採取妥協態度的不當。章士釗評爲：「中唐出色當行之體裁。」（《柳文探微‧通要之部》卷十二）。

　　〈行路難〉三首也是七言，以寓意深刻的寓言體來表現對現實的諷諭，第一首取材於《山海經‧海外北經》夸父追日的神話，又增加了夸父死後被狐鼠蜂蟻所食，被九寸崢人訕笑的情節。宗元借以悲悼

那些有理想，有能力而齎志以歿的人物，變神話中人與自然搏鬥的主題爲批判社會。第二首寫濫伐山林，用以諷刺朝廷不知養育、愛惜人才。第三首說物適其時，則自貴重。這是貶永之後，回想當年居朝官時參與改革的得心應手，及遭貶謫後的逶迤狼狽，不勝今昔之感。

（二）五、七言古詩

五言古風是正統的古體詩，因爲古詩十九首是五言，魏晉南北朝時代的詩也是以五言爲主。《柳集》中五言古風最多，幾占全數之半，一般把宗元歸於唐代王孟詩派，除了因爲他謫居柳、永，以山水自遣，詩多以自然爲題材外，就因爲他的集中以五言詩爲最多，也是這一派體裁上的特點。

宗元的五言古風用來敘事，如〈韋道安〉；悼念，如〈哭連州凌員外司馬〉；詠史，如〈詠荊軻〉；書懷，如〈覺衰〉；而絕大多數是用來寫山水田園，如〈田家〉、〈與崔策登西山〉等，無論敘事或寫景，對客觀的時間空間，描寫得相當有層次，然後不是著眼於現實社會的諷諭，就是作一番頗具哲理的思辨。且詩中駢儷之句隨處可見，另有一番凝鍊之美。

七言古體最長的一首是〈寄韋珩〉，韋珩是當年宗元任京兆藍田尉留府廷時的上司京兆尹韋夏卿的姪子（《新唐書》卷七十四上〈宰相世系表〉），在永州宗元有〈答韋珩示韓愈相推以文墨事書〉，在再貶柳州之後，韋珩也遭貶逐，這首詩全用古詩語法，生動地描寫到柳州之後的生活情形，也不像他的五古那麼喜歡用駢偶句及典故。

比較突出的是幾首詠物詩，如〈籠鷹詞〉，是描寫雄健的蒼鷹被摧折的悲劇；〈跂烏詞〉寫跂足的烏鴉；〈放鷓鴣詞〉寫被捕的鷓鴣鳥，都是以寓言的方式表現自己境遇的狼狽。

最爲膾炙人口的是〈漁翁〉詩，七言六句，〔宋〕蘇軾說：「詩以奇趣爲宗，反常合道爲趣。熟味此詩有奇趣，然其尾兩句雖不必亦可。」（世綵堂本題下引注），其後爭論頗多，以去末二句「迴看天際下中

流，巖上無心雲相逐」，則前四句「漁翁夜傍西巖宿，曉汲清湘燃楚竹。煙銷日出不見人，欸乃一聲江水綠。」便成絕句，較含蓄不露；但反對的人如李東陽則以為就是因為有末二句在，才與晚唐風格有別（《懷麓堂詩話》）所以有此爭論，大概因為前四句語法句式稍遠古體，蔣之翹說：「此詩急節簡奏，氣已太峻峭矣，自是中晚技倆。宋人極賞之，豈以其蹊逕似相近乎？」

　　宗元的七古，不一定長篇大論，如〈冉溪〉詩：

> 少時陳力希公侯，許國不復為身謀，風波一跌逝萬里，壯
> 心瓦解空縲囚，縲囚終老無餘事，願卜湘西冉溪地，卻學
> 壽張樊敬侯，種漆南園待成器。（《柳集》卷四十三）

這是隨意即景之作，但含義深遠，章氏認為「形雖短小精悍，實乃寬大沉雄，近同光體中人。」（《柳文探微‧通要之部》卷十二）所言甚是。

二、今體詩

（一）六言絕句

　　《柳集》中近體詩分五言、六言、七言，而六言詩僅有一首：

> 一生判卻歸休，謂著南冠到頭，冶長雖解縲紲，無由得見
> 東周。（《柳集》卷四十二〈六言〉）

六言是詩外雜格，寫來要字字著實，聲調鏗鏘，趙翼在《陔餘叢考》裡說：

> 六言始於〔漢〕谷永。然劉勰云：「六言、七言雜出詩騷。」
> 今按：毛詩「謂爾遷於王都」、「曰予未有室家」等句已開
> 其端，則不始於谷永矣，或谷永本此體創為全篇，遂自成
> 一家。然永六言詩今不傳，至王摩詰等又以之創為絕句小
> 律，亦波峭可喜。

以六言詩的要求及創作源流看來，得佳作不易。宗元這首六言詩，是再謫柳州有感而作，佳處亦不下於《柳集》中其他作品，葉寘說：

> 詩之六言，古今獨少。洪氏云：「編唐人絕句，七言七千五
> 百首，五言二千五百首，合為萬首，而六言不滿四十，信

乎其難也。」後村劉氏選唐宋以來絕句，至續選始入六言。
其敍云：「六言尤難工，柳子厚高才，集中僅得一篇。唯王
右丞、皇甫補闕所作，妙絕今古，學者所未講也。」（《愛日
齋叢抄》卷三、轉錄自《柳宗元研究資料彙編》）

（二）五言排律

章士釗說：「凡詩人不能為五言長排，即不成家數。姚姬
傳最服老杜五排，以其對仗工，使典切，而又氣勢縱橫，惟意之所之，無不
恰到好處也。子厚工力，亦即在此。」（《柳文探微·通要之部》卷十
二）。章氏在五言長排推許宗元比於杜甫，確屬的見，《柳集》五排共
七篇，其中四篇是酬贈述懷，其餘三篇記遊序志，少則二十韻，長則
八十韻，氣勢磅礴，屬對精工，章氏引《筆墨閒錄》說：

> 子厚長韻屬對最精，如：以「死地」對「生涯」，「中原菽」
> 對「下澤車」，「右言」對「左轄」，皆的對。至於「香飯春
> 菰米」對「珍蔬折五茄」，假「菰」為「孤獨」之「孤」，
> 以對「五」也。(同前)。

宗元以寫騈文的素養寫排律，詩功極細，不但對仗工切，韻亦奇險，
金湜生說：

> 柳子厚此（述懷感舊）詩，韻愈險，而詞愈工，氣愈勝，
> 最為長律中奇作。稱柳詩者，未有及之者也。(《粟香隨筆·
> 三筆》卷一、轉錄自《柳宗元研究資料彙編》)

宗元述懷感舊詩用六麻韻，居然增至八十韻，且愈出愈奇，麻韻字尚
寬，其〈酬韶州裴使君二十韻〉押字少的刪韻，而且宗元在序裡說：

> 韶州幸以詩見及，往復奇麗，逖不可慕，用韻尤為高絕，
> 余因拾其餘韻酬焉。凡為韶州所用者置不取，其聲律言數
> 如之。(《柳集》卷四十二)

凡裴使君原作用過之韻皆置不用，則所餘韻字無幾，詩中唯見「鵾、
嘽、癃、獌、狒、煸、癗」等韻，奇險至極。

宗元早年為仕進用世讀書，「幽沉謝世事」之後，更「上下觀
古今」，以書史自娛，胸羅萬卷，表現在詩作上，是字字鎔冶經史，

典故運用得心應手，絕非旁人能及，於是鋪陳排比，感事言懷之意一線貫徹，所以章士釗說：「（柳）集中五言排律各篇，深閎挺拔，冠冕中唐，少陵而外，幾無人堪與抗手。」（《柳文探微・通要之部》卷十二）。可見宗元五言排律的功力。

（三）五言律絕

柳集中五言律詩不多，縱然是律詩形式，亦多為古風式的五律。〔註8〕一再被稱為詩律精工的〈梅雨〉詩，頷聯「愁深楚猿夜，夢斷越雞晨」，出句仍用了古體詩的標準平仄。

宗元的五言絕句，都是謫永後期之後創作的。大多情深意濃，而又淡然出之，意境渾成，如

> 問春從此去，幾日到秦原？憑寄還鄉夢，慇懃入故園。（《柳集》卷四十三〈陵零早春〉）

> 好在湘江水，今朝又上來。不知從此去，更遣幾年迴。（《柳集》卷四十二〈再上湘江〉）

> 荒山秋日午，獨上意悠悠。如何望鄉處，西北是融州。（《柳集》卷四十二〈登柳州峨山〉）

古人論五言絕句，講究其「妙在愈小而大，愈促而緩」，宗元的那些小詩，是凝聚了深濃的情感，才能達此妙境，在簡古淡遠的語言中，蘊含著濃郁豐美的詩味。

還有押仄韻的那首〈江雪〉詩，傳誦古今，范晞文說：「唐人五言四句，除柳子厚釣雪一詩外，極少佳者！」（《對床夜話》卷四），蘅塘退士選入《唐詩三百首》說：「二十字可作二十層，卻是一片，

〔註8〕王力《中國詩律研究》第三章第十節「古風式的律詩」：「古風式的五律標準如下：（一）用三平調者；（二）第三字拗而不救者；（三）用丑類特拗（仄仄平仄仄，或平平平仄仄，或仄仄仄仄仄，或平仄仄仄仄）而不救者；（四）除子類特拗（平平仄平仄）之外，第二四字相同者。但是，如果一處用了古句，則別的句子第三字雖然拗而又救，也該認為近似古句。依照這個說法，我們可以把古風式的五律分為三種：（一）全篇古體；（二）大部分古體；（三）半古半律。」

故奇。」這是柳宗元久謫南荒,以蓑笠翁棹孤舟,傲然獨往,釣寒江之雪以自況,意境高曠,一氣貫注,筆無板滯。蘇軾說:「殆天所賦,不可及也矣。」(《東坡題跋》卷二) 〔註9〕

宗元論為文說:「激而發之欲其清,固而存之欲其重」,他寫詩也運用這種手法:以清揚之筆寫凝聚之情,以樸素的語言,表達長期貶謫生活所鬱積的痛苦感受,看似信手拈來,率爾成章,其實是運思相當精密細膩,是中唐詩人絕句寫得較好的一人。

(四)七言絕句

宗元的七言絕句,也和他的五絕一樣,以善於創造意境來抒情而別具一格,也就是把凝鍊的感情,寄託在生動具體的景物描寫之中,借景抒情,如〈柳州二月榕葉落盡偶題〉:

> 宦情羈思共悽悽,春半如秋意轉迷。山城過雨百花盡,榕
> 葉滿庭鶯亂啼。(《柳集》卷四十二)

這是以感人的春深時節,雨過花殘的具體景物,抒寫自己的宦情羈思,春半如秋,榕葉滿庭,面對異鄉風物,最易傷情,劉辰翁說:「其情境自不可堪。」(《唐詩品彙》引) 宗元的絕句,並無一字一句的新巧,而是講求意境的渾成。

《柳集》中七絕較五絕為多,是宗元用來抒發種種感受的作品。元和十年正月,宗元被召還京,久謫得歸,真是喜出望外,沿途寫了幾首紀行寫意的詩,多半是七絕,無不洋溢著欣快之情,成為《柳集》中幾首罕見的快詩,如:

> 故國名園久別離,今朝楚樹發南枝。晴天歸路好相逐,正
> 是峰前回雁時。(《柳集》卷四十二〈過衡山見新花開卻寄弟〉)

偶然遇到美景當前,幽鬱暫伸,心境乍平的時刻,他也曾用七絕來表達那分閒適之情:

〔註9〕東坡書鄭谷詩說:「鄭谷詩云:『江上晚來堪畫處,漁人披得一簑歸』,此村學中詩也。柳子厚云:『千山鳥飛絕,萬徑人踪滅;扁舟簑笠翁,獨釣寒江雪。』信有格也哉!殆天所賦,不可及也已。」

江面初晴思遠步，日西獨向愚溪渡。渡頭水落村徑成，撩
亂浮槎在高樹。（《柳集》卷四十三〈雨晴至江渡〉）

他還用七絕寫悼念友人之情：

交侶生平意最親，衡陽往事似分身。袖中忽見三行字，拭淚
相看是故人。（《柳集》卷四十二〈段九秀才處見亡友呂衡州書迹〉）

他也曾用七絕抒寫在獨特際遇下的深刻體驗和感受：

海畔尖山似劍鋩，秋來處處割愁腸。若爲化得身千億，散上
峰頭望故鄉。（《柳集》卷四十二〈與浩初上人同看山寄京華親故〉）

無論他要抒寫的是那一種情感，都能創造意境，與情交融，以眞情實
感爲基礎，分外動人心弦。

（五）七言律詩

《柳集》中有十首七言律詩，都是精美之作，不僅音調流暢，而
且字字縝密，善寫情狀。其中七首共用了八次彩色詞，除黃色外，都
是青、綠、白、墨等冷色，給人觸目蕭條愁慘的景象，用以抒寫他內
心的憂傷凄苦。

這幾首律詩最早寫成的是〈同劉二十八哭呂衡州兼寄江陵李元二
侍御〉，在元和六年；其餘都是再度貶柳之後寫的。他清楚「拔去萬
累雲間翔」（〈籠鷹詞〉）的希望已成緣木求魚，南下柳州。在〈衡陽
與夢得分路贈別〉，他說：

十年顦頇到秦京，誰料翻爲嶺外行。伏波故道風煙在，翁
仲遺墟草樹平。直以慵疎招物議，休將文字占時名。今朝
不用臨河別，垂淚千行便濯纓。（《柳集》卷四十二）

夢得與自己是犯了「慵疎」、「文字」二罪，竟然「十年」還不是憔悴
的結束，而是又一次的開始！千行清淚，足以濯淨長纓！問心無愧，
但是，事實上早已是：「交遊解散，羞與爲戚，生平嚮慕，毀書滅跡」
（《柳集》卷十五〈答問〉）；「飾智求仕者，更訾僕以悅讎人之心，日
爲新奇，務相喜可，自以速援引之路。而僕輩坐益困辱，萬罪橫生，
不知其端。」（《柳集》卷三十〈與蕭翰林俛書〉）冷酷的現實，使他

陷入更深沉的慨憤與悲苦之中。於是觸目驚心的異鄉景物，一一組織
到他的詩境裡去，反映內在複雜的心理及感情，那些詩，已經不是普
通的恨別傷離、懷人思鄉而已。他說：

> 城上高樓接大荒，海天愁思正茫茫。驚風亂颭芙蓉水，密
> 雨斜侵薜荔牆。嶺樹重遮千里目，江流曲似九回腸。共來
> 百越文身地，猶自音書滯一鄉。（《柳集》卷四十二〈登柳州城
> 樓寄漳汀封連四州〉）

登高望遠已是百感交集，驚風密雨的蕭條實境，滲透著宗元的愁思憂
悶，嶺樹重重阻隔，曲折的江流宛如自己一日九回的愁腸，愁思擴散
瀰漫在一片海天之下，重重包圍著，錮禁著，這首詩，表現了對遠方
友人的懷念，也抒發了宗元對現實慨憤不平又無能為力的矛盾心情。
用語新奇，對仗工穩，是唐代律詩的傑作。

　　為堂弟送行，也引起他對飄零身世的傷感：

> 零落殘魂倍黯然，雙垂別淚越江邊。一身去國六千里，萬死
> 投荒十二年。桂嶺瘴來雲似墨，洞庭春盡水如天。欲知此後
> 相思夢，長在荊門郢樹煙。（《柳集》卷四十二〈別舍弟宗一〉）

以「一身」、「萬死」、「六千里」、「十二年」等數量詞的疊用與對比強
調，每一個數字都包含了無數沉痛的現實內容，淋漓盡致地表達出宗
元因貶謫流放而產生的那分沉鬱蒼涼的感情，這樣的作品，豈止黯然
銷魂的離情別緒而已。

　　《柳集》中的七言律詩，頗能以簡潔鮮明的筆觸，描繪出情境交
融的境界，工於發端，落句又能含不盡之意，是七言律詩的楷模。

第三節　柳宗元詩的內容

　　傳統列柳詩於陶、謝開創，王、孟發揚，以寫自然美景，歌詠田
園生活的自然詩派。這一派的作者均愛清靜閒適，缺乏關懷社會民生
的熱情，直至國勢江河日下的中唐時代，在宗元稍前的韋應物，仍然
是風懷澄淡，「雖居世網常清淨，夜對高僧無一言」（《韋蘇州集》卷

二〈縣內閒居贈溫公〉），儼然隱士。至於柳宗元，因爲在古文方面以山水遊記稱著，又多以田園山水爲詩材，喜歡與上人來往，集中以五言詩爲主，有謂柳詩「靜」字出現率高一如韋應物（《中國詩史》），應納入自然詩派無疑。

　　不過，我們應該了解宗元是遭貶謫才被迫過類似隱居的生活，他先天有濟世的熱情，後天有輔時及物的才能訓練，要他放情山水，安於田園來寄託獨善之志，他絕對不會甘心的。面對山水之美，他不僅是賞玩，也不僅是借以解憂消愁，而是寄託他對現實的慨憤和對理想的追求，表露他對社會的關懷。因此，縱然是刻劃山容水姿，描摹自然風景，宗元都會傾注內心的複雜和痛苦，當他把「冉溪」改名爲「愚溪」時，已決定借山水來宣洩他的幽憤。

　　其實，宗元藉以抒發那分寂寞鬱結的心懷，何止山水田園，自然風物而已。不過無論是人、是物、是景，都是失意不幸，受害折損，荒冷蕭瑟的。自坐事斥退，「上不得自列於聖朝，下無以奉宗祀，近丘墓」，發而爲詩，是「嘻笑之怒，甚乎裂眥，長歌之哀，過乎慟哭。庸詎知吾之浩浩，非戚戚之尤者乎！」（《柳集》卷十四〈對賀者〉）茲就宗元身世之感及關懷「生民之意」兩條感情脈絡，探索他的詩歌所表達的「戚戚之尤」。

一、苦悶悲憫

　　坐王叔文案被貶爲邵州刺史，途中加貶爲永州司馬時，柳宗元才三十三歲，以踔厲風發大有作爲之年，在永州貶所消磨了抑鬱的十年，被召返京不數月，再貶更爲荒遠的柳州，直至鬱鬱而終。柳宗元一生的悲劇，成爲他生命上不可磨滅的烙痕。永、柳二州的名山勝水，幽泉怪石，往往不能舒其鬱悶。在〈與李翰林建書〉裡說：

> 永州於楚爲最南，狀與越相類。僕悶即出遊，遊復多恐。
> 涉野有蝮虺大蜂，仰空視地，寸步勞倦；近水則畏射工沙
> 蝨，含怒竊發，中人形景，動成瘡痏。時到幽樹好石，暫

得一笑，已復不樂。何者？譬如囚拘圜土，一遇和景，負
牆搔摩，伸展支體，當此之時，亦以為適，然顧地窺天，
不過尋丈，終不得出，豈復能久為舒暢哉！（《柳集》卷三十）

因此，宗元自然詩的風格，與一般的山水田園詩人迥異。如前節所引
〈冉溪〉詩，說明卜居湘西冉溪，種漆南園，是等待成器的，這是間
接抒發被廢置的怒憤了。寫〈溪居〉是：

久為簪組累，幸此南夷謫。閑依農圃鄰，偶似山林客。曉
耕翻露草，夜榜響溪石。來往不逢人，長歌楚天碧。（《柳集》
卷四十三）

表面上是在冉溪置土地、構建草堂時，心境是曠達的，無官一身輕，
能有這閒居生活，還是拜貶謫所賜呢！但是，首聯吐語就是那個觸目
驚心的「謫」字，點明了自己「流囚」的處境。接著說「閑依農圃鄰」，
這「閑」只是無所事事，並非真的清靜閑適，所以這個「山林客」，
也只是「偶似」而已，表面上過著田園的生活，實際上長歌呼嘯出內
心的抑鬱也無人了解，已是委曲婉轉地流露出那分深沉的天涯淪落的
哀愁。同這情調一樣的詩，在《柳集》中還有很多，如〈中夜起望西
園值月上〉（《柳集》卷四十三），淙淙泉聲，陣陣鳥鳴，月夜中大自
然蓬勃的生機，在靜謐夜色中的宗元，是「倚楹遂至旦，寂寞將何言」，
內心的憤懣澎湃，與這靜夜恰成強烈的對比。這寂寞，不是超然物外、
遺世獨立式的寂寞，而是悲憤感慨的另一形式表現。

宗元的詩，最能實踐他自己所提出的文學理論：「激而發之欲其
清，固而存之欲其重」，以其清揚之筆，寫凝聚之情，讀來格外沉痛，
因為在樸素景物描寫的背後，有他那分獨特刻骨銘心的哀愁。

謫居永州八年，崔策〔註10〕罷舉之後到永州來探望他，於是陪
崔策去攀登親自斫榛莽、焚茅筏所尋獲的永州第一勝景西山，集中有
〈與崔策登西山〉（卷四十三）一詩，前半用客觀的筆法刻劃山水的

〔註10〕崔策字子符。在集中有〈送崔子符罷舉詩序〉下注云：「崔九名策，
字子符，即子厚姊婿崔簡之弟也。」在序文中說崔策是他謫永八年
到永州來的。

形貌，後半從「謫居安所習」開始，說自己已安於目前的生活習俗，反而厭煩紛擾的社會生活了，於是用《莊子》和《易經》的典故，做了一番頗富哲理的思辨，了悟超脫生死存亡，達觀蹇連躓踣，自慰自安地說：「非令親愛疏，誰使心神悄，偶茲遁山水，得以觀魚鳥」，這是在苦悶中求放達，在放達中表現了更深的苦悶，與他有名的山水遊記同出一轍，最後忍不住說：「吾子幸淹留，緩我愁腸繞」，這是他悲愁痛苦的自然流露。

　　長期貶謫的生涯，了無波瀾，一切苦樂悲歡，都禁錮心底，偶而會被日常事件或景物撩起。一次平凡的郊遊，一聲黃鸝的鳴叫，甚至一片浮萍，風吹葉落，都會勾起他身世之感，去國離鄉的悲涼。如被譽為「平淡有天工」（《筆墨閒錄》）的〈南澗中題〉：

> 秋氣集南澗，獨游亭午時。廻風一簫瑟，林影久參差。始至若有得，稍深遂忘疲。羈禽響幽谷，寒藻舞淪漪。去國魂已游，懷人淚空垂。孤生易為感，失路少所宜。索寞竟何事，徘徊只自知。誰為後來者，當與此心期。（《柳集》卷四十三）

蔣之翹說：「柳柳州南澗詩，意致已似恬雅，而中實孤憤沉鬱，此是景與神會，非一時湊泊可成。」宗元本來遊興濃厚，迎著披拂的枝條，踏著參差的林影，是去尋幽訪勝的。只因空谷傳來羈鳥的鳴叫，水中浮現萍藻的漪漣，撩動了宗元心頭離鄉懷人的苦悶，內心複雜的情緒便紛至沓來，孤客之苦，失路之悲，索寞的情懷，別人是無法理解的，希望將來有人能體會吧！

　　熙和的景致，也會逗出宗元如此複雜的痛苦感受，更何況是海畔尖山，葉盡的榕樹，射工伺影、颶母驚人，瘴江瘴嶺，黃茆荒村，蔽日的野葛，結虺的懸蛇，似戟的山，如湯之水，那些蕭瑟荒涼，幽獨孤寂令人不快的景象，與宗元鬱積已久的獨特情感遇合，真是怵目傷情，苦恨紛繁；「從此憂來非一事，豈容華髮待流年！」（〈嶺南江行〉）

　　每當他傷離恨別，感舊懷人，寫的仍然是自己內心的憂傷淒苦，慷慨難平之氣，與一般的離情別緒不同。集中那些感舊懷人的七言近

體，詠歎哀傷，聲情淒苦，無一不是宗元把自己身世飄零之感滲透其中，感人至深。

五言排律〈酬婁秀才將之淮南見贈之什〉下筆便從自己得罪遷斥說起，幾乎貫至終篇，聯聯事事，扣緊自己孤立無親的境況，對能以「好音憐鍛羽，濡沫慰窮鱗」的故人，珍惜莫名，不是普通酬贈之作可比。

聽到猿鳴，他說已無淚可下：「溪路千里曲，哀猿何處鳴？孤臣淚已盡，虛作斷腸聲。」（《柳集》卷四十三〈入黃溪聞猿〉），悲苦遠過聽猿淚下萬萬倍。種木槲花，他想到的是飄零天涯：「上宛年年重物華，飄零今日在天涯。祇應長作龍城守，剩種庭前木槲花。」（《柳集》卷四十二〈種木槲花〉）新植海石榴，他說：「芳根閟顏色，徂歲為誰榮」（《柳集》卷四十三），聽到鄉禽的鳴聲，他如見故人，想起歸不得的故鄉的事事物物，一切的美好，他吟出這樣的詩來：

> 倦聞子規朝暮聲，不意忽有黃鸝鳴。一聲夢斷楚江曲，滿眼故園春意生。目極千里無山河，麥芒際天搖青波。王畿優本少賦役，務閑酒熟饒經過。此時晴煙最深處，舍南舍北遙相語。翻日迴度昆明飛，凌風斜看細柳翥。我今誤落千萬山，身同儋人不思還。鄉禽何事亦來此？令我生心憶桑梓。閒聲迴翅歸務速，西林紫椹行當熟。（《柳集》卷四十三〈聞黃鸝〉）

宗元真的像楚地土著「儋人」一樣安於南荒？只是「千萬山」的阻隔，以致故園夢斷，於是殷殷寄語自由自在的黃鸝鳥，趕快振翅回鄉吧！

宗元偶而在作品裡表現超脫世網的輕鬆，表示願意終老蠻荒，只是故作曠放以自解，畢竟雖屬「賞心」之事，也是「難久留」的。環境中的一草一木，一山一水，時序變化，隨時隨地都碰觸到他的痛處，引發因長期貶謫生活鬱積在心的痛苦，秋日登上峨山遠望，忽然清楚看到自己在融州以外的荒邊，因是「繫囚」的身分，歸鄉不得，只有託南方早到的春天，把還鄉的夢帶回故園吧。

　　宗元的痛苦怨憤是自己有理想，有救世的熱情，卻橫遭摧折，志不得伸，處境的不幸，加上自己有原則，不妥協的個性，更加深了心底的寂寞哀傷。在楊憑遭貶復職，宗元所獻那首賀詩，詩中前面歷敘楊憑事跡，替他受誣遭貶致慨，最後談到自己的處境，說出內心的矛盾與哀傷：

> 獨棄傖人國，難窺夫子牆。通家殊孔李，舊好即潘楊。世議排張摯，時情棄仲翔。不言縲絏枉，徒恨緤靮長。賈賦愁單閼，鄒書怯大梁。炯心那自是，昭世懶佯狂。鳴玉機全息，懷沙事不忘。戀恩何敢死，垂淚對清湘。(《柳集》卷四十二〈獻弘農公五十韻〉)

他以不能取容於當世的張摯、及犯顏諫諍的虞翻自況，只能像賈誼被貶時那樣賦詩自傷，不能像鄒陽那樣上書自明，不甘佯狂傲世，也不願學屈原自沉抗議。他還是不甘被禁錮在南荒，終其一生，還是想求爲世用，達成濟世的理想。表現在詩作上，很明顯地抒發受壓抑的怨憤，流露出濃重傷感之情。他把自己比作籠鷹：

> 淒風淅瀝飛嚴霜，蒼鷹上擊翻曙光。雲披霧裂虹蜺斷，霹靂掣電捎平岡。砉然勁翮剪荊棘，下攫狐兔騰蒼茫。爪毛吻血百鳥逝，獨立四顧時激昂。炎風溽暑忽然至，羽翼脫落自摧藏。草中狸鼠足爲患，一夕十顧驚且傷。但願清商復爲假，拔去萬累雲間翔。(《柳集》卷四十三〈籠鷹詞〉)

一隻雄健的蒼鷹被環境摧折，這不是宗元的處境嗎？不過這隻跌落平陽，受欺於狸貓野鼠的蒼鷹，雖然已是羽毛零落，但仍有一股不屈不撓的鬥志，隨時待機再起。還有「翹肖獨足下叢薄，口銜低枝始能躍」的跂足烏鴉，「機械潛發罹罝罦，羽毛摧折觸籠藥」的被捕鸕鶿，都是比喻他處境的狼狽，萬里孤囚的悽惶心境，表露無餘。

二、感諷時事

　　著眼於生民之意，以輔時及物爲職志，隨時忘不了利安元元的柳宗元，縱然成了縲絏中的囚徒，也還鍥而不捨地窮愁著書，立言垂世，

完成輔時及物的理想，寫詩不僅僅透露一己之不甘於闇默，不屈於威壓，而仍是配合他自己文學主張：要求作品達成社會政治作用。所以，他寫的縱然是田園詩，也不是清幽恬美的農家樂，而是對胥吏貪婪的慨憤和替農人作不平的抗議，集中有〈田家〉三首，其中第二首：

> 籬落隔烟火，農談四鄰夕。庭際秋蟲鳴，疏麻方寂歷。蠶絲盡輸稅，機杼空倚壁。里胥夜經過，雞黍事筵席。各言官長峻，文字多督責。東鄉後租期，車轂陷泥澤。公門少推恕，鞭朴恣狼籍。努力慎經營，肌膚眞可惜。迎新在此歲，唯恐踵前跡。（《柳集》卷四十三）

在一個清冷的秋夜，田父正談論他們生計的困難，忽然胥吏來了，田父忙著搜羅雞黍以招待，得來長官嚴酷的威嚇，宗元描寫酷吏貪婪猙獰的面目，田父憂形於色的愁容，栩栩如在目前。這首詩揭發了重賦酷吏的壓迫，和在饑餓邊緣掙扎的農民生活，描寫樸實，眞摯感人。

他的〈詠史〉詩，是針對現實，借古諷今：

> 燕有黃金臺，遠致望諸君。嗛嗛事強怨，三歲有奇勳。悠哉闢疆理，東海漫浮雲。寧知世情異，嘉穀坐熇焚。致令委金石，誰顧蠹蠕群。風波歘潛構，遺恨意紛紜。豈不善圖後，交私非所聞。爲忠不內顧，晏子亦垂文。（《柳集》卷四十三）

這是歌詠樂毅的，前面寫燕昭王與樂毅君臣遇合，燕國得以強國開邊一段史實，然後筆鋒一轉，寫昭王一死，樂毅受讒，兵權被奪，被迫奔趙，最後慨憤歷史上這位賢才被迫害。於是，宗元筆下的詠樂毅，便不同於初盛唐詩人如陳子昂、李白等的歌詠樂毅，他們僅止於慨嘆當日築黃金臺招賢納俊的燕昭王不復見而已。宗元的主題是影射憲宗繼位王叔文派被逐的事實，並提醒執政當局應以樂毅奔趙爲殷鑑。其他如〈詠三良〉，取秦康公用三賢臣殉秦穆公葬的歷史故事，痛惜忠良無辜被害，壯志莫遂；〈詠荊軻〉歌頌荊軻刺暴秦的俠義行爲，且批評其謀略不當與輕舉妄動是失敗的主因。宗元已超出了傳統詠史的因史詠懷，而是進一步從歷史事件中提出教訓。本章前節所述〈古東門行〉，是借西漢史事影射強藩李師道盜殺武元衡，批評朝廷處理藩

鎮政策失當，三首〈行路難〉都是針對當時社會弊病進行批判爲主題，他的樂府詩雖然仍然是擬賦古題的老傳統，但在內容上，已接受元白新樂府用詩歌「泄導人情」、「補察時政」的主張。

　　五言古體的〈韋道安〉敘事詩，是以現實事件爲題材來批評時事，已見第三章所述，宗元在詩裡表明寫作的目的要發揮諷諭社會的作用。〈晊民〉詩一再提到「帝視民情」、「帝懷民視」，是他以民爲本的政治思想所寄，仿《詩經》〈崧高〉、〈烝民〉，鼓勵執政者恢復盛唐國勢。至於〈平淮夷雅〉，是元和十三年，朝廷平定淮西強藩，宗元獻以美唐室中興的頌歌，雍容典雅，簡潔生動地表揚裴度、李愬的戰功，最重要的是肯定了討藩伐叛，配合《柳集》中〈柳州賀破東平表〉、〈賀中書門下誅淄青逆賊李師道狀〉、〈賀平淄青后肆赦狀〉、〈賀分淄青諸州爲三道節度表〉、〈賀破東平表〉、〈賀分淄青爲三道節度表〉等奏狀，並非只爲阿諛頌美，而是宗元衷心慶賀國家安定統一，這是他政治理想的實現，他在萬里蠻荒之外，體弱多病，精神因失路憂鬱而耗損，對國事仍能如此熱忱，可見其對理想堅持的執著，令人肅然起敬。

三、澹遠閒適

　　柳宗元以罪囚身分來到永州，起初寄居在寺廟，後來移居冉溪上游，生活在農圃之中，南國春天萬物欣欣向榮的景象，稍可安慰他政治上失意的精神苦悶，內心不禁興起了田園生活的嚮往：

> 南楚春候早，餘寒已滋榮。土膏釋原野，百蟄競所營。綴景未及郊，穡人先偶耕。園林幽鳥囀，渚澤新泉清。農事誠素務，羈囚阻平生。故池想蕪沒，遣畝當榛荊。慕隱既有繫，圖功遂無成。聊從田父言，款曲陳此情。眷然撫耒耜，廻首煙雲橫。（《柳集》卷四十三〈首春逢耕者〉）

大有田園將蕪，胡不歸之慨，在〈致許孟容書〉裡說：「城西有數頃田，樹果數百株，多先人手自封植」，〈遊南亭夜還敘志七十韻〉，明白說出家本世務農耕，若能獲赦許其歸田，定必躬耕莊田，「茲焉畢餘命，富貴非吾曹」（《柳集》卷四十三），在〈遊石角過小嶺至長烏

村〉，他說：「爲農信可樂，居寵眞虛榮」、「四支反田畝，釋志東皋耕」
（《柳集》卷四十三）。不過，在永州這段時間，宗元還有「慕隱既有
繫，圖功遂無成」的矛盾，「曉耕翻露草，夜傍響溪石」（〈溪居〉）、「引
杖試荒泉，解帶圍新竹」（〈夏初雨後尋愚溪〉）半隱半農的生活，並
未消磨淨盡他濟世的熱情，等到再貶柳州，歸田之思才又湧現。

　　二十年來萬事同，今朝岐路忽西東，皇恩若許歸田去，晚
　　歲當爲鄰舍翁。（《柳集》卷四十二〈重別夢得〉）

畢竟，柳宗元連這個小小可憐的願望也沒達到，最後是寂寞淒涼地死
在柳州。在柳州，他已不是官外閒員，而是一州之長，地位不同，責
任也不同，他盡力在自己權限之內，惠及生民，除了做了很多具體有
益群眾的事外，他還種柳：

　　柳州柳刺史，種柳柳江邊。談笑爲故事，推移成昔年。垂
　　陰當覆地，聳幹會參天。好作思人樹，慚無惠化傳。（《柳集》
　　卷四十二〈種柳戲題〉）

種甘樹：

　　手種黃甘二百株，春來新葉遍城隅。方同楚客憐皇樹，不
　　學荊州利木奴。幾歲開花聞噴雪，何人摘實見垂珠。若教
　　坐待成林日，滋味還堪養老夫。（《柳集》卷四十二〈柳州城西
　　北隅種甘樹〉）

他還種花，種藥材，重修大雲寺時，一併植竹、墾田、開菜圃，這是
濟世熱忱與歸耕願望的結合。《柳集》中眞正閒適之作並不多，元和
五年在永州，卜居冉溪後，有幾首頗爲閒適之作。如：〈日攜謝山人
至愚溪〉、〈夏初雨後尋愚溪〉、〈雨後曉行獨至愚溪北池〉、〈雨晴至江
渡〉等；還有元和十年以兒女學書法事與劉禹錫唱和的幾首：〈殷賢
戲批書後寄劉連州並示孟崙二童〉、〈重贈二首〉、〈疊前〉、〈疊後〉等。
而寫得最成功的一首閒適之作是〈夏晝偶作〉：

　　南州溽暑醉如酒，隱机熟眠開北牖。日午獨覺無餘聲，山
　　童隔竹敲茶臼。（《柳集》卷四十三）

幽閒高妙，把南國山居夏景，如畫般呈現。

四、說理談禪

　　唐代倡導「三教調和」，宗元頗信佛教，大力宣揚「統合儒釋」，佛教教義不但影響他的生活及人生觀，也融入他的作品。他與上人來往，集中多首與上人酬贈之作，如：〈贈江華長老〉、〈浩初上人見貽絕句欲登仙人山因以酬之〉、〈韓漳州書報徹上人亡因寄二絕〉、〈聞徹上人亡寄侍郎楊文〉、〈戲題石門長老東軒〉等，還有〈晨詣超師院讀禪經〉、〈巽公院五詠〉、〈法華寺石門精室三十韻〉等與佛門有關之作。

　　以詩歌談禪，易如六朝玄言詩，了無詩味，但《柳集》中頗有可觀者，如：

　　　　汲井漱寒齒，清心拂塵服，閒持貝葉書，步出東齋讀。眞源了無取，妄跡世所逐。遺言冀可冥，繕性何由熟。道人庭宇靜，苔色連深竹。日出霧露餘，青松如膏沐。澹然離言說，悟悅心自足。（《柳集》卷四十二〈晨詣超師院讀禪經〉）

　　通首不作禪語，卻得禪境妙悟，元好問評爲「深入理窟，高出言外。」（〈木庵詩集序〉）

　　有時，索性直接在詩中以禪語說教，如〈法華寺石門精室三十韻〉，宗元以他所擅長的五排，前段描寫寺院附近山川草木等自然景色，中段插入一段佛理：

　　　　結構罩群崖，廻環驅萬象。小劫不逾瞬，大千若在掌。體空得化元，觀有遺細想。喧煩困蟻螻，蹢躅疲魍魎。寸進諒何營，尋直非所枉。（《柳集》卷四十三）

這是從自然景物中體悟出空其所有之實，從而領悟到「鑑爾揖古風，終焉乃吾黨」。退隱是宗元貶謫後，不時興起的念頭。前述〈遊南亭夜還敘志〉詩：「安得奉皇靈」以下敘志一段，深得儒家「舍之則藏」的智慧，本詩由禪悟又油然興起不以苟得，時退則退的念頭。

　　〈巽公院五詠〉，寫淨土堂是：

　　　　結習自無始，淪溺窮苦源。流形及茲世，始悟三空門。華堂開靜域，圖像煥且繁。清冷焚眾香，微妙歌法言。稽首

　　　　媿導師，超遙謝塵昏。(《柳集》卷四十三)

寫禪堂：

　　　　發地結菁茆，團團抱虛白。山花落幽戶，中有忘機客。涉
　　　　有本非取，照空不待折。萬籟俱緣生，窅然喧中寂。心境
　　　　本同如，鳥飛無遺跡。(同前)

寫曲講堂：

　　　　寂滅本非斷，文字安可離。曲堂何爲設，高士方在斯。聖
　　　　默寄言宣，分別乃無知。趣中即空假，名相誰與期。願言
　　　　絕聞得，忘意聊思惟。(同前)

縱然是寫院內的芙蓉亭，他說的是「瀟洒出人世」、「嘗聞色空喻」，
以詩歌談禪，詩味全失，是集中較受後世批評之作。

第四節　柳宗元詩的藝術特色

　　關於柳詩的語言，前人各有不同的說法，元好問在〈論詩絕句〉
裡說：「謝客風容映古今，發源誰似柳州深」，他認爲宗元詩歌的辭采
語態感人之美源於大謝，所以又直接了當地說：「柳子厚，晉之謝靈
運。」清人吳喬說「柳構思精嚴」、「柳極煆煉」(《圍爐詩話》卷三)
都是說柳詩的語言藝術近於謝靈運。

　　〔宋〕陳善說：「山谷常謂曰：『白樂天，柳子厚俱效陶淵明作詩，
而唯子厚詩爲近。』然以予觀之，子厚語近而氣不近……」(《捫蝨新
話》卷七)意思是說宗元詩的語言近於陶淵明的樸素、自然，且富於
表現力。也就是蘇東坡所說的「發纖穠於簡古，寄至味於澹泊」(《書
黃子思詩集後》)，「外枯而中膏，似淡而實美」(《東坡題跋》卷二)
陶、柳詩都是以簡古枯淡的語言，表現出細密且濃郁而豐美的詩來。

　　宗元後出，對陶、謝均有所宗法而兩兼其美，所以他的山水詩有
些寫得幽峭峻潔，有些寫得平淡簡古。柳詩中還有其他不同體裁、不
同內容的作品，語言的表達也就不盡相同，更有過於陶、謝者。茲就
柳詩語言的特色論述如下。

一、屬對精工

　　唐代文學，無論詩賦，皆講究對偶修辭，加以宗元擅長駢文，故其排律平仄協調，屬對精工，又能飛騰變化，靈活生動，蔣之翹說：「屬對極工，而詞不窒，故無痴重之弊。此長律所難。」（《柳集注》）非有高才碩學如宗元者，絕不能爲。運用偶句無論寫景，敘事、抒情、運斤施鑿，恣意而爲，均能曲盡其妙，並非只是「逞其學問」（謝榛《四溟詩話》卷一）而已，集中五言長律，氣勢自是不同。

　　宗元以偶句敘事，暢達一如單行散句，如楊憑遭貶三年復官，他在永州所獻賀詩，首段用十五聯歷敘楊憑的學養才能政績，一無窒礙：

> 處心齊寵辱，遇物任行藏。關識新安地，封傳臨晉鄉。挺生推豹蔚，逖步仰龍驤。幹有千尋竦，精聞百鍊鋼。茂功期舜禹，高韻狀羲黃。足逸詩書圃，鋒搖翰墨場。雅歌張仲德，頌祝魯侯昌。憲府初騰價，神州轉耀鋩。右言盈簡策，左轄備條綱。響切晨趨佩，煙濃近侍香。司儀六禮洽，論將七兵揚。合樂來儀鳳，尊祠重饋羊。卿材優柱石，公器擅巖廊。峻節臨衡嶠，和風滿豫章。人歸父母育，郡得股肱良。（《柳集》卷四十二〈弘農公以碩德偉材屈於誣枉左官三歲復為大僚天監昭明人心感悅宗元竄伏湘浦拜賀未由謹獻詩五十韻以畢微志〉）

敘歡情，他說：

> 碧樹環金谷，丹霞映上陽。留歡唱容與，要醉對清涼。故友仍同里，常僚每合堂。淵龍過許邵，冰鯉弔王祥。（同前）

配合復官之慶，他描寫的景致是：

> 玉漏天門靜，銅駝御路荒。潤瀘秋潋灩，嵩少暮微茫。（同前）

最後抒發自己的不幸與不甘的抑鬱傷感（見本章第三節第一目引），亦能曲盡其情。

　　排律對偶工整，自是當行本色，而一般古體，宗元也喜歡用對偶，表現出凝鍊精美的風格，如〈與崔策登西山〉：

> 鶴鳴楚山靜，露白秋江曉。連袂度危橋，縈迴出林杪。（《柳集》卷四十三）

二聯寫景，精美如畫。

> 重疊九疑高，微茫洞庭小。迥窮兩儀際，高出萬象表。馳
> 景泛顏波，遙風遞寒篠。(同前)

這三聯仍是客觀地以駢偶句刻劃山水的形貌，這是謝客的「風容」，
但在字質的選用和句構的安排，比謝靈運更平易近人。

> 生同胥靡遺，壽等彭鏗夭。寒連因顛踣，愚蒙怯幽眇。非
> 令親愛疏，誰使心神悄。偶茲遁山水，得以觀魚鳥。(同前)

這是引述《莊子》和《易經》的哲理作開悟，抒發達觀之情。詩是五
言古體，但全詩除首尾兩聯及中間分節用了兩聯散句外，都是駢偶
句。因為是古體，所以這些對句不必合律。《柳集》中很多五言古體，
句構常用駢偶，而且是連續多聯，卻絕不板滯，如〈構法華寺西亭〉：

> 割如判清濁，飄若昇雲間。遠岫攢眾頂，澄江抱清灣。夕
> 照臨軒墮，棲鳥當我還，菡萏溢嘉色，篔簹遺清班。神舒
> 屏羈鎖，志適忘幽潺。(《柳集》卷四十三)

這段由描寫景物到以反語故作歡愉來抒發哀愁，用的也是駢偶句。其
他如〈夏夜苦熱登西樓〉、〈首春逢耕者〉等都是，多得不勝枚舉。

宗元寫偶句，好像信手拈來，不費氣力，其實不然。只是雖經匠
心設計，但不見斧鑿痕而已，如：

> 寒初榮橘柚，夏首薦枇杷。沉埋全死地，流落半生涯。
>
> 東門牛屨飯，中散蝨空爬。誰采中原菽，徒巾下澤車。
>
> 屢歎恢恢網，頻搖肅肅罝。(以上見《柳集》卷四十二〈同劉二
> 十八院長述舊言懷感時書事奉寄張員外使君〉)
>
> 右言盈簡策，左轄備條綱。司儀六禮洽，論將七兵揚。
>
> 合樂來儀鳳，尊祠重飭羊。(以上《柳集》卷四十二〈弘農公以
> 碩德偉材屈於誣枉左官三歲復為大僚天監昭明人心感悅宗元竄伏湘
> 浦拜賀未由謹獻詩五十韻以畢微志〉)
>
> 稍稍雨侵竹，翻翻鵲驚叢。(《柳集》卷四十二〈初秋夜坐贈吳武陵〉)
>
> 秉心方的的，騰口任囂囂。(《柳集》卷四十二〈酬韶州裴曹長使
> 君寄道州呂八大使因以見示二十韻〉)

印紋生綠經旬合，硯匣留塵盡日封。

梅嶺寒煙藏翡翠，桂江秋水露鮏鯆。（以上《柳集》卷四十二

〈柳州寄丈人周韶州〉）

林邑東迴山似戟，牂牁南下水如湯。

蒹葭淅瀝含秋霧，橘柚玲瓏透夕陽。（以上《柳集》卷四十二

〈得盧衡州書因以詩寄〉）

無論詞意、詞性、事物面面照顧周全，如此「的對」俯拾皆是，其他還有下字更見斟酌的，如：

香飯舂菰米，珍蔬折五茄。（《柳集》卷四十二〈同劉二十八院長〉）

假借「菰米」的「菰」為「孤獨」的「孤」來對「五茄」的「五」字。又如：

在亡均寂寞，零落間惇鰥。（《柳集》卷四十二〈酬韶州〉）

「在亡」即「存亡」，宗元不用習見詞彙如「存亡」、「死生」等，章士釗說：「即此見柳州錘鍊功深」（《柳文探微》）。又如：

霧暗水連階，月明花覆牖。（《柳集》卷四十三〈法華寺西亭夜飲〉）

日晴瀟湘渚，雲斷岣嶁岑（《柳集》卷四十三〈零陵春望〉）

菡萏溢嘉色，篔簹遺清班。（《柳集》卷四十三〈構法華寺西亭〉）

寫景遠近次第層次分明，如畫歷歷，宗元以對句寫景狀物，鉅細靡遺，且層次井然之作尚多，如：

青箬裹鹽歸峒客，綠荷包飯趁虛人。

鵝毛禦臘縫山罽，雞骨占年拜水神。（以上《柳集》卷四十二

〈柳州峒氓〉）

又如：

蒔藥閒庭延國老，開罇虛室值賢人。（《柳集》卷四十三〈從崔

中丞過盧少府郊居〉）

不但字面工整，「國老」、「賢人」一語雙關，妙文寓意勝絕，宗元堪稱妙手。

其他如：「玉漏天門靜，銅駝御路荒」（〈弘農公以碩德偉材〉）、鄭注引《筆墨閒錄》說：「此對妙同於老杜矣」，「層軒隔炎暑，迥野

恣窺臨」(〈奉和楊尚書〉)陳景雲說:「〈韓子送廖道士序〉云:『衡山之南最高,而橫絕南北者嶺,郴之爲州在嶺之上,測其高下得三之二焉』,則郡樓之峻,眺望之遠,從可知矣。層軒一聯證以韓序,彌見其工警也。」(《柳集點勘》)「壁空殘月曙,門掩候蟲秋」(〈酬婁秀才寓居開元寺早秋月夜病中見寄〉)張文潛說:「此聯爲集中第一」等,前人早有定評,茲不贅論。

二、善用典故

　　詩歌是否該用典故,向來便有不同的主張。反對者以爲用典只是誇博學,令讀者望而生畏,削弱詩歌的感發力量,造成引發讀者共鳴的障礙,如鍾嶸、嚴羽、王士禎等,均反對用典,以爲「詩有別材,非關書也;詩有別趣,非關理也。」(《滄浪詩話》),胡適先生有名的「八不主義」其中一不就是「不用典」。

　　其實典故用得好,不但可以免除前述諸弊,更可使作品內涵更爲深厚,化平淡爲神奇,因爲典故是最現成的語碼。劉勰說:

> 夫經典沉深,載籍浩瀚,實群言之奧區,而才思之神皋也。揚、班以下,莫不取資,任力耕耨,縱意漁獵,操刀能割,必列膏腴。是以將瞻才力,務在博見。狐腋非一皮能溫,雞蹠必數千而飽矣。是以綜學在博,取事貴約,校練務精,捃理須覈,眾美輻輳,表裡發揮。……故事得其要,雖小成績,譬寸轄制輪,尺樞運關也。或微言美事,置於閒散,是綴金翠於足脛,靚粉黛於胸臆也。凡用舊合機,不啻自其口出。(《文心雕龍‧事類》卷八)

明人胡應麟《詩藪》,〔清〕沈德潛《說詩晬語》等,都主張用典,說得最清楚的是清人趙翼:

> 詩寫性情,原不專恃數典。然古事已成典故,則一典已自有一意。作詩者借彼之意,寫我之情,自然倍覺深厚。此後代詩人不得不用書卷也。(《甌北詩話》卷十)

至於用典的技巧,切忌湊泊堆砌,或故意用生典以逞學問;而要自然

恰當，「不啻自其口出」，袁枚說：

用典如水中著鹽，但知鹽味不見鹽質。（《隨園詩話》卷七）

用典達到如鹽溶於水，只有鹹味而不見鹽迹，要有才力，不僅靠學力
而已。

宗元胸羅萬卷，才分又高，詩中典故用得多，用得妙，可說已到
化境。茲就用事、用辭二端論述於後。用事方面如：

還如渡遼水，更似謫長沙。

東門牛屢飯，中散蝨空爬。

思鄉比莊舃，遯世遇眭夸。（以上《柳集》卷四十二〈同劉二十
八院長〉）

世議排張摯，時情棄仲翔。（《柳集》卷四十二〈弘農公以碩德偉材〉）

機事齊飄瓦，嫌猜比拾塵。（《柳集》卷四十二〈酬婁秀才將之淮
南見贈之什〉）

疑比莊周夢，情同蘇武歸。（《柳集》卷四十二〈郎州竇常員外〉）

水上鵲已去，亭中烏又鳴。

辭因使楚重，名爲救齊成。（以上《柳集》卷四十二〈善謔驛和
劉夢得酹淳于先生〉）

問牛悲釁鐘，說虣驚臨牢。

知縈懷褚中，范叔戀綈袍。（以上《柳集》卷四十三〈遊南亭夜
還敘志七十韻〉）

聞道偏爲五禽戲，出門鷗鳥更相親。（《柳集》卷四十三〈從崔
中丞過盧少府郊居〉）

卻學壽張樊敬侯，種漆南園待成器。（《柳集》卷四十三〈冉溪〉）

射工巧伺遊人影，颶母偏驚旅客船。（《柳集》卷四十二〈嶺南
江行〉）

遙想荊州人物論，幾回中夜惜元龍。（《柳集》卷四十二〈同劉
二十八哭呂衡州〉）

遠師鄒忌鼓鳴琴，去和南風愜舜心。（《柳集》卷四十二〈李西
川薦琴石〉）

貌同心異不可數，赤丸夜雨飛電光。(《柳集》卷四十二〈古東門行〉)

以上各例所用典籍包括經、史、子、集，更旁及古籍的注解，傳說等故實，然後徵事比類，縮合題意，如「東門牛屨飯，中散蝨空爬」上句用甯戚修德不用，退而商賈於齊東門外，桓公夜出，甯戚正飯牛叩角而商歌，桓公知其賢而舉爲客卿事，下句用吏部侍郎山濤舉中散大夫嵇康自代，其後嵇康〈與山濤絕交書〉以「性復多蝨，爬搔無已」爲七不堪之一，拒絕代爲吏部侍郎事，用以說明他們這群「死友」性不諧俗，非常貼切；「遠師鄒忌鼓鳴琴，去和南風愜舜心」上句用鄒忌以鼓琴見威王，下句用舜作五弦琴歌南風事，切「李西川薦琴石」之題，而「水上鷗已去，亭中鳥又鳴」都是出於《史記》，上句用淳于髡獻鵠於楚，放鵠倍得財事，下句用淳于髡以「停於王庭不飛不鳴之鳥」請齊威王猜是何鳥？王以「不飛則已，一飛沖天；不鳴則已，一鳴驚人」爲答事，不但切「善謔驛和劉夢得酹淳于先生」題，且用語自然明白，非常淺近，縱然不識故實，也不會全不解句意，只是知道出處，句意更形豐富而已。這首詩的第三、四句「辭因使楚重」仍是首句之典，第四句「名爲救齊成」是淳于髡使趙救齊，楚兵知難而退事，用典能像宗元這樣圓熟自然，明白易曉，就不會使讀者有隔，反而會喚起種種聯想，擴大詩句的意義範圍。借典故抒情，可使情意無盡，加強了時空流變的感受，悲涼感慨，並未止於卒於異域的千古英雄淳于髡而已，而自己的悲悽之情，也借這典故，伸延到無窮的宇宙間。柳詩所用的典籍史實，視文義結構的需要，加上一些聯繫詞，或造成層遞如：「還如渡遼水，更似謫長沙」，使成類比如：「疑比莊周夢，情同蘇武歸」等修辭效果，或貫串文意，達到「藉事徵意」之效。至於用辭方面，如：

頌祝魯侯昌。(〈弘農公以碩德偉材〉)

是凝縮《詩經·魯頌·閟宮》「俾爾熾而昌，俾爾昌而熾，俾爾昌而大」而成。

高冠余肯賦。(〈酬婁秀才將之淮南見贈之什〉)

是從《楚辭》「高余冠之岌岌兮，長余佩之陸離」化出。

　　海上銷魂別，天邊弔影身。(〈酬婁秀才將之淮南見贈之什〉)

是出自江淹〈別賦〉「黯然銷魂者，惟別而已矣」。

　　味道憐知止。(〈酬婁秀才寓居開元寺〉)

語出《老子》「知足不辱，知止不殆。」

　　采眞誠眷戀。(〈界圍巖水簾〉)

語出《莊子》「古者謂是采眞之遊」。

　　鶗鴂莫相侵。(〈奉和楊尚書〉)

化自〈離騷〉「恐鶗鴂之先鳴兮，使夫百草爲之不芳」。

　　無限居人送獨醒。(〈離觴不醉〉)

語出〈離騷〉「眾人皆醉，而我獨醒」。

　　可憐寂寞到長亭。(〈離觴不醉〉)

語出庾子山〈江南賦〉「十里五里，長亭短亭」。

　　三畝空留懸罄室。(〈同劉二十八哭衡州〉)

語出《左傳》僖二十六年「齊侯謂展喜曰，室如懸罄」。

　　欲投章甫作文身。(〈柳州峒岷〉)

化自《莊子》「宋人資章甫而適越，越人斷髮文身，無所用之」。

　　頻把瓊書出袖中。(〈韓漳州書報徹上人亡〉)

語出〈選詩〉「置書懷袖中，三歲字不滅」。

　　欲採蘋花不自由。(〈酬曹侍御〉)

化自柳渾詩「汀州採白蘋」。

　　以上所用，都是前人成辭，其淵源除經、史、子、集外，尚有宗元之前各類詩文，經其「融化斡旋，如自己出」，配合詩的情意而推陳出新，無不恰到好處。

　　除了明用典如前述外，宗元還有藏典之法，如：

　　晨鷄不余欺，風雨聞嘐嘐。(〈遊朝陽巖送登西亭〉)

　　俟罪非眞吏，翻慚奉簡書。(〈韋使君黃溪祈雨見召〉)

齊王不忍觳觫牛，簡子亦放邯鄲鳩。(〈放鷓鴣詞〉)

廻看天際下中流，巖上無心雲相逐。(〈漁翁〉)

寸進諒何營，尋直非所枉。(〈法華寺石門〉)

蒲魚相與鄰，信美非所安。(〈登蒲州石磯〉)

以上例句看不出用典之迹，縱然不明典故，仍可由字面明其意蘊，在詩句中即帶著描寫解說的功能。如「晨鷄不余欺，風雨聞嘐嘐」，不知《詩經》「風雨瀟瀟，鷄鳴嘐嘐」，也能體會鷄鳴不已於風雨之意；「俟罪非眞吏，翻慚奉簡書」，不知賈誼謫讁長沙王太傅，爲〈弔屈賦〉「俟罪長沙」，也了解「俟罪」是「待罪」之意，不知《詩經》「豈不懷歸，畏此簡書」，也能體會「簡書」指韋使君之召，不知《孟子》齊王不忍見將釁鐘的牛觳觫若而止殺，不知簡子厚賞獻鳩人而後放生之典，也能從而體會這兩句是說齊王、簡子志得意滿之時，尚有惠及動物之仁；不知淵明〈歸去來辭〉「雲無心以出岫，鳥倦飛而知還」，也能欣賞「巖上無心雲相逐」空靈之趣，不知出自《孟子》「枉尺直尋者，以利言也」之典，也解「尋直非所枉」之意；不知有王粲〈登樓賦〉「雖信美而非吾土兮，曾何足以少留」，也能體會「信美非所安」是說宗元不甘久居斯地。這種不著痕跡的用典，柳詩亦隨處可見，這是積學有得，又有高才足以施展，不僅不會造成讀者欣賞的障礙，而是借著典故的運用，增加詩句橫斷面的豐富，和歷史貫縱延伸的深度。

三、意象經營

(一)化描寫爲敘述

柳詩以內容意境取勝，且集中以古體詩爲主，多用陳述句表現，語言流麗，很能把握古體詩歌音樂性強的精神，所以其詩歌意象多爲動態的，與近體詩一般注重繪畫性靜態意象的經營不同。

陳述式的語句，便於施展，宜於長篇，可變靜態之美爲流動之美，創造出的是動態意象。塑造動態意象，主要是靠動詞，高友工、梅祖麟在〈論唐詩的語法、用字與意象〉裡說：「任何一個動作，都必須牽

涉到一個主動者，一個被動者，引發行爲的主動者是主語，表示行爲
的是動詞，承受行爲的是賓語，行爲是力，移轉於賓主兩點之間，因
此主、動、賓的語句直接反映出自然界的現象，使語言接近物體。」（《中
外文學》一卷十、十一期）動詞在主語賓語之間維持聯繫，這個動詞
的運用，若富於高度的想像彈力，可變動作的敘述爲空間性的呈露，
才使動作成意象而有具體感，即高、梅二氏所說的「使語言接近物體」，
詩人最常用，最有效的辦法是把名詞、形容詞用作動詞，化描寫爲敘
述，這類動詞最富想像的彈力。柳詩用得相當多，如：

　　寒初榮橘柚，夏首薦枇杷。（〈同劉二十八院長〉）

　　壁空殘月曙，門掩候蟲秋。（〈酬婁秀才寓居開元寺早秋月夜病中
　　見寄〉）

　　朱弦縆枯桐，青商激西顥。（〈初秋夜坐贈吳武陵〉）

　　負弩啼寒狄，鳴枹驚夜狿。（〈答劉連州邦字〉）

　　鶴鳴楚山靜，露白秋江曉。（〈與崔策登西山〉）

　　山澤凝暑氣，星漢湛光輝。（〈夏夜苦熱登西樓〉）

　　火晶燥露滋，野靜停風威。（同前）

　　問牛悲縶鐘，說豕驚臨牢。（〈遊南亭夜還敘志〉）

　　海霧多蓊鬱，越風饒腥臊。（同前）

　　寧唯迫魑魅，所懼齊烹蘸。（同前）

　　屏居負山郭，歲暮驚離索。（〈郊居歲暮〉）

　　宿雲散洲渚，曉日明村塢。（〈雨後曉行獨至愚溪北池〉）

　　高樹臨清池，風驚夜來雨。（同前）

　　凡卉與時謝，妍華麗茲晨。（〈戲題堦前芍藥〉）

　　欹紅醉濃霧，窈窕留餘春。（同前）

　　夜窗藹芳氣，幽臥知相親。（同前）

　　晨登兼霞岸，霜景齊紛濁。（〈自衡陽移桂十餘本植零陵所住精舍〉）

差池下煙日，嘲哳鳴山禽。(〈苦竹橋〉)

月寒空階曙，幽夢綵雲生。(〈新植海石榴〉)

遠師鄒忌鼓鳴琴，去和南風愜舜心。(〈李西川薦琴石〉)

衡岳新摧天柱峰，士林頹頹泣相逢。(〈同劉二十八哭呂衡州兼寄江陵李元二侍御〉)

林邑山聯瘴海秋，牂牁水向郡前流。(〈柳州寄京中親故〉)

豈如瑞質耀奇文，願持千歲壽吾君。(〈龜背戲〉)

金簧玉磬宮中生，下沉秋水激太清。(〈渾鴻臚宅聞歌效白紵〉)

天高地迴凝日晶，羽觴蕩漾何事傾。(同前)

王安石的〈泊船瓜洲〉詩，一改再改，仍然不嫌因襲，用「綠」字作句中述語：「春風又綠江南岸」，而不用「過」等純粹動詞，是因為「綠」字用作述語，不僅具備動詞的語法意義，且保留形容詞的性質狀態，當它把「春風」和「岸」聯繫在一起時，立刻喚起讀者具體形象和綠意盎然的聯想，變陳述為繪畫，春天江南岸帶著鮮明的顏色逼眼而來。上列《柳集》詩句，用的就是這種手法，「壁空殘月曙，門掩候蟲秋」所以被譽為集中第一、是宗元詩的五言警句(《石林詩話》卷一葉夢得引張文潛語)，變「曙」、「秋」為動詞作述語，使整個時序連續的境界如畫歷歷呈現在讀者之前，語少意多而鮮明，是這兩句詩所以精警的原因之一。柳詩陳述句這類述語不少。除了多用活用而成的動詞外，還有利用動詞本身的特性，增加句子流動之美與感人之力量。如：

工命採斫代與椽，深林土翦十取一(〈行路難〉之二)

百牛連鞅摧雙轅。(同前)

東西蹶倒山火焚。(同前)

無乃飢啼走路旁。(〈跋鳥詞〉)

雲披霧裂虹蜺斷，霹靂掣電捎平岡。(〈籠鷹詞〉)

春然勁翮剪荊棘。(同前)

羽翼脫落自摧藏。(同前)

羽毛摧折觸籠籥。(〈放鷓鴣詞〉)

星流霞破相參差。(〈龜背戲〉)

赤丸夜語飛電光。(〈古東門行〉)

當街一叱百吏走。(同前)

安陵誰辨削礪功。(同前)

秋來處處割愁腸。(〈與浩初上人同看山寄京華親故〉)

崩雲下灘水，劈箭上潯江。(〈答劉連州邦字〉)

屬思嶺雲飛。(〈奉和周二十二丈〉)

九疑濬傾奔。(〈湘口館瀟湘二水所會〉)

歲月毅憂慄。(〈遊石角過小嶺至長烏村〉)

以上所列句中動詞如「斫、摧、裂、斷、破、削、割、崩、劈、殺」等，表達銳而深的挫傷力；「走、飛、奔、蹶倒、脫落、摧折」等表達動態的迅速流轉，尤其是以「蹶倒、脫落、摧折」等使成結構爲句中述語，是動作與行爲結果同時呈現，不但使句意靈動鮮活，而且充滿了生命力，宗元都能配合整首詩的意境，用這類動詞做述語，感發力量隨之增加。

至於名詞並列，或孤立名詞導致單純意象的產生，使意象呈繪畫性表現，宗示用得很少。中唐以後，詩人創作近體詩，多著力於這種意象的經營，柳詩並未著意於此。也許，宗元借詩歌表達那分深沉感受，豐盈得只需直陳流瀉，才更易舒展。

(二)彩色詞的運用

彩色詞彙入詩，可給人一種強烈而具體的視覺效果，柳詩用彩色詞用得多，但系統單純，常用的是紅、綠、白三色系，間亦用黃、灰、墨、蒼、金、紫等，綠色系如「碧、綠、翠、青、縹」等，紅色系如「紅、朱、丹、緞、赤、玄」等，白色系如「白、素」等，茲摘舉於後：

用紅色系的詩句如：

敧紅醉濃露。(〈戲題堦前芍藥〉)

韶艷朱顏竟不同(〈始見白髮題所植海石榴樹〉)

丹心徒自渥。(〈自衡陽移桂十餘本植零陵所住精舍〉)

紫殿啓晨覲。(〈同劉二十八院長〉)

赤丸夜語飛電光。(〈古東門行〉)

遙知玄豹在深處。(〈雨中贈仙人山賈山人〉)

其中只有「紅」與「覲」有活用爲名詞性之例，本身即具象。其餘都
仍是形容性，與其後的主體名詞構成名詞語，顯現鮮明的色彩。至於
「丹」字，有與「心、誠」，構成「丹心、丹誠」，是形容一抽象的情
意，除狀該情意之熾熱外，尙有具體化的色感作用。

用綠色系的詩句如：

紛敷碧樹陰。(〈種白蘘荷〉)

韻磬叩疑碧。(〈界圍巖水簾〉)

迴映楚天碧。(〈早梅〉)

陂水寒更綠。(〈田家〉之三)

麥芒際天搖青波。(〈聞黃鸝〉)

積翠浮澹艷。(〈遊南亭夜還敘志〉)

翠帷雙卷出傾城。(〈渾鴻臚宅聞歌效白紵〉)

縹帙各舒散。(〈讀書〉)

疑山看積翠。(〈酬韶州裴曹長使君〉)

印文生綠經旬合。(〈柳州寄丈人周韶州〉)

欸乃一聲江水綠。(〈漁翁〉)

除「縹」「青」字外，其餘各綠色系字除用作形容性外，都有活用爲
名詞性的情形，而綠、碧、翠還有活用爲動詞性的例子。

用白色系的詩句如：

非是白蘋洲畔客。(〈得盧衡州書因以詩寄〉)

　　　　繁霜滋曉白。(〈早梅〉)

　　　　團團抱虛白。(〈禪堂〉)

　　　　素衣今盡化。(〈梅雨〉)

「素」字兩見，用作形容性附加語，「白」字則用得非常多，用作形容性、動詞性、名詞性都有。

　　用黑色系的詩句如：

　　　　蒼白澗汨盈顚毛。(〈寄韋珩〉)

　　　　桂嶺瘴來雲似墨。(〈別舍弟宗一〉)

　　　　小學翻新墨沼波。(〈疊前〉)

　　　　死灰棄置參與商。(〈行路難〉之三)

其中只有「蒼」字是用作眞正彩色字形容語，「墨」是以其名詞語意作形容用，如「墨沼」，但「似墨」和「死灰」卻仍作名詞用，而這名詞本身，在人們心目中早具顏色，同樣有表彩色的作用，如「金」字亦然：

　　　　燕有黃金臺。(〈詠史〉)

　　　　碧樹環金谷。(〈弘農公以碩德偉材〉)

「黃金臺」、「金谷」已是專用複詞，但安排在詩句中仍覺耀目的金光，其他的複詞如「丹墀」、「白首」、「朱顏」、「朱脣」、「黃鸝」、「縹帙」、「青天」、「蒼卒」、「青簡」、「白蘋」等，給人的色感仍存。

　　用黃色的詩句如：

　　　　黃葉覆溪橋。(〈秋曉行南谷經荒村〉)

　　用紫色的如：

　　　　紫殿啓晨趨。(〈同劉二十八院長〉)

　　　　西林紫椹行當熟。(〈聞黃鸝〉)

黃、紫兩彩色字僅用作形容語。

　　彩色字本身，在文學上被用作表達情緒已成固定類型，如紅色系表積極、溫暖、熾熱；綠色系表和平、消極、理智、肅穆、希望、青春，白色表明快、潔白、純眞、神聖等，這三色系宗元用得最多。他

喜歡用紅色，是由於天生熾熱的感情，身遭貶謫，半生流離困頓，並未灰心喪志，放棄救世的熱情，仍能堅持其高潔理想，受摧折而至身心俱損，他仍不放棄希望，理智告訴他，有一分熱，仍要發一分光，在柳州的政績就是明證。柳詩喜歡用紅、綠、白三色系的彩色字，約略可表現他的個性與情緒。

有時候同一首詩，宗元用了幾個彩色字，如〈早梅〉是「迴映楚天碧」、「繁霜滋曉白」、「碧、白」同用；〈酬韶州裴曹長〉同一聯內「青白」同用：「遠物裁青翩，時珍饌白鷳」；〈再至界圍巖水簾遂宿巖下〉在接近的數聯用了「白、青、翠、素」：「白日驚雷雨」、「古苔凝青枝，陰草濕翠羽」、「蔽空素彩列」，這是外在景物與心境的激盪而表現到詩句來。

還有同一首詩用了紅、綠二系的彩色字，如〈界圍巖水簾〉：「青壁環澄流」、「韻磬叩疑碧」、「丹霞冠其巔」、「有意仍丹丘」；〈弘農公以碩德偉材〉：「碧樹環金谷，丹霞映上陽」；〈行路難〉之三：「攢巒叢崿射朱光，丹霞翠霧飄奇香」：〈南中榮橘柚〉：「密林耀朱綠」；〈渾鴻臚宅聞歌效白紵〉：「翠帷雙卷出傾城」、「朱唇掩抑悄無聲」。有同句、同聯，或隔句用「紅、綠」色系的彩色字，熱心濟世之志受挫，而仍不放棄希望，又苦無機會的矛盾流露。

又有同一首詩用「黃、青、紫」三色的，如〈聞黃鸝〉：「不意忽有黃鸝鳴」、「麥芒際天搖青波」、「西林紫椹行當熟」，顏色鮮明絢爛，柳詩很少有這種氣氛。

（三）善於比譬

柳詩用譬喻修辭格，少用富聯想力的喻詞省略如：「金爐仄流月，紫殿啓晨緂」（〈同劉二十八院長〉），「凝清江月落，屬思嶺雲飛」（〈奉和周二十二丈〉）之類，多用不省喻詞的明喻，這是一般詩人常用塑造意象的方法，本非宗元獨有，但他在喻體與喻依的選擇上，頗生變化，例如：

石門長老身如夢。(〈戲題石門長老東軒〉)

南洲溽暑醉如酒。(〈夏晝偶作〉)

割如判清濁，飄若昇雲間。(〈構法華寺西亭〉)

桂嶺瘴來雲似墨，洞庭春盡水如天。(〈別舍弟宗一〉)

林邑東迴山似戟，牂柯南下水如湯。(〈得盧衡州書因以詩寄〉)

江流曲似九回腸。(〈登柳州城樓寄漳汀封連四州〉)

懸蛇結虺如蒲萄。(〈寄韋珩〉)

奇瘡釘骨狀如箭。(同前)

青松如膏沐。(〈晨詣超師院讀禪經〉)

閑同遲客心。(〈奉和楊尚書〉)

疑比莊周夢，情如蘇武歸。(〈朗州竇常員外〉)

生同胥靡遺，壽等彭鏗夭。(〈與崔策登西山〉)

海畔尖山似劍鋩，秋來處處割愁腸。(〈與浩初上人同看山寄京華親故〉)

其中，「南州溽暑醉如酒」，是以酒醉人昏然之感來譬如南州溽暑令人昏然欲睡；「奇瘡釘骨狀如箭」是以箭比喻奇瘡，因為兩者同具傷人刺骨之痛；「海畔尖山似劍鋩，秋來處處割人腸」，是把廣西一帶碧玉簪似的山峰，比喻為劍鋩，再以劍鋩尖銳的物性類比那些尖削的山峰也具劍鋩的物性，能割人之愁腸，都相當新穎而鮮明。

四、工於造境

柳詩不以一聯一句取勝，而是創造一渾成深遠的意境來抒發他的真情實感，把豐富的感情融入具體而生動的景物描寫中，是宗元的特長。如〈登柳州城樓寄漳汀封連四州〉：

城上高樓接大荒，海天愁思正茫茫。驚風亂颭芙蓉水，密雨斜侵薜荔牆。嶺樹重遮千里目，江流曲似九回腸，共來百越文身地，猶自音書滯一鄉。(《柳集》卷四十二)

前六句寫景，首聯意境高曠闊遠，著一「愁」字把自己貶謫的愁思，

和對友人的懷念，滲透到這高遠曠闊的景物中，籠罩整個大荒海天的是愁思彌漫、茫茫無邊。近處是狂風掀浪，連水上的芙蓉也遭摧折；驟雨打牆，卻波及覆牆的薜荔。我們不是與那些芙蓉花、薜荔藤一樣嗎？翹首遠望，綿邈千里的嶺樹，擋住了我的視線，彎曲的江流，恰似我一日九迴之腸，頷聯和頸聯寄情於風雨飄搖的景物中，思人自傷，溢於言表，王國維說：「一切景語皆情語也。」（《人間詞話》）。句句寫的是景，卻句句含情，末聯才點出被貶披髮文身未化的南荒，連音信都不能互通的那分難堪的孤寂悲涼之情。

又如〈嶺南江行〉：

> 瘴江南去入雲煙，望盡黃茆是海邊。山腹雨晴添象跡，潭心日暖長蛟涎。射工巧伺遊人影，颶母偏驚旅客船。從此憂來非一事，豈容華髮待流年。（《柳集》卷四十二）

前六句寫景，都是江行所見南荒瘴鄉令人不快的詭異景象，瘴江、黃茆、雨晴象出、日暖蛟游、射工伺影，颶母驚人等等嶺南風物，與中原迥異，對宗元這個北人遷客來說，極易觸目傷懷，愁慘之情投射到這詭異的景物中，鄉國之思，遷謫之戚，苦恨紛繁，豈止一端，唯恐華髮不待流年，又增一端遲暮之悲，宗元主觀情感與所選題材交融創造的意境，便充滿了悲憤憂傷。

又如〈秋曉行南谷經荒村〉其中所描寫的「黃葉覆溪橋，荒村唯古木。寒花疏寂歷，幽泉微斷續」，這個蕭瑟荒冷的景象，與宗元鬱積已久那分幽獨孤寂一經遇合，就鑄造成一新鮮而獨特的意境。

〈獨釣〉一詩，以二十個字白描出一幅寒江獨釣圖，寒冷荒涼，襯托出漁翁的孤獨堅強，宗元借這個意境抒寫一分孤高的情操。〈柳州二月榕葉落盡偶題〉，用春深雨過花殘的感人季節，二月榕樹葉盡的異鄉具體景象，抒發自己悲涼的宦情羈思。

又如：〈中夜起望西園值月上〉：

> 覺聞繁露墜，開戶臨西園。寒月上東嶺，泠泠疏竹根。石泉遠逾響，山鳥時一喧，倚楹遂至旦，寂寞將何言！（《柳

集》卷四十二）

通過繁露墜葉，竹根泠泠的水聲，遠處山泉的音響，山鳥偶而傳來一聲鳴叫，這眾多細微的聲音，強調了夜景的清幽寂寞，東嶺明月的寒光，表現出整個環境的冷清，宗元默無一語地倚楹待旦，全詩寫景，僅末句「寂寞」一詞寫情，整個自然景物是生機勃勃，而宗元卻是心懷殷憂，又無法傾訴，無可與語，那分寂寞，是屈原「忳鬱邑余侘傺兮，吾獨窮困乎此時也」的悲憤憂戚之極。

宗元的詩歌，多的是以眼前景物來抒發他獨特深刻的感情，都能使情與景會，景與情合，造就情境渾融的完美意境。

宗元選擇藉以描繪形象的詩材，有的是配合其特有悽愴之情，除上述諸詩外，尚有如陰森的野葛、結虺的懸蛇，似戟的山，如湯的水，潛於泥沙的虺蜮，在榛莽中搏鬥的豺獏等異鄉風物，以及「海俗衣猶卉，山夷髻不鬟」、「鵝毛禦臘縫山罽，雞骨占年拜水神」的異鄉風情，與宗元去國懷鄉之思構成渾融的意境；又如生長在路旁，屢遭砍伐的孤松，飄零天涯的木槲花，「火耕困烟燼，薪採久摧剝」的桂樹，被捕的鷓鴣、跛足的烏鴉，恰好成爲宗元政治上委屈挫敗投射的客觀對象，甚至神話裡逐日而死、狐鼠爭噬、竫人恥笑的夸父，歷史殉葬齎志的三良，有功被讒、遺恨千載的樂毅，經他改塑後的這些形象，具體地反映他的悲憤憂傷；有志未遂的呂溫，流放永州的吳武陵，更是他流瀉情感最自然的對象。

柳宗元是發揮景物抒寫胸臆，以詭異奇特之詩材創造出荒冷蕭瑟的意境，固然可以表達他的哀傷。但是，有時候面對和煦的景致，他也可以寫哀情，如〈零陵春望〉，起首四句：「平野春草綠，曉鶯啼遠林。日晴瀟湘渚，雲斷岣嶁岑。」景色多麼清新可喜，晴空雲散，大自然一片生機。但景物的欣欣向榮，反而引發他有志不得伸那分悲涼，於是馬上變寫景爲抒情：「仙駕不可望，世途非所任。凝情空景慕，萬里蒼梧陰。」宗元失望和不滿交織成的憂思，又那麼自然地洋溢於整個意境中。

　　有時平常景物，宗元以其獨特的情感去觀察體驗，就有新的感受，創造出「觀則同於外，感則異於內」的富有個性的意境。如梅雨本是司空見慣，只是南北略有早晚之異，但在宗元看來，分外慘惻：

> 梅實迎時雨，蒼茫值晚春。愁深楚猿夜，夢斷越雞晨。海霧連南極，江雲暗北津。素衣今化盡，非爲帝京塵。(《柳集》卷四十三〈梅雨〉)

首聯寫晚春時節，梅雨瀰漫，海霧江雲，整個空間蒼茫一片，斯時斯景，聽到的是楚猿越雞聲聲哀啼，見到的是愁雲慘霧籠罩大地，宗元置身其中，去國離鄉的悽楚情緒，與整個意境交融。〈入黃溪聞猿〉詩：

> 溪路千里曲，哀猿何處鳴，孤臣淚已盡，虛作斷腸聲。(《柳集》卷四十三)

沈德潛說：「翻出新意，愈苦」(《唐詩別裁》卷十九)一般聽猿聲都從正面襯托或引起哀情，而宗元卻說：「孤臣淚已盡，虛作斷腸聲。」這意境很富創造性，〈梅雨〉詩翻疊前人詩句而說：「素衣今化盡，非爲帝京塵」，也是境新而意苦，寄興遙深，這是宗元創造意境的獨特手法。

　　其他如〈春懷故園〉、〈早梅〉、〈紅蕉〉、〈新植海石榴〉、〈夏夜苦熱登西樓〉等都是。任何詩材被選上，立刻抹上了他獨有的感情與個性，使情境兩渾。他又何必去雕章琢句呢？他不必求奇險，不必求華靡，營造渾成的意境，才是抒情詩最高的技巧。

第五章　柳宗元詩的風格

　　柳宗元詩的風格，與他一生的際遇是相關的，是他內心真誠的流露，貶謫的抑鬱發之於詩而成激憤不平之音。元好問〈論詩絕句〉三十首之一說：

　　　　謝客風容映古今，發源誰似柳州深；朱絃一拂遺音在，卻
　　　　是當年寂寞心。

他以為宗元的詩歌有兩方面與謝靈運是相同的，一是「風容」之美，二是「寂寞」之心。

　　先不論柳、謝之心所以寂寞之因與實質是否相同，而他指出宗元詩歌的弦外之音，即司空圖說過的「深搜之致」，就是說宗元的詩，蘊含了他對自我生命歷程的沉思與反省。

　　另一位給柳詩評價較高的是蘇軾，他說：

　　　　柳子厚詩在陶淵明下，韋蘇州上。退之豪放奇險則過之，
　　　　而溫麗清深不及也。所貴乎枯淡者，謂其外枯而中膏，似
　　　　淡而實美，淵明、子厚之流是也。（《東坡續集》卷八）

蘇軾在政治上不得意，晚年謫居瓊州，常讀陶、柳二集，稱為南遷二友，玩味有得，頗能體會柳詩所表現的激情和憂思，對他藝術上的特色亦能一語中的。由揚州推官扶搖直上刑部尚書的王士禎，就不喜歡「褊忮躁辭」（《陳輔之詩話》，郭紹虞《宋詩話輯佚》本）的柳詩，他說：

　　　　風懷澄淡推韋柳，佳句多從五字求。解識無聲弦指妙，柳
　　　　州那得並蘇州。

　　王士禎認爲柳詩雖工，但遠不及韋詩空靈高妙。一生得意的人，是無法了解柳詩的。

　　一百六十多首柳詩，不會千遍一律，有他個人思想情感的變化，風格表現就隨之不同；也不能簡單地說他似陶或似謝，因爲他的個性氣質、一生際遇、審美趣味、藝術素養等畢竟與旁人不同。一般談柳詩風格時，多以「峭」字來概括，這是只可意會，難以言傳的感覺語，又是沒有形容未被限定的單音詞，意義範圍可以相當廣泛，於是〔宋〕高斯得說柳詩「孤峭」、〔明〕胡應麟說他「清而峭」（《詩藪外編》卷四），〔元〕方回說他「峭而勁」（《瀛奎律髓》卷四），葉嘉瑩說柳詩「冷峭」、「幽峭」（《中國古典詩歌評論集》頁 51），所以「峭」，應該是宗元內在堅毅、執著的性格，峻峭、挺拔的精神，表現出幽深冷峻，孤寂清切的風姿，這是柳詩的主要風格。不過，他也有表現得簡古閒淡、典雅雄奇的作品，茲分述於下。

第一節　幽冷孤峭

　　柳宗元的個性是熱情、自信、執著，他自己說：「雖萬受擯棄，不更乎其內」、「愚不能改」（〈答周君巢餌藥久壽書〉），「雖累百世滋不憾而惡焉」（〈與呂道州溫論非國語書〉）是個很能堅持原則的人。在革新失敗，被謫南荒，處於讒口嗷嗷的憂危政治環境中，過的是「攢林麓以爲叢棘兮，虎豹咆嗥代狴牢之吠嗥。胡井眢以管視兮，窮坎險其焉逃？顧幽昧之罪加兮，雖聖猶病夫嗷嗷。」（〈囚山賦〉）因犯般的生活，現實已不容許他實現理想，於是他以凝結血和淚的筆觸，來抒寫他不幸的身世遭遇，悲憤與願望，最能代表他獨特風格的，就是這一類詩。

　　被譽爲《柳集》中雙璧之一的〈與崔策登西山〉一詩，最能代表幽冷孤峭的風格：

　　　　鶴鳴楚山靜，露白秋江曉。連袂度危橋，縈迴出林杪。西岑極遠目，毫末皆可了。重疊九疑高，微茫洞庭小。迴窮

兩儀際，高出萬象表。馳景泛頹波，遙風遞寒篠。謫居安
所習，稍厭從紛擾。生同胥靡遺，壽等彭鏗夭。寒連困顛
踣，愚蒙怯幽眇。非令親愛疏，誰使心神悄。偶茲遁山水，
得以觀魚鳥。吾子幸淹留，緩我愁腸繞。（《柳集》卷四十三）

《柳集》〈始得西山宴遊記〉注：「西山在府城西瀟江之滸」（卷二十
九），「始得西山」一文是《柳集》中精采遊記之一，是寫得最爲曠達
的一篇，他極有層次的描寫在西山上居高臨下所見的雄闊景象，造語
十分精工，而主要著力描繪的是西山「不與培塿爲類」的高峻特立氣
象，由此氣象展開其抒情寫意。這是以客觀的刻畫來描述山水形貌並
寄託自己情意的一貫手法，他的山水詩也不例外。

崔策是宗元的姻親已見前述，他來永州探視，宗元盡地主之誼，
陪他到親自與「僕人過湘江，沿染溪、斫榛莽、焚茅筏，窮山之高而
止」所發現的西山，詩的前半極有層次地描寫登山之時地過程，在鶴
鳴露白楚地群山尙靜寂的破曉時分，他與崔策聯袂登山，幾度迂迴曲
折抵達高出林杪的主峰，在山頂「箕踞而遨」，極目而望，「凡數州之
土壤，皆在衽席之下」（〈始得西山宴遊記〉），遠近毫末，盡在眼底，
覺得西山拔天到地，高峻特立，瞻望中只見日影在流動的江水中閃
耀，遙遠的寒風不斷吹送過竹林，他用凝鍊的語言把精細的觀察，和
深刻的感受，生動地展現完畢之後，從「謫居」句起，開始敘述哲理
的思辨，帶出他的幽憤哀怨。

他說自貶謫以來，已安於眼前的生活，厭倦社會的紛擾，於是開
始以《莊子》及《易經》的哲理故作曠達，他從《莊子》了解人生在
世，與刑徒胥靡沒什麼不同，所以已然達觀生死；但從《易經》，他
深信命運不好的人定遭顛沛，愚蒙的人必怯於幽微，他又從曠達中轉
回自傷，於是自解自慰地說：我能夠達到這種精神寧靜的修養，好像
應該感謝獲罪遭貶呢！現在與您遁山水，觀魚鳥，不是人生樂事嗎？

自從「竄身楚南極」他就「山水窮險艱」（〈構法華寺西亭〉），是
政治上的失意，使他這個生活在零陵盆地南端的傖人，「上高山，入深

林，窮迴溪，幽泉怪石，無遠不到。」（〈始得西山宴遊記〉），在登山涉水中體會與萬物冥合，陶然自樂那分單純寧靜，相對污濁紛爭的官場實在教人厭煩。然而，模山範水真能解脫他被貶謫的苦悶嗎？最後，他再也按捺不住哀苦地說：「吾子幸淹留，免我愁腸繞」，自然山水和前人哲理，只不過是宗元開導自己的憑藉，在曠達的背後，我們不難了解他努力尋求解脫的掙扎。宗元的山水詩，在層層轉折的描述中，透露了他那孤獨的淒神寒骨，這就是柳詩風格幽冷孤峭的內涵。〈構法華寺西亭〉（《柳集》卷四十三）寫景綿密精工，而又運思精密，以層層轉折強自寬解來扭轉寂寞哀傷之情，與〈與崔策登西山〉同一格調。

因為宗元有一分刻骨銘心而又深沉浩渺的抑鬱憂思，借登山臨水來抒解的目的，往往沒法達到，如〈湘口館瀟湘二水所會〉，前半仍是刻劃景物，至「杳杳漁父吟，叫叫羈鴻哀」把筆鋒一轉而抒情，清楚地說：「境勝豈不豫，盧分固難裁。升高欲自舒，彌使遠念來。」

又如〈登蒲州石磯〉，首句從「隱憂倦永夜，凌霧臨江津」寫起，循著時間、空間有層次地展開，寫到「陶埴茲擇土，蒲魚相與鄰」，美好的自然，緩解不了他滿懷的愁思，仍然忍不住要流露他的哀怨：「信美非所安，羈心屢逡巡。糺結良可解，紆鬱亦已伸，高歌返故室，自網非所欲」。這是他借山水抒情顯示出「峭」的風格。

詠物也一樣，寫早梅，前四句寫梅樹挺拔高潔，梅花犯霜露而早開的芳姿可賞，後四句翻疊陸凱詩「江南無所有，聊贈一枝春」意，擔心梅花早開而早落，杳杳山水的阻隔，又是詩人去國離鄉飄零萬里的無奈，整個意境染上宗元特有不甘被棄置的濃重哀愁，其他如〈紅蕉〉、〈韋使君黃州祈雨〉、〈新植海石榴〉等都是。

第二節　澹遠簡古

宗元謫居永、柳長達十四年，被迫過著蕭散的山林生活，「廢逐人所棄」，經常都是「拘情病幽鬱」的。然而日日面對山川田園，總

也有遇到幽鬱暫伸，心境乍平之時。於是田園山水這些生活題材，就成了他借以抒情的媒介，把內在深厚的感情表現在閒曠的形式中，就是蘇軾說「發纖濃於簡古，寄至味於澹泊」，酷似陶詩的那一類。

> 秋氣集南澗，獨遊亭午時。迴風一蕭瑟，林影久參差。始至若有得，稍遠遂忘疲。羈禽響幽谷，寒藻舞淪漪。去國魂已遊，懷人淚空垂。孤生易爲感，失路少所宜。索寞竟何事，徘徊只自知。誰爲後來者，當與此心期。(《柳集》卷四十三〈南澗中題〉)

袁家渴之南是石渠，石渠之南是石澗，集中有〈石澗記〉，其中用了一系列的比喻，描寫溪水兩岸石頭的奇姿異態，石上流水之狀和音響，宗元以其優美的文筆，寫水容、寫石態，都新鮮動人。這首詩，是宗元在一個秋天的晌午遊興濃厚地去遊石澗，開始時是滿懷喜悅地去尋幽訪勝的，發現這些被世人遺忘的景致，正樂而忘疲，忽然聽到幽谷羈禽的鳴叫，看到水中寒藻的飄泊，又引起了自己去國懷人之幽思，遷客失路之悲愴，心頭上索寞之情難訴，在平淡恬雅之中，傳達出宗元內心的孤憤沉鬱，吳昌祺說這首詩是「以陶之風韻兼謝的蒼深」（《刪定唐詩解》，轉錄自《柳河東詩繫年集釋》），全詩氣清神歛，蘇軾認爲「清勁紆徐」（《東坡題跋》卷二）是淵明風格，只是多了一分更深摯的感慨，而且運思精密，抒寫細膩，深刻地傳達出自己內心情緒的細微變化，境與神會，平淡中帶清峭。「迴風一蕭瑟，林影久參差」是謝詩筆法。

又如〈覺衰〉：

> 久知老會至，不謂便見侵。今年宜未衰，稍已來相尋。齒疏髮就種，奔走力不任。咄此可奈何，未必傷我心。彭聃安在哉？周孔亦已沉。古稱壽聖人，曾不留至今。但願得美酒，朋友常共斟。是時春向暮，桃李生繁陰。日照天正綠，杳杳歸鴻吟。出門呼所親，扶杖登西林。高歌足自快，商頌有遺音。(《柳集》卷四十三)

本詩酷似陶詩，前人已多論及，[註1]《陶集》中亦不時流露憂生之嗟，遲暮之感，但仍然說得舒坦，只是說「盛年不重來，一日難再晨，及時當勉勵，歲月不待人」（〈雜詩〉之一），提醒自己要愛惜光陰。而宗元閔己傷志，才三十六、七歲便衰病纏身，本詩主題是要表達美人遲暮之感，一開始便對自己未老先衰表示傷感，說到「咄此可奈何」，語氣一轉，又習慣地做一審哲理的思辨來解脫苦悶，故作歡愉地說要在春風桃李之中，呼朋引伴，飲酒作樂度餘生，在曠放之中表現了更深的苦悶。宗元詩在簡淡高逸的氣象之下，仍有一股陡峭勁兒，這是柳與陶「語近氣不近」之處，宗元另有一番激情和憂思，所以他抒寫高逸放曠之意如陶淵明，但感慨遠過淵明，風格如人，是無法沿襲別人的，宗元自有自己的風格，那是他內心真誠的表現。

與〈覺衰〉同調的還有〈飲酒〉、〈讀書〉等詩，其實《柳集》中五言古詩類陶之作頗多，當然也是首首有宗元的精神。〈初秋夜坐贈吳武陵〉，風神淡遠，蕭散自得，末句「希聲閟大樸，聲俗何由聰」仍忍不住感慨萬千。

宗元三首〈田家〉詩，寫得質樸簡淡，大有淵明風味，與儲光羲的田家詩迥不相同；儲詩的主題是農家樂。陶淵明的田園詩把農家苦樂兩面都寫得非常深刻真切，柳的〈田家〉三首如：「雞鳴村巷白，夜色歸暮田」（之一）、「籬落隔煙火，農談四鄰夕，庭際秋蟲鳴，疏麻方寂歷」（之二），寫農村恬適景色歷歷如畫，「札札耒耜聲，飛飛來烏鳶」（之一），以及第三首寫農人的勤勞純樸，可以比美淵明，但詩中揭露的社會問題，如第一首敘述竭茲筋力，原來是要維持生活，卻要「盡輸助徭役，聊就空舍眠」，又從時間上開拓詩境：「子孫日已長，世世還復然。」這種茹苦含辛的悲慘命運，世世代代永無止境。

[註1] 曾季貍《艇齋詩話》：「柳子厚〈覺衰〉、〈讀書〉二詩，蕭散簡遠，穠纖合度，置之淵明集中，不復可辨。予嘗三復其詩。」劉辰翁：「彭聃下六句，其最近陶，然意尤佳。」（《唐詩品彙》引）方東樹《昭昧詹言》：「但願二句似陶。」

第二首「蠶絲盡輸稅，機杼空倚壁」，正爲生計艱難而發愁，卻帶出了乘機恐嚇敲詐的胥吏，這是稅收、吏治制度都出了嚴重的問題，這些詩都是以簡樸生動的語言，描寫農村生活，淡遠眞摯，宗元以一個投荒逐臣的身分，仍未放棄其關心「生民之意」的熱忱。其他如〈首春逢耕者〉，寫南國春天萬物萌生，欣欣向榮的農村情景，也簡樸可喜，揮不掉的，仍見其羈囚心情。

　　宗元集中尚有很多以質樸的語言寫眼前景物的小詩，在眼前景的背後，蘊含著深沉豐富的感情，如〈再上湘江〉、〈登柳州峨山〉、〈溪居〉、〈中夜起望西園値月上〉等，都同此格調，這些詩，都是凝聚了宗元長期貶謫生活而積鬱的痛苦感受，在質樸之中頗見錘鍊功深。

　　《柳集》中也有完全恬淡閒適之作，如：

> 宿雲散洲渚，曉日明村塢。高樹臨清池，風驚夜來雨。予心適無事，偶此成賓主。(《柳集》卷四十三〈雨後曉行獨至愚溪北池〉)
> 江雨初晴思遠步，日西獨向愚溪渡。渡頭水落村徑成，撩亂浮槎在高樹。(《柳集》卷四十三〈雨晴至江渡〉)

還有上章所引〈夏晝偶作〉，都能在閒淡之中透露出怡悅之情，只是《柳集》中並不多見。

第三節　清新婉麗

　　宗元由於個人特有的人生際遇，發而爲詩，多悲憤孤寂，沈德潛說：「柳州詩長於哀怨，得騷之餘意。」(《唐詩別裁》卷四)，長期貶謫的抑鬱，悲憤哀怨成了柳詩的主要情調，不過尚能以緩辭表深怨，得古詩的雅正，罕見凄厲如「海畔尖山似劍鋩，秋來處處割愁腸。若爲化得身千億，散上峰頭望故鄉。」(〈與浩初上人同看山〉)者。在幽鬱暫伸，偶而遇到美景良辰，也會有新清婉麗之作，雖不多，出於宗元高手，亦頗有可觀者，如：

> 凡卉與時謝，妍華麗茲晨。欹紅醉濃露，窈窕留餘春。孤賞白日暮，暄風動搖頻。夜窗藹芳氣，幽臥知相親。願致

　　溱洧贈，悠悠南國人。(《柳集》卷四十三〈戲題堦前芍藥〉)

這是元遺山所選九首詠花詩之一，九詩寫成軸後，遺山在題跋裡說：「(芍藥詩) 清新綺麗，六朝辭人少有及者」(轉引自《柳文探微》)，柳詩通篇清麗的很少，但以其體物之精微，美景當前，心境乍平之時，婉麗之句間亦可見，如：

　　霧暗水連階，月明花覆牆。(〈法華寺西亭夜飲〉)

　　盈盈湘西岸，秋至風露繁。麗影別寒水，穠芳委前軒。(〈湘岸移木芙蓉植龍興精舍〉)

　　蕭瑟過極浦，旖旎附幽墀。(〈茆簷下始栽竹〉)

　　網蟲依密葉，曉禽棲迴枝。(同前)

　　嘉爾亭亭質，自遠棄幽期，不見野蔓草，蓊蔚有華姿。(同前)

　　泉廻淺石依高柳，逕轉垂藤間綠篠。(〈從崔中丞過盧少府郊居〉)

　　平野春草綠，曉鶯啼遠林。(〈零陵春望〉)

　　梅嶺寒煙藏翡翠，桂江秋水露鯤鱐。(〈柳州寄丈人周韶州〉)

　　幾歲開花聞噴雪，何人摘實見垂珠。(〈柳州城西北隅種甘樹〉)

　　幾年封植愛芳叢，韶艷朱顏竟不同。(〈始見白髮題所植海石榴樹〉)

　　晚英值窮節，綠潤含朱光。以茲正陽色，窈窕凌清霜。(〈紅蕉〉)

　　新沐換輕幘，曉池風露清。(〈旦攜謝山人至愚池〉)

　　霞散眾山迴，天高數雁鳴。(同前)

　　始欣雲雨霽，尤悅草木長。(〈法華寺石門精室三十韻〉)

　　松簳窈窕入，石棧嶔崟上。蘿葛綿層巘，莓苔侵標榜。密林互對聳，絕壁儼雙敞。墾峭出蒙籠，墟險臨滉漾。(同前)

　　風篁冒水遠，霜稻侵山平。(〈遊石角過小嶺至長烏村〉)

以上所錄爲《柳集》中或清新俊秀或清麗自然之句，只是宗元終生埋沒，隨時隨地都會悲從中來，就會變清麗爲荒寒，以抒其幽悶，故罕見整篇溫麗之作。

第四節　典雅雄奇

一般談柳詩，只注意到「峭」與「簡樸」，很少提及他那些典雅沉雄的作品，《柳集》卷一收錄宗元〈平淮夷雅〉和〈唐鐃歌鼓吹曲〉兩組詩，前者意在歌頌裴度、李愬平定淮西叛亂的赫赫戰功，以及唐憲宗中興之德；後者借古諷今，希望激發憲宗發憤圖強，效法祖宗重振國威，表現得典雅沉雄，氣象偉奇。〈古東門行〉，以武元衡被刺事為描寫對象，又運用一連串的典故，借七國之亂以古諷今的方式，申討藩鎮猖狂跋扈，陰謀叛亂，諷刺朝廷懦弱無能，全詩寫得沉雄頓挫，氣象萬千，蔣之翹評為「語語典實，氣亦雄悍。」（《柳集》注）

其他如〈跂烏詞〉、〈籠鷹詞〉、〈詠史〉、〈詠荊軻〉、〈感遇〉詩等，都屬於這一類，尤其是兩首〈感遇〉詩，音節豪宕；三首〈行路難〉，用的是樂府舊題，第一首以神話傳說為素材，諷喻當世，以寄慨憤：

> 君不見夸父逐日窺虞淵，跳踉北海超崑崙。披霄決漢出沆瀣，瞥裂左右遺星辰。須臾力盡道渴死，狐鼠蜂蟻爭噬吞。北方竫人長九寸，開口抵掌更笑喧。啾啾飲食滴與粒，生死亦足終天年。睢盱大志小成遂，坐使兒女相悲憐。（《柳集》卷四十三）

本詩塑造的兩個形象：夸父是雄偉悲壯，竫人是齷齪渺小，英雄的行為和苟且偷生成了鮮明對照，夸父力盡渴死的結局，北方竫人抵掌笑喧的幸災樂禍，突出了這悲劇的主題，宗元借這首詩，滿懷激憤地悲悼從事革新失敗的同道，辛辣地嘲諷但求溫飽，以終天年，絕不以國計民生為念的反對者，首四句寫夸父征服環境的雄心偉志，直干雲霄，大有睥睨一切之勢，筆勢凌屬，「須臾力盡道渴死」，一語急轉直下，末二句寫英雄末路的悲涼無奈。

第二首寫濫伐山林，諷刺朝廷摧殘人才：

> 虞衡斤斧羅千山，工命採斫代與楩。深林土翦十取一，百牛連鞅摧雙轅。萬圍千尋妨道路，東西蹶倒山火焚。遺餘毫末不見保。蹢躅碨礧何當存。群材未成質已夭，突兀崢嶸空巖巒。柏梁天災武庫火，匠石狼顧相愁冤。君不見南

山棟樑益稀少，愛材養育誰復論。(同前)

這首不止寫他個人的牢騷不平，以育樹比育人，篇末點題，指譴當局不知愛惜、培育人才。在修辭上用了「千山」、「百牛」、「萬圍」、「千尋」等虛數作誇張，從「東西蹶倒山火焚」到「匠石狼顧相愁冤」寫美材徹底蕩盡，筆力勁健，不留餘地。

第三首寫時移世異，今非昔比的感慨。

飛雪斷道冰成梁，侯家熾炭雕玉房。蟠龍吐耀虎喙張，熊蹲豹躑爭低昂。攢巒叢崿射朱光，丹霞翠霧飄奇香。美人四向迥明璫，雪山冰谷晞太陽。星躔奔走不得止，奄忽雙燕棲虹梁。風臺露榭生光飾，死灰棄置參與商。盛時一去貴反賤，桃笙葵扇安可當。

首二句寫冰天雪地侯家在雕玉飾房中以炭火取暖，次四句極盡誇飾之能事，寫熾炭的亮麗輝煌，用「龍、虎、熊、豹」形容火舌的變化，用「丹、朱、翠」等鮮艷顏色字作形容，再以「香」的飄送寫熾炭給人嗅覺的享受，再以雪山冰谷映日，來比喻美人身上明璫反映熾炭射出奪目的火光，這是樂府詩修辭的本色，筆力雄健，音調鏗鏘。「星躔奔走不得止，奄忽雙燕棲虹梁」，物換星移，陽春又至，熙陽生暖，死灰遭受棄置的命運，一如秋扇之見捐，末二句寫出宗元內心的感慨與無奈，以雄奇之筆力寫衰颯之感，更見被棄置之淒涼。

其他如〈冉溪〉一詩，是短小的七古，亦寫得寬大沉雄；〈浩初上人見貽絕句〉，唐汝詢謂：「語峻調雄，有盛唐之格」(《唐詩解》)，〈界圍巖水簾〉一詩，鄭定補注引曾吉甫《筆墨閒錄》評為「奇麗工壯」(轉引自《柳河東詩繫年集釋》)，說的是：「靈境不可狀，鬼工諒難求。忽如朝玉皇，天冕垂前旒。」數句；〈遊朝陽巖遂登西亭〉直抒胸臆，典雅高華。上舉諸篇及詩句，無論敘事、詠史、詠物、寄興，或者寫景、抒情，皆有雄奇之思，典雅健拔之筆。面對豐富的客觀對象，和主觀的情緒變化，宗元都能以其學養與才華，作最佳的配合，創作出風格各異的作品。

第六章　結　論

　　柳宗元生前，已經是毀譽交加的人物，死後仍未能蓋棺論定，後人對他的評價也不一致，劉昫修《舊唐書》，肯定他的是「以文學聳動搢紳之伍」、「巧麗淵博，屬辭比事，誠一代之宏才」（卷一百六十）《新唐書》對他的批評是：「精敏絕倫，為文章卓偉精緻，一時輩行推仰。」遭貶斥後，無敢援救，原因是：「眾畏其才高，懲刈復進，故無用力者。」、「宗元少時嗜進，謂功業可就。既坐廢，遂不振。然其才實高，名蓋一時。」（俱見《新唐書》卷一六八本傳），宋祁頗能欣賞宗元，傳中所謂「嗜進」，並不為病。宗元由於積極進取的個性，加上家族期望的督促，以及當時的制度、風氣影響，所以年輕時相當熱心求科進。熱中仕進，並非單純為一己的名利，宗元實另有其一番理想及救世的熱情，後人不明個中原委，也未能體會他竄逐蠻荒的積鬱怨憤，常以熱中仕進鄙薄宗元，如〔元〕方回說：

　　〈別舍弟宗一〉乃到柳州後，其弟歸漢郢間，作此為別。「投荒十二年」，其句哀矣，然自取之也。為太守尚怨如此，非大富貴不滿願，亦躁矣哉！（《瀛奎律髓》卷四十三）。

這真是太不了解宗元的思想與為人，他那裡是個汲汲於富貴利祿的人呢？曲解宗元，以至非難貶損，宋人已然。蔡啓說：

　　子厚之貶，其憂悲憔悴之歎，發於詩者，特為酸楚。閔己

傷志，固君子所不免，然亦何至是，卒以憂死，未爲達理
也。樂天既退閒，放浪物外，若眞能脫屣軒冕者，然榮辱
得失之際，銖銖較量，而自矜其達，每詩未嘗不著此意，
是豈眞能忘之者哉！亦力勝之耳。惟淵明則不然。觀其〈貧
士〉、〈責子〉與其他所作，當憂則憂，遇喜則喜，忽然憂
樂兩忘，則隨所遇而皆適，未嘗有擇於其間，所謂超世遺
物者，要當如是而後可也，觀三人之詩，以意逆志，人豈
難見，以是論賢不肖之實，亦何可欺乎？（蔡寬夫《詩話》、
轉引自《柳宗元研究資料彙編》）

柳詩由於「閔己傷志」而「憂悲憔悴」，「特爲酸楚」是事實，但蔡啓
卻根據這事實，沒有「以意逆志」地了解他「何至是」，就批評他「未
爲達理」，從而評定陶、白、柳三者之高下，已經沒道理，更因而定
出品德上的賢與不肖，這樣的「以意逆志」，相信孟子也不敢苟同。

　　陶、白、柳三人性格不同，遭遇更大相逕庭，陶、柳之別容後詳
述。先說白居易，貶爲江州司馬時已四十多歲，甫三年，即量移爲忠
州刺史，四年便召還京師，官拜司門員外郎，跟柳宗元以三十三歲大
有作爲之時，即遭貶謫，而且不在量移之列，萬劫不復，以至鬱死蠻
荒，長期貶斥的抑鬱憂思，怎能與白居易同日而語，如果白居易眞的
能力勝忘情「脫屣軒冕」，也未必是較宗元爲高，只是所受的壓力與
委屈不同而已，況且，在荒涼鄙遠上，江州又怎能跟永州、柳州相比，
漠視這些差異而遽定高下，是很不公平的。

　　從宋初穆修整理四十五卷本《柳集》〔註1〕開始，以儒家明道價

〔註1〕　最早的《柳宗元集》，是劉禹錫遵宗元遺囑編定，據〈唐故尚書禮部
　　　　員外郎柳君集紀〉，當時《柳集》編寫三十卷（《劉賓客文集》卷十
　　　　九），到宋代以後，有三十一卷本（《郡齋讀書志》卷十七），三十二
　　　　卷本（陳振孫《直齋書錄解題》）、三十三卷本（沈晦四明新本〈河
　　　　東先生集後序〉），這是一個版本；其不同大概是有否收錄〈非國語〉
　　　　及外集。韓醇音釋詁訓《柳先生文集》四十五卷、外集二卷、新編
　　　　外集一卷（商務印書館影印，故宮博物院藏文淵閣四庫全書本）、鄭
　　　　定輯注《重校添注音辯唐柳先生文集》四十五卷、外集二卷（中央
　　　　圖書館藏宋嘉定姑蘇鄭氏刊本、元至明修訂）、《增廣注釋音辯唐柳

值把柳宗元推尊爲闡揚仁義道德的功臣；但也是在宋初，柳開首先站
在崇儒的觀點尊韓抑柳：「吾祖多釋氏，于以不逮韓也。」後來一代
文宗歐陽修從明「聖人之道」立場，以韓、李（翱）並稱，取代韓、
柳，並且說：「子厚與退之，皆以文章知名一時，而後世稱爲韓、柳
者，蓋流俗之相傳也，其爲道不同，猶夷夏也。」、「自唐以來，言文
章者惟推韓、柳，柳豈韓之徒哉？眞韓門之罪人也，蓋世俗不知其所
學之非，第以當時輩流言之爾。」（《集古錄跋尾》卷八），這是站在
道統的立場，批評得相當苛刻，對後代很有影響力。

　　從柳宗元的理論主張和政治傾向看來，他是肯定儒家聖人之道，
並努力以文明「道」的。只是他生長在一個佛教鼎盛的時代，沒有意
識到佛學取代儒家領導地位後，進一步腐蝕思想界的危機，誤把佛教
也看作持世安民的力量，所以雜佛入儒，理學家朱熹就不滿他「反助
釋氏之說」（《朱子語類》），但他一生堅持反天命、反鬼神、反符瑞、
反封禪，一掃漢儒神祕化儒家的煙霧，使儒家返回先秦時的純正；他
還配合時代來修改聖道加以發揮，使儒家學說不致僵化而與時代脫
節，其進步思想於儒學的功績，遠超過其統合儒、釋的缺失。

　　柳宗元以碩學高才，懷抱著滿腔救世熱誠，不幸遇上了中唐政爭
的漩渦，而又自甘在漩渦中積極活動。政治上失敗的人，容易動輒得
咎。衡量一個人是非高下，不應片面地拈「儒、道」或曠達與否爲唯

先生集》四十三卷、外集二卷（故宮博物院藏宋建陽刊本）、廖瑩中
輯注《河東先生集》四十五卷、外集二卷（河洛圖書出版社影印宋
世綵堂本）、韓醇注《河東先生集》四十五卷、外集二卷、龍城錄二
卷、附錄二卷、集傳一卷（中央圖書館藏明嘉靖濟美堂本）、《柳文》
四十三卷、別集二卷、外集二卷、附錄一卷（中央圖書館藏明嘉靖
韓柳合文本）、童宗說注《唐柳先生集》四十五卷、外集二卷、龍城
錄二卷、附錄二卷、集傳一卷（中央圖書館藏明萬曆二十九年刊本）、
蔣之翹輯注《唐柳河東集》四十五卷、外集五卷、遺文一卷、附錄
一卷（中央圖書館藏明崇禎間三徑堂刻本）、魏仲舉編《新刊五百家
註音辯柳先生文集》四十五卷（故宮博物院藏、日本舊翻宋刊本，
日本南北朝至德刊本即清嘉慶年間）爲另一系統，是穆修整理劉編
《柳集》所得。

一標準，我們如果了解宗元在長期遭貶生涯所形成的湮厄感鬱，是由於有志未伸，未能善盡經世濟民利安元元之責，並非只因個人的私利，他有一分堅持理想的偉大情操，縱然是困於爲人垢病的貶謫窮途，仍能堅持肯定已失敗了的革新政策，仍能以文章輔時及物，仍能奮起衰病之身建設地方，使中國的西南邊荒在唐代就得到開發，這是志士仁人用世之心的發揮。

　　柳詩以其獨特的風格，在元和詩壇中別開生面，獨樹一幟，被稱爲「柳子厚體」或「韋柳體」（《滄浪詩話・詩體》）。韋應物以五言詩見長，集中有〈效陶體〉、〈效陶彭澤〉之作，還有雖未注明效陶學陶，但詩中逕言陶語者如：「終罷斯結廬，慕陶眞可庶」（〈東郊詩〉），〔宋〕周紫芝《竹坡詩話》說韋蘇州於陶「非唯語似，而意亦太似。」〔清〕施補華《峴傭說詩》也說韋詩「如出五柳先生口也」。自然派詩人多受陶淵明影響，韋應物又刻意學陶，所以其古淡蕭散之處，大有淵明的風味。

　　柳詩有三分之一屬自然詩，部分寫得閒澹簡古，與陶相似，亦以五古見長。《苕溪漁隱叢話》直接說「欲清深閑淡，當看韋蘇州、柳子厚」（卷二）東坡卻說：「柳子厚詩，在陶淵明下，韋蘇州上。」認爲風格近似而高下不同。章士釗則舉韋之〈逢楊開府〉與柳之〈韋道安〉兩首五言敘事詩相較，說其中「伏有一股武俠氣概」相同，二詩都寫得紆餘委備，曲折盡致。但是，韋、柳除上述數端相似外，由於性情閱歷不同，詩中情味，頗多異趣。

　　韋應物初以三衛郎侍玄宗，做過蘇州刺史，性高潔，鮮食寡欲，所居處焚香掃地而坐，冥心象外，是個標準的隱士。他不必隱鹿門，臥終南，案牘之旁依然可以歌詠自然，他說：「雖居世網常清靜，夜對高僧無一言。」（《韋蘇州集》卷二），他縱然奔走紅塵，也罕有衝擊感發。集中一首〈種瓜〉詩：

　　　　率性方鹵莽，理生猶自疎。今年學種瓜，園圃多荒蕪。眾
　　草同雨露，新苗獨翳如。直以春捃迫，過時不得鋤。田家

　　笑枉費，日夕轉空虛。信非吾儕事，且讀古人讀。(《韋蘇州
集》卷八)

他跟陶淵明「既耕亦已種，時還讀我書」(〈讀山海經〉)、「但願長如
此，躬耕非所歎」(〈庚戌歲九月中於西田穫早稻詩〉)實在不同，淵
明親犯霜露，甘於躬耕所體會到的農家苦樂，自然不一樣，且看柳宗
元的〈首春逢耕者〉：

　　南楚春候早，餘寒已滋榮。土膏釋原野，百蟄競所營。綴
　　景未及郊，穡人先偶耕。園林幽鳥囀，渚澤新泉清。農事
　　誠素務，羈囚阻平生。故池想蕪沒，遺畝當榛荊。慕隱既
　　有繫，圖功遂無成。聊從田父言，款曲陳此情。眷然撫耒
　　耜，迴首煙雲橫。(《柳集》卷四十三)

這才是淵明的風味。《柳集》中〈田家〉三首，以簡樸的語言寫眞情
實痛，歌唱民間疾苦，更非韋詩所同。劉履說韋之蕭散超過宗元(轉
引自章士釗《柳文探微》)，也許就因爲他超然物外不關心世事使然。

　　柳詩似陶已見上章所述，但淵明個性冷靜、收歛，雖接受儒家教
育，但生命的基調是道家。道家不爭，容易急流勇退，劉宋篡晉以興，
淵明的悲哀，並非只爲一姓興亡而感傷，而是由於僅粗識文字的劉裕
取代司馬氏的領導權，而產生的必然變革，淵明無法忍受。劉氏族姓
寒微，毫無文化的承襲，隨著劉宋而來的是整個社會在變，文化傳統
與制度精神一經革易，知識分子首當其衝。淵明雖然家道中落，但仍
爲高門貴族之後，故對晉之亡，其社會文化興亡之感遠超過一姓之興
亡。以其教養，必無法接受新朝的一切，又自忖無力挽救狂瀾，於是
選擇歸耕田園爲安心立命之所，世俗已不堪爲，「量力守故轍」是他
甘心情願選擇的生活方式；容易憂樂兩忘，恬然自適。

　　宗元熱情、進取、自信、執著，面對江河日下的國家，自己有「致
君堯舜上，再使風俗淳」的十分把握，卻遭廢置蠻荒，被迫過著半隱
的生活，貶謫的抑鬱，救世的澎湃熱情被壓抑，這些痛苦常在宗元的
內心深處激盪，使的詩作表面上是一股簡淡高古的氣象，而在文字

之外常常不自禁地流露出激情和憂思，所以柳詩與陶詩「語近而氣不近」，《柳集》中，〈讀書〉、〈首春逢耕者〉、〈田家〉三首，〈覺衰〉、〈詠荊軻〉、〈詠三良〉等五言古詩，有的前人已說：「寘之淵明集中，不復可辨」（《艇齋詩話》），陶淵明的〈詠荊軻〉在平淡中見豪放，宗元亦然，陶謂「惜哉劍術疎」，柳說「實謂勇且愚」與淵明同一感慨。至於〈覺衰〉簡淡文字的背後，透露出更深的苦悶與哀傷，那是陶詩所無的。還有〈田家〉三首遠於自然詩派而與社會詩為近，〈詠三良〉所批評感慨的主題又與淵明不同，這都是由於性格、際遇、與所面對的時代社會不同使然。

柳詩除了似陶以外，還有似謝之作亦見前述，宗元有部分的山水詩，寫得幽深峻潔，用駢偶句子有條理有層次地敘寫山水的形貌，顯現出凝鍊精美的風格一如謝靈運，這是元好問所說的柳、謝二家相似的「風容」，只不過柳詩的句構較為舒展，選詞也較平實簡樸，不似謝靈運故意選用新奇繁複的詞彙，以造就富艷精麗，讀起來艱深有隔。描寫山，他喜歡說：「巖峭嶺稠疊」（〈過始寧墅〉）、「連障疊巇嶂」（〈晚出西射堂〉），寫水，他說：「澹瀲結寒姿」（〈登永嘉綠嶂山〉），寫祖德，他說：「拯溺繇道情，龕暴資神理」（〈述祖德〉），所用詞彙筆畫多且複雜，較難予情景相生的直接感發。

至於製題方面，宗元可說是直接受謝詩影響，《柳集》中如：「雨後曉行獨至北池」、「中夜起望西園值月上」、「登蒲州石磯望橫江口潭島深迴斜對香零山」等，與《謝集》中詩題如「於南山往北山經湖中瞻眺」、「從斤竹澗越嶺溪行」、「登廬山絕頂望諸嶠」、「南樓中望所遲客」等，如出一貫。

謝靈運的山水詩在客觀描山摹水之後，習慣藉哲理來抒情，葉嘉瑩說：「事實上謝氏對於山水之追求，既未能使精神與大自然泯合為一，達到忘我的境界；對於哲理的追求，也未能使之與生活相結合，做到修養的實踐。」（《中國古典詩歌評論集》）那麼，無論山水的刻劃與哲理的敘寫，都是謝靈運企圖遺忘人世煩擾，解脫超越世網是非

的憑藉，山水與哲理，全都在他生命之外，既不能收造境寫情以感人之效，反覆申述的哲理更是淡乎寡味，詩中那些玄虛的道理，以及品刻雖工的山水形貌，只給人以刻意雕飾的印象，因爲他藉以表達的感情籠統而淺薄，坦白的說，根本沒有眞情實感作爲基礎，他的攀登山水，也只表現了一分單純的嚮慕與追求，他那分寂寞心懷的鬱積，不同於陶淵明，也不同於柳宗元。

陶淵明專注地采菊東籬而「悠然見南山」，南山給他的是一分出奇不意的喜悅，「山氣日夕佳」是南山美好氣氛給他的深切感受，「此中有眞意，欲辯已忘言」的「得意忘言」哲理，是由眞實的生活悟入；「遙遙沮溺心，千載乃相關」是他在躬親稼穡實踐體驗出來與古人合的哲理，讀來眞實且親切感人。

柳宗元的山水詩所引述的哲理思辨，是要在苦悶中表示曠放來自作開解過深的悲慨，已如第五章所述，而每次在曠達的背後，掩不住的是一分深刻痛苦的掙扎，因爲他寂寞情懷的鬱結遠較謝靈運複雜深刻。根據《宋書·謝靈運傳》，謝氏是個世襲貴族的驕奢子弟，只是生不逢辰，當他繼承康樂公時，東晉王朝已面臨崩潰前夕。晉、宋易代之後，他又降爵爲侯。靈運是先朝貴族，雖然在東晉末年，與劉裕曾有一段表面和諧的共事關係，但劉裕出身寒門，驕奢成性的靈運，內心不免隱藏著新朝與舊朝、貴族與寒門之間的衝突、矛盾，他抑鬱不滿的情緒，是在新朝難以保持顯貴地位的屈辱之下，逐漸滋長強烈。終其一生，未見他有過爲國爲民的深心大願，也未見他有正確的政治理想和生活目標。他的悲哀，只是在新舊易代之間，不能適應個人榮枯的變化而已。因此，不愁生活，不關心生活，從未想過要關心天下蒼生的謝靈運，才可以寫出「江山放眼更超然」（註2）的空靈美麗的詩篇，因爲他沒有眞情實感和博大深厚的內容來反映現實人生。

〔註2〕元遺山〈論詩絕句〉：「坎井鳴蛙自一天，江山放眼更超然。情知春草池塘句，不到柴煙糞火邊。」意思是生活在「柴煙糞火邊」的如「坎井鳴蛙」一樣卑狹的人，自然寫不出像謝靈運一樣超然的詩句。

　　柳宗元的被貶謫，較謝靈運被斥逐有著更多的悲慨與憤激，表現在詩作上，也因爲感受眞切深刻而感人更深。而且，柳宗元的思想意識和所關心的人事物都比謝靈運深廣。一般人目眩於謝詩富艷辭采的藝術形式下，往往對其內容意境也引起深厚高遠的錯覺，說他的詩「吐言天拔，政緣素心獨絕。」（張溥〈謝康樂集題辭〉）這只能說謝靈運有一分追求超越的嚮往和高標自賞，而缺乏一分關懷世道的悲憫情懷，而那分悲憫情懷，才是文學的靈魂。

　　詩歌的發展，經過盛唐的繁榮局面，各種流派，各種體裁，各種風格都卓有成就，尤其是經過李、杜把詩的藝術形式和思想內容二者縮合起來，使詩歌的創作達到最高的水準。其後的詩人，都在李、杜成就的基礎上另闢蹊徑。宗元以個人獨有的際遇和思想感受，發展創作才能，在當時的詩壇，成績斐然，遠在晉代的無論是陶是謝，都不足以牢籠柳詩。他各種體裁的詩，各有不同的格調和表現方法，《柳集》中尚有很多與陶、謝不同體式不同內容的作品，除五古外，《柳集》還有沉雄變化的七古，沉著工鍊的五言長排，詠歎哀傷的七言近體。要了解柳詩，還得從其一生經歷、思想意識、以及個性才情各方面細加體會。

　　唐代的文學家中，在創作上具有多方面的才能而「兼善眾體」，在各個領域中都很有成績如柳宗元的，可以說是絕無僅有。詩品如人品，一個關心社會，思利乎人的詩人，無論他表現的是何種題材，都能有血有肉地反映現實人生，柳宗元擴大了山水田園詩的領域，他所表現的並不是投荒逐臣的悲觀頹廢，而多是奮發努力，希望有助於興功利民的理想實現，使千載之下的我們，仍深爲感動不已。

重要參考書目

一、

1. 《河東先生集》四十五卷本（本文簡稱《柳集》），〔宋〕廖瑩中輯注，南宋世綵堂本、河洛出版社排印。

2. 《五百家註柳先生集》二十一卷，〔宋〕魏仲舉輯，四庫全書本，商務印書館影印。

3. 《增廣注釋音辯唐柳先生文集》四十三卷，南宋建陽刊本，故宮博物院藏。

4. 《重校添注音辯唐柳先生文集》四十五卷，〔宋〕鄭定輯注，南宋嘉定鄭氏刊本，中央圖書館藏。

5. 《河東先生集》四十五卷，〔宋〕韓醇注，明嘉定濟美堂本，中央圖書館藏。

6. 《柳河東詩繫年集釋》，丁秀慧集釋，師大國研所碩士論文。

7. 《柳先生年譜》，〔宋〕文安禮，商務印書館。

8. 《柳宗元年譜》，施子愉。

9. 《柳文探微》，章士釗，華正書局。

10. 《柳子厚寓言文學探微》，段醒民，文津出版社。

11. 《柳宗元研究》，羅清能，輔大中文研究所碩士論文。

12. 《柳宗元思想研究》，方介，台大中研所碩士論文。

13. 〈柳子厚年譜〉，羅聯添，《學術季刊》六卷四期，民國 47 年。

14. 〈柳宗元評傳〉，梁宏光，《新時代》四卷三期，民國 52 年。

15. 〈柳宗元評傳〉，楊志莊，《嘉師專學報》四期，民國 62 年。

16. 〈柳子厚家世考述〉，段醒民，《台北商專學報》三期，民國 63 年。

17. 〈柳宗元生平及其思想研究〉，羅葆善，《台南師專學報》六期，民國 62 年。

18. 〈柳子厚黨事之剖析〉，王泳，《大陸雜誌》廿九卷五、六期，民國 53 年。

19. 〈柳子厚政治思想探究〉，王泳，《大陸雜誌》三十卷九、十期，民國 54 年。

20. 〈柳子厚對西南荒僻地區開發的貢獻〉，王泳，《大陸雜誌》三十二卷四、五期，民國 55 年。

21. 〈柳宗元與佛教的關係〉，蘇文權，《大陸雜誌》五十五卷五期，民國 66 年。

二、

1. 《陶淵明詩箋註》，丁福保箋註，藝文印書館。

2. 《謝康樂詩註》，黃節註，藝文印書館。

3. 《韓昌黎文集校注》（本文稱《韓昌黎集》），馬其昶校注，河洛圖書出版社。

4. 《韓昌黎詩繫年集釋》，錢仲聯集釋，河洛圖書出版社。

5. 《劉夢得文集》，〔唐〕劉禹錫，四部叢刊初編，商務印書館。

6. 《呂衡州集》，〔唐〕呂溫，百部叢書集成，藝文印書館。

7. 《評註陸宣公集》，〔宋〕郎曄註，中華書局。

8. 《全唐詩》，〔清〕聖祖勅編，明倫書局。

9. 《全唐文》，〔清〕仁宗勅編，大通書局。

10. 《韓柳文研究》，〔清〕林紓，廣文書局。

11. 《唐宋文舉要》，高步瀛，學海出版社。

12. 《唐宋詩舉要》，高步瀛，學海出版社。

13. 《韓愈研究》，羅聯添，學生書局。

14. 《劉禹錫及其詩研究》，楊秋生，高師院國研所碩士論文。

15. 《呂和叔學譜》，馬承驌，洪氏出版社。

16. 〈劉夢得年譜〉，羅聯添，《文史哲學報》第八期，民國 47 年。

三、

1. 《周易正義》，〔唐〕孔穎達等，十三經注疏本，藝文印書館。

2. 《禮記正義》，〔唐〕孔穎達等，十三經注疏本，藝文印書館。

3. 《尚書正義》，〔唐〕孔穎達等，十三經注疏本，藝文印書館。

4. 《春秋左氏正義》，〔唐〕孔穎達等，十三經注疏本，藝文印書館。

5. 《春秋公羊傳注疏》，〔唐〕徐彥，十三經注疏本，藝文印書館。

6. 《春秋穀梁傳注疏》，〔唐〕楊士勛，十三經注疏本，藝文印書館。

7. 《春秋集傳纂例》，〔唐〕陸淳，古經解彙函本，鼎文書局。

8. 《春秋集傳辯疑》，〔唐〕陸淳，古經解彙函本，鼎文書局。

9. 《春秋微旨》，〔唐〕陸淳，古經解彙函本，鼎文書局。

10. 《四書集註》，〔宋〕朱熹，世界書局。

11. 《周易述》，〔清〕惠棟，續皇清經解本，復興書局。

四、

1. 《國語》〔吳〕韋昭注，九思出版社。

2. 《史記》，〔劉宋〕裴駰等三家注，鼎文書局。

3. 《漢書》，〔唐〕顏師古注，明倫出版社。

4. 《後漢書》，〔唐〕章懷太子注，明倫出版社。

5. 《舊唐書》，〔五代〕劉昫等，鼎文書局。

6. 《新唐書》，〔宋〕歐陽修、宋祁等，鼎文書局。

7. 《資治通鑑》，〔宋〕司馬光，啓業書局。

8. 《資治通鑑紀事本末》，〔宋〕袁樞，華世出版社。

9. 《國史大綱》，錢穆，台灣商務印書館。

10. 《隋唐五代史》，傅樂成，長橋出版社。

11. 《登科記考》，徐松，驚聲文物供應社。

12. 《通鑑隋唐紀事比事質疑》，岑仲勉，九思出版社。

13. 《唐人行第錄外三種》，岑仲勉，九思出版社。

14. 《唐代宦官權勢之研究》，王壽南，正中書局。

15. 《唐代藩鎮與中央關係之研究》，王壽南，大化書局。

16. 《中國哲學史綱要》，范壽康，開明書局。

17. 《中國哲學史》，勞思光，三民書局。

18. 《中國學術思想史論叢》（四），錢穆，東大圖書公司。

19. 《中國哲學問題史》，宇同，彙文堂出版社。

20. 《中國政治思想史》，蕭公權，華岡出版社。

21. 《中國政治思想史》，陶希聖，食貨出版社。

22. 《中國政治思想史》，曾繁康，大中國圖書公司。

23. 《中國佛教史》，黃懺華，河洛出版社。

24. 《中國佛教史》，日本宇井伯壽，李世傑譯，協志工業叢書。

25. 《中國文學史》，葉慶炳，學生書局。

26. 《中國文學發達史》，劉大杰，華正書局。

27. 《中國文學史初稿》，黃錦鋐等，福記文化圖書公司。

28. 《新編中國文學史》，文復書局。

29. 《中國詩史》，陸侃如，明倫出版社。

30. 《中國文學批評史》，郭紹虞，明倫出版社。

31. 《中國文學批評史》，羅根澤，典文出版社。

32. 〈唐代貢舉對儒學研究的影響〉，高明士，《國立編譯館館刊》二卷一期，民國 62 年。

五、

1. 《莊子集釋》，〔清〕郭慶藩，世界書局。

2. 《荀子集釋》，〔清〕王先謙，世界書局。

3. 《列子集釋》，楊伯峻，明倫出版社。

4. 《中國佛教哲學概論》，李世傑，台灣佛教月刊社。

5. 《中觀今論》，印順，福嚴精社。

6. 〈儒家的中庸與佛家的中道〉，婁良樂，《人生》十九卷九期，民國 49 年。

7. 〈中庸中道與自明無明〉，胡谷懷，《人生》二十一卷十二期，民國 50 年。

8. 〈中道精神〉，朱世龍，《人生》三十二卷九、十、十一、十二期，民國 57 年。

六、

1. 《文心雕龍》，〔南朝梁〕劉勰，開明書局。

2. 《唐詩說》，〔清〕夏敬觀，河洛出版社。

3. 《唐詩叢談》，〔明〕胡震亨，商務印書館。

4. 《歷代詩話》，〔清〕何文煥，藝文印書館。

5. 《續歷代詩話》，〔清〕丁仲祐，藝文印書館。

6. 《詩人玉屑》，〔宋〕魏慶之，世界書局。

7. 《苕溪漁隱叢話》，〔宋〕胡仔，世界書局。

8. 《唐詩紀事》，〔宋〕計有功，鼎文書局。

9. 《甌北詩話》，〔清〕趙翼，木鐸出版社。

10. 《詩品集解》，〔唐〕司空圖，河洛圖書公司。

11. 《續詩品注》，〔清〕袁枚，河洛圖書公司。

12. 《人間詞話》，〔清〕王國維，廣文詞話叢編本。

13. 《百種詩話類編》，臺靜農，藝文印書館。

14. 《隋唐五代文學批評資料彙編》，羅聯添，成文出版社。

15. 《柳宗元研究資料彙編》，明倫出版社。

16. 《宋詩話輯佚》，郭紹虞，華正書局。

17. 《談藝錄》，錢鍾書，明倫出版社。

18. 《文藝心理學》，朱光潛，開明書局。

19. 《詩論》，朱光潛，漢京文化事業有限公司。

20. 《景午叢編》，鄭騫，中華書局。

21. 《唐詩散論》，葉慶炳，洪範出版社。

22. 《中國古典詩歌評論集》，葉嘉瑩，中華書局。

23. 《中國詩學設計篇》，黃永武，巨流圖書公司。

24. 《中國詩學鑑賞篇》，黃永武，巨流圖書公司。

25. 《中國詩學考據篇》，黃永武，巨流圖書公司。

26. 《中國詩學思想篇》，黃永武，巨流圖書公司。

27. 《中國詩的形式結構》，張夢機，尚友出版社。

28. 《中國詩律學》，王力，文津出版社。

29. 〈論唐詩的語法、用字與意象〉，高友工、梅祖麟著，黃宣範譯，《中外文學》一卷十至十二期，民國62年。

30. 〈唐詩的語意研究：隱喻與典故〉，高友工、梅祖麟著，黃宣範譯，《中外文學》四卷七至九期，民國65年。